영향을 주고받고 협업했다. 디킨스의 문예지 《올 더 이어 라운드》에 첫 장편 『흰옷을 입은 여인』을 연재해 성공을 거두었다. 이외 『이름 없는 여자』, 『아마데일』, 『월장석』이 가장 널리 알려진 작품이다. 결혼제도에 반대하던 그는 1858년부터 캐롤라인 그레이브스와 그녀의 딸 ◻◻◻ ◻◻◻◻ ◻◻◻ 10년 후 마사 러드를 만나 ◻◻◻◻◻◻ ◻◻◻◻◻◻◻ ◻◻◻◻◻◻◻◻◻◻◻◻◻◻을 오가며 생활했다.

엘◻◻◻◻ ◻◻◻◻◻◻◻◻◻◻◻◻◻◻◻◻◻◻◻◻◻◻◻◻◻◻◻다. 어린 시절 예술과 고◻◻◻◻◻◻◻◻◻◻◻◻◻◻◻◻◻◻◻◻◻ 유니테리언 교파 목사인 윌리엄 개스켈과 결혼◻◻◻◻◻◻◻◻◻에 정착했다. 이후 남편과 함께 빈민구제 등 사회사업에도 적극적으로 참여했다. 산업도시 맨체스터에서 경험한 노동자와 빈민층의 삶을 포함하여 빅토리아 사회의 다양한 계층의 삶을 세세하게 묘사한 작품을 많이 남겼다. 그 외에도 찰스 디킨스의 문예지 『하우스홀드 워즈』에 고딕 장르에 속하는 유령 이야기를 많이 실어 큰 대중적 인기를 끌었다. 사후부터 20세기 초반까지는 문학계에서 여성적 감수성과 판단력을 갖춘 이류 작가라는 평가를 받았으나, 1950년대 이후, 당시 사회의 복잡한 젠더와 계층 간 갈등을 훌륭하게 진단하고 해결책을 제시한 작가로 재평가받았다. 주요 작품으로 샬롯 브론테의 전기와 『메리 바튼』, 『남과 북』, 『아내와 딸들』, 『회색 여인』 등의 소설이 있다.

### 버넌 리 1856~1935

버넌 리는 프랑스에서 태어나 자란 영국 작가 바이올렛 패깃의 필명이다. 생애 대부분을 프랑스나 이탈리아 등의 유럽 대륙에서 지냈다. 주로 유령 출몰이나 홀림 등 초자연적 소설과 미학에 관한 글을 썼다. 월터 페이터의 추종자로 음악과 미술 등에 관한 에세이를 썼다. 항상 남자 복장을 하고 다녔던 페미니스트였다. 또한 레즈비언으로 영국 작가 에이미 레비를 포함하여 세 명의 여인과 연인 관계를 맺었다. 영국 작가 몬터규 서머스는 버넌 리를 "픽션의 초자연적 요소를 가장 잘 구현한 현대 작가"라고 묘사했다. 주요 작품으로 『이탈리아 18세기 연구』, 『올버니 백작부인』, 『홀림, 환상 이야기』 등이 있다.

### 엘런 글래스고 1873~1945

1942년 『여기 우리의 삶』으로 퓰리처상을 수상한 미국 작가이다. 상류층 집안에서 태어난 글래스고는 만성적인 심장질환으로 집에서 교육을 받았다. 평생 버지니아에서 산 글래스고는 에밀 졸라 풍의 사실주의로 지속해서 미국 남부의 변화를 묘사했다. '제럴드 B'라고 부른 유부남과 사랑에 빠졌으나 그의 아내가 이혼을 거절해 둘은 결혼하지 못했다. 이외에도 1916년 공화당 대표인 헨리 W. 앤더슨과 교제했으나 앤더슨이 루마니아의 마리 왕비와 사랑에 빠지면서 둘은 결혼에 이르지 못했다. 『사람들의 목소리』, 『전쟁터』, 『구제』, 『끌림』, 『버지니아』 등의 소설을 썼다.

# 직감과
# 두려움

질투

마조리 보웬

E. F. 벤슨

앨저넌 블랙우드

윌키 콜린스

버넌 리

엘리자베스 개스켈

엘런 글래스고

장용준 옮김

고딕서가

# 차례

**일러두기**

소설에 나오는 주석은
모두 내용 이해를 돕기 위한
옮긴이 주입니다.

# 마지막 꽃다발

마조리 보웬

# I

마담 마르셀 리사지와 미스 케지아 폰스는 파리의 어느 값비싼 호텔 응접실에서 흥분한 상태로 말다툼을 벌였다. 둘은 처음 만났을 때 당혹감을 느꼈지만 그래도 예의를 갖춰 대화를 시작했다. 그러나 둘 다 점차 격앙되다가 마침내 서로의 말에 꼬리를 물고 격하게 비난을 되받아치며 자제심을 잃었다. 각자가 오랜 세월 마음속에 품고 있던 혐오감과 경멸, 분노의 감정이 험한 말로 바뀌어 입 밖으로 쏟아져 나왔다. 그러면서 그토록 치욕스러운 싸움에 말려든 일자체에 또다시 화가 치밀어 서로를 더욱더 격렬하게 몰아붙였다.

마담 리사지는 멋진 배우로, 주름 장식이 달린 진홍색과 푸른색 실크 드레스와 윤기 나는 곱슬머리에 정교하게 얹은 작은 모자 차림이었다. 모자에는 짙은 붉은색 깃털이 달려 있었다. 진주조개 단추가 달린 키드 가죽 장갑을 낀 손목에 걸린 핸드백은 황금 그물 세공이었고, 양산 손잡이는 상아 조각 장식이었다. 귀에는 진짜 다이아몬드 귀걸이가, 목에는 값비싼 레이스 장식이 달려 있었다. 그녀가 움직일 때마다 우아함이 묻어났다. 잘 훈련된 동작처럼 보였다. 격렬하면서도 동시에 느른한 면모가 함께 드러났다.

미스 폰스는 검은 끈을 꼬아 만든 단추가 달린 볼품없는 갈색 여행복 차림이었다. 회색 머리는 한데 모아 망사 머리 싸개 안에 고정해놓았다. 그녀의 몸짓은 투박했고, 목소리는 거칠었다.

모든 면에서 판이한 두 여자는 사실 쌍둥이 자매였다. 그들이 만난 것은 10년 만이었다.

미스 폰스가 파리에 온 이유는 앙심에 찬 호기심 때문으로, 그런 마음이다 보니 증오심을 잘 가리지 못했다. 또 마담 리사지가 자매의 호텔에 방문한 것 역시 완전히 똑같은 감정 때문이었다. 그러나 그토록 오랫동안 소식 없이 지내다가 오랜만에 만나 이야기를 나누는 두 사람의 태도는 꽤 정중했다. 미스 폰스는 예사로이 꽤 다정한 말투로 편지를 보내 자신이 파리에 방문해 며칠 머문다는 소식을 알렸다. 그러면서 호텔 이름을 대고는 오랜만에 마사를 다시 보게 되면 좋겠다고 덧붙였다.

마담 리사지는 충동적이지만 친절한 태도로 답장을 보냈다. 초대에 감사하다며 그토록 이른 나이에 끊어졌고, 또 그토록 오랫동안 완전히 잊고 지냈던 관계를 새로이 하면 좋겠다고 답했다.

그러나 그들이 만나 처음에 보인 상투적인 친절한 태도는 이내 모진 다툼으로 변모했다. 둘 다 상대의 모습을 받아들일 수 없었다. 미스 케지아 폰스는 배우인 마사의 모습에서 모든 것을 손에 넣은 여자를 보았다. 그것은 자신이 미덕이라는 이름으로 부정했던 모습이었다. 그녀는 이 모든 뻔뻔스러운 악덕의 표시, 기회를 놓치지 않고 이익을 좇는 악덕의 현시를 보며 경탄했고, 시샘했고, 혐오했다. 이 타락했지만 성공한 여자, 진짜 자신의 쌍둥이 자매인 이 여자에게서 자신이 되고 싶었던 모습을 엿보았다. 그런 깨달음은 오랫동안 부글부글 끓고 있던 분노를 절정으로 몰아붙였다. 그러나 그녀만이 격노한 것이 아니었다. 스스로 마르셀 리사지라 부르는 마사의 분노 또한 그에 못지않았다. 잿빛 머리에 거친 목소리, 칙칙한 안색, 촌스러운 옷차림을 한 이 평범하기 이를 데 없는 자매에게서, 자신의 우아함, 값비싼 의복, 화장과 염색, 그 모든 꾸밈을 빼면 나타날 자신의 진짜 모습을 보았기 때문이었다.

마사가 용케 서른 살처럼 보이는 것도 사실이고, 케지아가 쉰 살에서 하루도 덜 먹어 보이지 않는 것도 사실이다. 그러나 그 둘은 쌍둥이다. 따라서 마담 리사지는 호텔 응접실의 붉은 양탄자와 금박 장식 위에 온통 마흔다섯이라는 똑같은 나이가 쓰여 있는 것 같았다.

사납게 언쟁을 주고받던 둘은 격정 때문에 피곤해져 잠시 멈추었다. 그리고 느른한 자세로 물러앉아 서로를 바라

보며 각자 생각했다. '저 끔찍한 여자가 나의 자매라는 사실을 내 친구들이 알면 안 돼.'

배우는 스스로에게 말했다.

'그랬다간 난 망할 거야. 사람들은 심지어 내가 실제보다도 더 늙은 것으로 생각할 거야. 저 끔찍하게 촌스러운 중년 부르주아가 내 자매라니! 난 비웃음을 사다가 결국 파리에서 쫓겨날 거야. 도대체 여긴 왜 온 거지? 난 도대체 왜 멍청이처럼 저 앨 만나러 온 거야?'

그리고 케지아는 이렇게 생각했다.

'스티바즈 사람들이 저 애를 보면 난 망할 거야. 다시는 고개를 들고 다닐 수도 없을 거야. 저 야단스러운 드레스에 요란한 화장을 한 화냥년! 내가 미쳤지, 여길 오다니!'

둘 중 배우가 먼저 정신을 차렸다. 그녀의 분노는 이곳 파리에서 누군가 이 비루한 영국 시골뜨기가 자신의 쌍둥이 자매라는 사실을 알게 될 거라는 확고한 두려움으로 변하고 말았다.

마담 리사지는 경쟁자가 없는 것도 아니었고, 미래에 대한 두려움이 없는 것도 아니었다. 그녀는 스스로에 관한 많은 전설을 교묘하게 구축해왔다. 그런데 미스 폰스의 존재에 관한 풍문이라도 돌면 그 모든 게 허물어질 것이다. 그녀는 옅은 회색 장갑에 매달린 커다란 진주조개 단추를 잡아당기면서 교묘하게 말을 꺼냈다.

"말다툼은 아주 멍청한 짓이야. 넌 여기 오지 말았어야

했고, 나도 널 보러 오는 게 아니었어. 그래도 이제 온갖 불쾌한 말은 이미 다 꺼낸 것 같으니, 이제부턴 다시 서로를 잊도록 노력하는 게 좋겠어."

"나도 잊을 수 있었으면 좋겠어, 마사. 하지만 너도 알잖아, 그저 원한다고 잊을 수 있는 게 아니라는 사실을 말이야. 난 오랜 세월 널 잊으려고 애쓰고 또 애썼어. 하지만 소용없었지. 자꾸 네가 마음속에 떠오른단 말이야. 해야 할 일이 있는데도 자꾸 떠올라. 어떨 때는 기도를 할 때조차 떠오른단 말이야."

마담 리사지는 부자연스럽게 웃었다. 이 상황을 생각하면 할수록 자신의 자매가 즉시 조용히 파리를 떠나는 게 최선이라는 생각이 더욱 커졌다.

"음, 그건 내가 어찌할 수 없는 일이잖아, 케지아? 넌 우울증이 있나 봐? 난 네 생각을 한다고는 말 못 하겠어. 아무리 쌍둥이라 하더라도 말이야. 그냥 뭐랄까, 그저 네가 신경에 거슬린다고나 할까."

"어디서, 무례하게!"

케지아가 사납게 몰아붙였다. 그녀의 바싹 마른 입술은 바르르 떨렸다. 늘어진 뺨은 허옇게 창백해졌다.

"무례할 게 뭐 있어. 나는 열여섯에 집을 나왔고, 이후 온갖 경험을 다 겪었어."

"제발 그중에 아무것도 나한테 말하지 마."

케지아가 쏘아붙였다.

"뭐래, 내가 얘기해줄 거로 생각했나!"

배우는 미친 듯이 자기도취의 웃음을 터뜨렸다.

"넌 이해도 못 할 일들이야. 네 경험의 영역을 넘어서는 일이라고. 알다시피 난 열여섯에 집을 나왔고, 그런 나에겐 그 모든 세월 동안 네가 그곳 스티바즈에서만 쭉 살았다는 건 좀 끔찍하게 여겨져. 날마다 똑같은 일상을 반복하면서 말이야. 엄마가 했던 모든 일을 그대로 똑같이 따라 하면서 살다니. 뭐, 할머니도 똑같은 삶이었겠지."

"달리 말해,"

케지아가 끼어들었다.

"점잖은 숙녀로서 명예롭게 본분에 맞는 삶을 살아온 거지."

"어떻게 자기 입으로 그런 소리를?"

마담 리사지가 악의를 담은 미소를 보이며 덧붙였다.

"그런 말이 진짜 얼마나 충격적으로 들리는지 몰라? 그런 널 생각하니 안됐다는 마음이 드네. 넌 그저 한 번도 박차고 나올 용기가 없었을 뿐이야."

미스 폰스는 자리에서 일어나 창가로 걸어갔다. 그러고는 풀을 먹여 빳빳한 레이스 커튼 넘어 창 아래 시끄러운 좁은 골목을 내다보았다. 빵 가게에서 일하는 남자아이가 흰 가루가 묻은 긴 빵 덩어리들을 손수레에 싣는 모습이 보였다. 그녀는 완벽하게 평온한 태도로 무언가 치명적 효과를 낼 수 있는 말을 던지고 싶었다. 어쩌면 아무 말도 하지 않는 게 좋겠다는 생각이 들기도 했으나, 결국 그 정도의 자기통제에는 이를 수 없다는 사실을 깨달았다. 그녀는 마지막 단 한 번이라도 반드시 자신의 마음속 깊은 곳에 있는 쌍둥이 자매에 관한 생각을 꺼내 보여야 했다.

마담 리사지는 이 소강상태가 반가웠다. 그녀는 다툼을 벌여 유감이라는 생각이 들었다. 참으로 점잖지 못하고 소모적인 짓이었다. 그녀는 자제력을 잃은 것을 후회했다. 이렇게 분노를 주체하지 못한 건 참으로 오랜만이었다. 그녀는 대체로 사람 좋은 여자였다. 골나거나 화내는 일도 별로 없었다. 그녀의 삶은 손쉬운 성공, 가벼운 인간관계와 피상적 칭찬이 넘쳐나는 편안한 삶이었다. 자신을 비난하는 사람은 그저 회피하며 살아왔다. 따라서 이 격렬하고 사나운 대화는 그녀에게 정말이지 혐오스러운 경험이었다.

마담 또한 자리에서 일어나 움직였다. 그러나 창가가 아니라 거울 앞으로 가서 부드럽게 구불거리는 머리를 솜씨 좋게 매만졌다. 어쩌면 자매의 거친 머리와 똑같은 색이었겠지만 매우 공을 들여 윤기 나는 적갈색으로 염색한 머리였다. 그녀는 핸드백에서 화장품을 꺼내 입술을 바르고 뺨을 매만졌다. 그녀는 거울을 볼 때면 늘 다소 불안한 마음으로 자신을 들여다보았다. 그러나 지금처럼 불안한 적은 없었다. 지금, 이 순간까지 스스로 만족감을 느꼈던 자신의 말쑥한 얼굴에서 쌍둥이 자매의 얼굴이 엿보이는 것 같았기 때문이었다. 30분 동안 바라보며 공포와 두려움을 느껐던 쌍둥이의 추한 구김살, 칙칙하고 불쾌한 색조, 섬뜩한 주름, 축 늘어진 살이 자기 얼굴에도 드러나는 것 같았다.

그녀는 호텔 계단을 오를 때만 해도 꽤 유쾌한 생각을 했다.

'케지아는 지금 촌스럽고 끔찍한 여자가 되어 있겠지.'

하지만 케지아의 실제 모습을 보고는 상상치 못한 충격을 받았다.

두 사람이 언쟁을 주고받는 내내 그녀는 자기 앞에 앉아 있는 평범한 여자에게서 눈을 뗄 수가 없었다. 그야말로 놀라 움츠러든 시선으로 바라보았다.

'저 애는 나와 분 단위까지 나이가 같아.'

물론 둘 사이에 조금이라도 닮은 점이 있다고는 아무도 알아채지 못할 것이다. 배우를 포장하고 있는 것은 의복과 화장, 염색, 몸에 밴 우아한 태도뿐만이 아니었다. 비록 쌍둥이 자매라 하더라도 둘의 성격은 절대적으로 판이했다. 언제나 그랬다. 그렇지만 쌍둥이 자매라는 사실은 절대 사라지지 않는다. 마담 리사지는 케지아가 파리를 떠난 후 다시는 돌아오지 않을 거라고 확신하기 전까지는 매우 불안하리라는 사실을 알았다. 따라서 그녀가 예민하고 불안한 상태에서도 거울에 비친 자신의 모습에 다시 다소간의 자신감을 되찾았을 때(적어도 그녀의 자태는 꽤 멋진 편이었고 옷을 고른 감각도 훌륭했다), 고개를 돌려 회유를 시작했다.

"케지아, 그래도 헤어질 때는 서로 좋게 헤어지자. 너도 악감정이 없었으면 좋겠어. 우리가 만난 건 어리석은 짓이었어. 파리에서 언제 떠날 거니?"

미스 폰스는 창가에서 몸을 돌렸다. 그녀는 이제 자기통제를 잘할 수 있다고 생각했다. 따라서 열정을 못 이겨 무익한 모욕을 주고받는 일 따위 없이 자기 의중을 정확히 전달할 수 있을 거라고 느꼈다.

"난 내가 파리로 온 게 실수였는지는 모르겠어."

그녀는 일부러 그렇게 돌려 말했다.

"그렇게 하는 게 내 의무라고 생각했을 뿐이야. 말한 것처럼 난 수년간 끊임없이 네 생각을 했고, 너도 알다시피 혼자 살고 있어. 물론 할 일은 넘쳐 나. 난 한 번도 나태하게 산 적이 없거든. 하지만 너 말고는 나와 긴밀히 연결된 사람은 아무도 없어. 마사, 너 좋을 대로 말해도 되고, 맘대로 생각해도 돼. 하지만 우리는 쌍둥이 자매잖아. 그러니까 난 우리 사이에 일종의 끈이 있다고 생각해."

그녀는 잠시 말을 멈췄다가 다시 덧붙였다.

"그게 설령 증오의 끈이라도 말이지."

"증오?"

배우는 우아한 동작으로 어깨를 으쓱했다.

"그거 참 추한 말이네. 안 그래? 그렇게 날 신경 쓸 필요가 있어? 난 널 증오하지 않아. 걱정하지 마."

"아니, 아냐. 내 생각엔, 넌 날 미워해. 분명 그럴 거야, 마사. 우리가 대화하는 내내 네 눈에서 증오가 엿보였어.

넌 이렇게 늙고 못생긴 여자가 내 쌍둥이 자매라니, 하고 생각했잖아?"

"그렇게 분명하게 내 마음을 읽었어?"

분과 립스틱으로 세심하게 칠한 마담 리사지의 얼굴에 창백한 미소가 떠올랐다.

"음, 뭐 어쩌면 그런 비슷한 생각이 내 마음속에 스쳤을 수도 있지. 케지아, 넌 스스로 보다시피…… 너 자신을 너무 지독하게 방치했어. 넌 실제 나이보다 열다섯은 더 먹어 보여. 게다가 내 생각엔 넌 오히려 그런 모습을 즐기는 거 같아."

"난 나 자신을 얽어매지 않아. 난 신이 만든 그대로야. 내 머리 색은 원래 네 머리 색이랑 같아. 내 얼굴은 네가 온통 뒤집어쓰고 있는 화장을 걷어내고 나면 똑같이 드러날 얼굴이야."

"그렇지 않아. 우린 생각도 다르고 마음도 달라. 우리는 서로 아주 다르게 살아왔어. 난 우리가 나란히 홀랑 벗고 서 있다 하더라도 조금도 닮아 보이지 않을 거라 생각해."

"아, 그래? 음, 난 우리가 발가벗으면 사람들이 우릴 쌍둥이로 알아볼 거라고 생각하는데? 하지만 내가 하고 싶은 말은 그런 게 아니야. 난 네 삶에 대해 알고 싶지 않아. 분명 그건 천박하고 구역질 나는 이야기일 테니까. 내가 여기 온 이유는 네 삶에 관한 생각, 또 그게 얼마나 끔찍할까, 그런 생각 때문이었어. 난 널 구하기 위해 노력하는 게 내 의무라고 생각했어.”

“하, 기가 막혀!”

배우가 나직하게 내뱉었다. 그녀는 자신의 황금색 그물
백과 상아 손잡이 양산을 집어 들었다.

“너 정말 웃긴다! 참, 어이가 없네. 뭐, 날 구해? 어디에
서?”

“내가 무슨 말 하는지 잘 알잖아? 난 정말 널 구하고 싶
어. 그래, 네가 떠벌리는 세상에 대해선 난 너만큼 잘 알지
못해. 하지만 난 너 같은 여자가 젊음을 잃을 때쯤 어떤 일
이 벌어질지는 잘 알아. 너 저축해놓은 거 없지?”

“그래, 없어. 게다가 빚도 있지.”

배우는 미소를 지으며 대답했다.

“그럴 줄 알았어. 넌 더 이상 배역을 따지 못하면 어떡할
건데? 그러면 지금 주변에 있는 사람들도 떠날 텐데?”

“그런 일은 아주아주 먼 훗날 이야기야. 케지아, 그리고
네가 내 미래까지 걱정하지 않아도 돼. 설령 내가 늙은이가
될 때까지 산다고 하더라도 난……”

“그땐 어쩔 건데?”

미스 폰스는 흥미롭다는 표정으로 몸을 앞으로 기울였
다.

“물론, 후회하겠지. 돈 많은 착한 남자 만나 결혼해서 시
골로 내려가 살던가, 아니면 수녀원에 들어갈 거야. 내가
로마 가톨릭 신자인 거 알잖아?”

미스 폰스는 부르르 몸을 떨며 실제로 고통이 밀려오는 듯한 표정으로 말했다.

"우리 집안에서 그런 게 된 사람은 네가 처음이야."

마담 리사지는 웃음을 지으면서도 불쾌했고 또 도망치고 싶었다.

"너 정말 나한테 그런 바보 같은 이야기나 하려고 파리까지 온 거야? 그렇다면 정말 시간 낭비, 돈 낭비야."

"시간이건 돈이건 난 둘 다 많아. 탤리스 할머니가 작년에 돌아가신 건 알 거야. 할머니가 전 재산을 내게 남겨주셨어. 그중 반은 네 것이 될 수 있었을 텐데 말이야. 그러니까 네가…… 다른 종류의 여자였다면 말이야. 네가 후회하고 삶의 방식을 바꾼다면 지금이라도 네 몫을 줄게."

"후회? 그건 네가 듣고 싶은 말이겠지, 케지아. 다 가망 없어. 우린 심지어 같은 언어를 쓰는 것도 아니야. 난 탤리스 할머니 돈도 네 돈도 원치 않아. 물론 너도 이건 인정해야겠지……."

그녀는 다소 모질게 말을 이었다.

"그러니까, 실용적인 관점에서 보자면 네가 운이 좋았던 거야. 그리고 난 '환락의 길'을 택한 거고. 넌 분명 그런 단어로 표현하겠지. 그리고 네가 모든 걸 다 가진 거야. 안 그래? 집이며 땅, 돈, 아버지 재산, 어머니 재산, 탤리스 할머니 재산까지. 운이 좋다고 생각하겠지. 하지만 너 죽으면 그거 다 누구한테 물려줄 건데?"

"자선단체에."

케지아 폰스는 근엄한 태도로 덧붙였다.

"그 모든 돈은 마지막 한 푼까지 다 누군가를 돕는 일에 쓸 거야. 하지만 방금 말했듯 네가 만약 무대를 떠난다면, 즉 파리를 떠나 고향으로 돌아온다면 네가 필요한 만큼 줄 의향은 있어."

그녀는 말투를 바꾸고는 자매에게 물었다.

"마사, 고향이 그리울 때 없어?"

마담 리사지는 생각에 잠겼다. 쌍둥이의 갑작스런 물음에 깨져버린 꿈과 느닷없이 찾아오는 향수의 순간이 떠올랐다. 그녀는 열여섯에 집에서 도망쳐 나왔다. 방학을 맞은 학생 때였다. 그녀는 인근에 주둔하고 있던 군대의 한 준대위와 눈이 맞아 함께 도망쳤다. 둘은 인도로 떠났다. 그리고 3년 후 그녀는 굴욕적인 이혼을 당했다. 또 한 번 결혼했고, 두 번째 남편은 술을 퍼마시고 그녀를 학대했다. 이번에는 이혼 없이 별거했다. 그런 후 프랑스 배우 아드리앙 리사지와 오랜 관계를 지속했다. 이 남자가 그녀에게 프랑스어와 연기를 가르쳤고, 이후 지금까지 유지하고 있는 마담 리사지라는 신분을 선사했다. 그녀는 부지런했고 영리했으며, 재능 또한 있었다. 게다가 흔치 않은 매력과 광휘를 가지고 있었다.

그녀가 학생 시절 보닛에 베일까지 쓰고 손에는 작은 가방을 들고 스티바즈에서 도망친 후 아주 오랜 세월이 흘렀다. 그날은 매우 이른 여름날이었다. 그녀는 부엌 정원을 통해 서둘러 빠져나와 붉은 벽돌담 사이로 난 뒷문으로 향했다. 살구나무가 서 있던 그곳 근처에서 한창 꽃을 피우던 까치밥나무 꽃향기가 아직까지 기억에 선하다.

향수! 그 영국 마을에 살던 16년의 세월! 그녀는 언제나 오후, 언제나 해가 빛나던 조용한 때를 기억한다. 부엌에서 나오는 뜨거운 잼의 향기.

케지아는 쌍둥이를 날카로운 시선으로 관찰하다가 물었다.

"너 고향이 그립구나. 맞아, 마사. 돌아오지 그래?"

마담 리사지는 재빨리 고개를 들었다. 마치 그 물음이 애정이 담긴 말인지 아닌지 궁금한 것 같았다. 사랑? 가당키나 한 말인가? 애정이 조금이라도 담긴 말, 또는 어쨌든 친절한 감정이 묻은 말이 가당키나 한가? 증오의 감정에 섞여 들어간 호기심과 질투가 케지아의 둔탁한 갈색 눈에서 새어 나왔다. 그리고 마담 리사지는 그런 표정이 자신의 눈빛에서도 반사되고 있다는 사실을 알았다. 그렇다, 질투 또한 있었다. 케지아의 삶과 인물됨에는 그녀가 부러워하는 무언가가 있었다. 자매를 바라볼 때 그녀는 자신이 놓친 것들을 떠올렸다. 케지아가 자신의 자매를 바라볼 때 자기 존재에서 결핍된 것을 생각하듯이.

각자는 상대에게서 자신이 되었을 수도 있었을 모습을 증오하면서도 부러워했다. 그것은 복잡하고 끔찍한 감정이었다. 배우는 용케 아무렇지 않은 듯 말을 꺼낼 수 있었다.

"돌아오라고? 말도 안 돼! 말도 안 된다는 건 너도 알잖아. 그리고 너도 내가 스티바즈에 사는 건 원치 않잖아."

"네 말이 맞아. 그건 정말 참을 수 없는 추문이 되겠지. 다른 이야기를 꾸며 내던가, 아니면 네가 참회자가 되어 돌아오던가, 그런 게 아니라면 말이야."

마담 리사지는 웃었다.

"정말 그런 일이 일어날 거라고 생각한다면 넌 미친 거나 마찬가지야. 나한테 사연을 꾸며 내라고? 참회자가 되라고? 그러면 넌 날이면 날마다 날 들들 볶으며 고문하겠지! 우린 둘 다 미쳐버릴 거야. 그런 허황된 이야기 말고, 진짜 현실적인 이야기나 하자."

그녀는 이 황금 장식과 붉은 양탄자가 장식된 응접실에 처음 들어왔을 때보다 훨씬 더 단호한 태도로 말했다. 우아함과 가식은 훨씬 줄어들었다. 스스로 의식하지 못했지만, 그녀는 실로 지금 그 긴 세월 어느 때보다도 자신의 자매와 닮아가고 있었다. 그토록 오랫동안 사용하지 않았던 모국어가 점점 더 익숙해졌고, 불쑥 드러나는 몸짓과 똑바로 바라보는 눈길이 점점 더 케지아를 닮아가고 있었다.

"넌 내가 돌아가지 않을 걸 알고 있어. 넌 내가 탤리스 할머니의 돈을 한 푼도 받지 않을 거란 사실을 잘 알아. 넌 내가 다시는 널 보고 싶어 하지 않는다는 사실도 잘 알아. 이제 파리에 또 오더라도 다시는 날 귀찮게 하지 마."

그녀는 상아 손잡이 양산을 쥐었다. 너무나 꽉 움켜잡아서 부러질 것만 같았다. 케지아 폰스는 매우 신기하다는 듯한 눈빛으로 그런 그녀를 바라보았다.

"넌 아마도 날 완전히 타락한 여자로 생각하나 본데 나한테 그런 연민 보내지 마. 나는 성공했어. 난 항상 성공했어. 난 어떤 면으로 보면 모든 것에 대해 승리했어. 여자를 옭아매는 관례나 전통에 대해서도 승리했고, 여자의 가슴과 삶을 허비하게 만드는 그 흔한 어리석은 감정과의 싸움에서도 승리했어. 그리고 네 경우처럼 여자를 좀먹는 그 모든 비열하고 하찮은 임무, 의무 따위에도 승리했단 말이야."

그녀는 자기도 모르게 목소리에 날카로운 어조를 실어 되풀이했다.

"난 모든 면에서 성공했고 승리했어. 그러니 바라건대, 제발 날 불쌍히 여기지 말아줘. 또, 내가 무슨 후회 따위 할 거라고 생각하지 마."

미스 폰스는 으스대는 자매의 말을 들으며 점점 더 경멸적인 비웃음을 노골적으로 드러냈다.

"그러면 끝은? 말년은 어떻게 될까?"

"그런 걱정은 네가 할 필요 없어, 케지아. 네 말년만큼 나도 안락하게 보낼 테니까. 어쨌거나 아직 먼 이야기야."

"네 말처럼 그렇게 쉽게 확신할 수 있을까? 난 너한테 파리에 왔다고 알리기 전에 이삼일 동안 여기 있었어. 그러면서 좀 알아봤지. 이것저것 찾아서 읽어보기도 했고. 넌 예전만큼 인기가 많지 않아. 일부러 스스로 눈을 감고 있겠지만, 사람들은 네가 늙어가고 있다는 걸 이미 알고 있어."

배우는 고통스러운 미소를 지었다.

"나 같은 여자는 절대 늙지 않아."

"오, 말이야 쉽지, 마사. 분명 그런 말이 네게 위로를 주겠지. 하지만 넌 마흔다섯이야. 쉰은 금방이야. 너보다 젊은 여자들은 널렸어. 네가 예전처럼 좋은 배역을 얻지 못한다는 건 나도 알고 있어. 그리고 남자들도 예전처럼 쫓아다니지 않잖아. 한두 명의 부유한…… 스폰서? 그렇게 부르던가? 그런 사람도 놓쳤을 테고. 지금은 어린 남자들하고 돌아다니고 있지? 사실 아주 어린애들이잖아?"

"하, 내 뒤를 캐고 다녔구나?"

얼굴이 납빛으로 변한 마담 리사지가 소리 질렀다.

"스스로 정직하고 명예로운 여자라고 자화자찬하던 네가!"

"아니야, 네 뒤를 캐는 일 따위 하지 않았어, 마사. 그런 건 알아내기 어렵지 않아. 양장점이나 향수 가게 같은 곳에서 한두 마디 듣는 말이면 충분해. 심지어 극장 로비에서도 들리던걸? 아, 그리고 네 공연도 두세 번 보러 갔었어. 너 연기 꽤 잘하더라. 하지만 지쳐 보였어. 안 그래? 아주 지친 거 맞지?"

"정말 웃기네. 아무래도 넌 질투에 사로잡힌 거 같아. 우린 둘 다 인생의 전성기를 살고 있는 중이야. 넌 그렇게까지 늙은 여자로 보일 필요 없어. 네가 진정으로 삶다운 삶을 살았다면 그러지 않았겠지. 네가 그러는 건 네 안의 모든 게 다 말라비틀어졌기 때문이야. 넌 항상 꽃도 피우지 못한 채 시들어버렸지."

마담 리사지는 거의 절망적으로 호소하듯 덧붙였다.

"도대체 왜 날 내버려 두지 못하는데? 난 네 생각 따위 안 한 지 아주 오래됐어. 네 편지를 받았을 땐 그저 충동적으로 친절한 마음이 들었을 뿐이야."

"그 두 가지 말 다 사실이 아닐걸."

케지아 폰스는 상대가 완전히 입을 닥칠 정도로 강하게 말을 이었다.

"넌 내 생각을 하고 또 했어. 그리고 스티바즈에 관해서도, 내 삶에 관해서도, 네 어린 시절과 우리 아버지 어머니에 관해서도, 또 우리 이웃과 친구들에 관해서도 말이야. 그래, 우린 쌍둥이야. 우리 사이엔 피붙이만이 가지는 동질감이 있지. 그래서 한편으로 우린 서로의 생각을 알고 있어. 난 네 생각을 잘 알아. 내가 널 생각하느라 괴로웠듯 너도 내 생각 때문에 괴로웠다는 거 알아. 그게 진실이야. 안그래, 마사?"

배우는 협박하듯 조금 앞으로 다가가며 어깨를 으쓱했다. 장갑을 두르고 있는 진주가 팽팽해졌다. 그녀는 무뚝뚝한 태도로 인정했다.

"그래, 그렇다고 쳐. 그래, 네 생각 때문에 괴로웠어. 그래서 널 보러 온 거고. 하지만 그래서 뭐? 도대체 우리가 이런 대화를 하고, 이런 걸 따지는 이유가 뭐야?"

"그리고 다른 하나도 사실이 아니야."

케지아는 자매에게 더 가까이 다가가며 말을 이었다.

"충동적으로 친절한 마음이 들어서 왔다고? 아니야. 넌 내가 널 미워하는 만큼 날 미워해. 네가 파리에 존재한다는 사실을 내가 견딜 수 없는 만큼 너도 내가 스티바즈에 존재한다는 생각 자체를 견딜 수 없어."

"그래, 가끔 거슬리긴 해."

마담 리사지는 솔직하게 인정했다.

"하지만 그 이유를 모르겠어. 우리가 자매라는 건, 쌍둥이라는 건 그저 우연이지. 우린 꽤 다른 여자일 뿐이야."

"글쎄,"

케지아 폰스는 몹시 빈정대는 투로 말을 이었다.

"어쩌면 우린 진짜 똑같은 종류의 여자일 수도 있어. 그저 한 측면은 네가, 다른 측면은 내가 우위를 차지한 상태로 말이야. 음, 이런 이야기를 해봤자 아무 소용없겠지. 하지만 난 적어도 점잖게 살아왔고, 넌 그렇지 않았어. 난 널 경멸할 권리가 있지만, 넌 나에게 그럴 자격이 없어. 넌 어린 시절부터 나쁜 여자였어. 나쁜 딸에 나쁜 아내였지. 단 하나의 의무나 책임도 제대로 못했어. 반면 난 내게 기대되는 모든 걸 다 해냈어."

마담 리사지는 그 말을 조롱의 어감을 담아 그대로 되풀이했다.

"네게 기대되는 모든 거? 아, 가여운 케지아!"

"비웃으려면 비웃어, 하지만 난 고향에 머물렀어. 어머니를 간병했고, 아버지를 돌봐드렸어. 난 결혼할 수도 있었지만 포기했어. 결혼하면 부모님을 떠나야 하니까. 나도 하고 싶었던 일들이 수없이 많았지만, 그런 것들은 생각조차 하지 않으려 했어. 그리고 아버지와 어머니가 돌아가셨을 때 난 스티바즈에, 우리 가문의 이름에, 우리의 지위에 의무감을 느꼈어."

마담 리사지는 반쯤 히스테리컬한 웃음이 섞인 박장대소를 터뜨려 그녀의 말을 끊고는 문을 향해 돌아섰다.

"더 이상 여기서 네 얘기 듣고 있다가는 진짜 미쳐버릴 거 같아. 네가 곧바로 파리를 떠나기를 바라. 그리고 제발 다시는 날 찾아오지 마."

"안 찾아올 거야."

케지아는 언짢은 기색으로 말을 이었다.

"이제 널 다시 볼 일 없을 거야. 너무 끔찍해. 하지만 최악은 내가 네 생각을 피할 수 없다는 거야."

"그럴지도 모르지."

마담 리사지는 문손잡이에 손을 얹었다. 두 자매는 서로를 응시했다. 몰입한 그 순간, 자의식도 사라진 듯한 그 순간에 둘은 너무나 닮아 보였다. 배우의 염색한 컬과 케지아 폰스의 거친 회색 머리는 전체적인 몸매와 실루엣의 유사성에 비하자면 그저 하나의 장식처럼 보일 뿐이었다.

"오늘 밤 연기하니?"

미스 폰스가 물었다.

"그래. 날 보러 오지 마. 네가 보고 있다고 생각하면 괜히 긴장할 거 같으니."

"말했듯이 두 번이나 봤어. 다시 보러 가진 않을 거야. 거기선 꽃다발도 받고 그러겠지?"

"아마도. 특별한 공연이거든. 그건 왜 물어봐?"

케지아 폰스는 대답하지 않았다. 그녀는 꽃을 키웠다. 인생 내내 다양한 꽃을 무수히도 많이 키웠다. 마을에 결혼식이 있거나 장례식이 있을 때 꽃을 보냈고, 가난한 이에게도, 아픈 이에게도, 자선단체에도, 교회 축제일에도 꽃을 보냈다. 그녀는 다발로, 바구니로 꽃을 꺾어 자신의 방을 장식했지만, 장미 한 송이, 백합 한 송이 받아본 적이 없었다. 그러나 마사는 인생 내내 꽃다발을 받아왔다.

"음, 첫 키스가 마지막 키스여야 하듯이, 첫 꽃다발이 마지막 꽃다발이어야 해. 넌 그런 생각해본 적 있어?"

"그래, 해봤지."

배우가 냉정한 어조로 말을 이었다.

"아마도 우린 아주 많은 생각을 공유하나 봐. 신경 쓸 거 없어. 네 말대로 시간이 지나면 후회할지도 모르지. 내 말대로 늙고 점잖은 남자와 결혼해 한 집안을 돌볼 수도 있고, 아니면 수녀원에 들어가거나, 아니면 갑자기 죽을 수도 있겠지. 그렇지만 어떤 경우라도 더 이상 키스도 꽃다발도 없을 거야. 그러면 넌 만족하겠지, 케지아?"

"만족? 모르겠다. 하지만 난 네 삶이 거의 끝에 다다랐다고 생각해. 난 신문을 살펴볼 거야, 마사. 프랑스 신문 말이야."

마담 리사지는 웃었다.

"내가 뭘 하건 신문에 나오진 않을 거야. 비밀을 잘 지킬 거거든."

"그럼 네 소식을 어떻게 알 수 있을까? 난 네가 나한테 편지 보내는 건 원치 않아. 스티바즈에 프랑스 편지가 오는 건 싫어."

"하! 너한테 편지 안 쓸 테니 걱정 마. 하지만 어쨌건 넌 알게 될 거야. 내 마지막 꽃다발을 너한테 보낼 거니까."

그녀는 문을 잡아당겨 열고는 극적 효과에 통달한 사람답게 날랜 동작으로 곧바로 사라졌다.

케지아 폰스는 앉아서 몸을 떨었다. 손바닥과 이마가 축축했다. 이 얼마나 끔찍한 대화였나! 도대체 이런 실수를 저지르다니! 끔찍하게도 여기 파리까지 오다니! 분명 수년간 자신을 괴롭혀온 호기심만은 충족시켰다. 자신의 그 모든 단조롭고 질서정연하고 조용한 삶 내내 품었던 질문, '마사는 어떨까?'란 호기심 말이다. 그녀는 가끔 한밤중에 다른 주제의 꿈을 꾸고 잠에서 깨어 일어나 소리 내어 자문하곤 했다. '마사는 지금 뭘 할까? 어떤 옷을 입고 있을까? 지금은 연인이 누굴까? 어떤 배역을 연기할까? 얼마나 많은 사람이 그녀를 위해 축배를 들까? 선물을 보낼까? 어떻게 생겼을까? 돈은 얼마나 있을까?' 그리고 그 모든 질문은 마치 화살처럼 어둠 속에서 그녀를 꿰찔렀다. 그녀는 마사의 풍요롭고 화려한 삶 앞에서 자신의 삶이 처량하고 비루하게 느껴졌다. 그러나 동시에 맹렬한 역설로, 그녀는 저자신의 미덕에 강력한 자부심을 느끼며 쌍둥이 자매의 사악함에 고고한 태도로 경멸하는 마음을 품었다.

스티바즈에서는 아무도 마사 이야기를 하지 않았다. 그녀가 도망친 지 거의 30년이 다 되었다. 미스 폰스는 마사가 사람들의 입에 오르지 않는다는 사실 그 자체의 순전한 힘으로 그대로 잊히길 바랐다. 많은 사람이 분명 그녀가 죽었다고 믿었고, 더 많은 사람이 간혹 신문에 나오는 유명 여배우의 이름을 보면서도 마르셀 리사지와 마사 폰스를 연관 짓지 못했다. 그러나 쌍둥이 자매의 마음속에서 그녀는 언제나 살아 있었다. 분통 터질 만큼 생생하게. 그러다가 억눌린 감정을 더 이상 견딜 수 없게 되자, 미스 폰스는 그럴듯한 핑계를 만들어 스티바즈를 떠나 파리로 향했다. 그리고 추적 끝에 직접 마사를 만난 것이었다.

그리고 지금 그 중대한 만남은 끝났다. 그건 그저 비난을 주고받는 다툼, 악의에 찬 치욕스러운 싸움, 경멸과 질투가 한데 섞인 자신의 마음속 깊은 감정이 강렬하게 쏟아져 나온 것일 뿐이었다. 그녀는 붉은색 천이 깔린 엠파이어 의자에 뻣뻣하게 앉아 머리를 등받이에 기대고 눈을 감았다. 그리고 마사의 자리에 있는 자신의 모습을 상상했다.

그녀는 말끔한 제복을 차려입은 말쑥한 말구종이 모는 작은 사륜마차에서 품위 있는 복장을 한 잘생긴 신사와 함께 내리는 마담 마르셀 리사지로 자신의 모습을 그려보았다. 그녀는 자갈이 깔린 파리의 거리를 휙휙 지나며 웃고 떠든다. 지인을 만나 고개를 까닥여 인사한다. 마침내 호화로운 자신의 아파트로 들어간다.

마사는 왜 나를 자신의 아파트로 초대하지 않았지? 왜 나는 거기 가겠다고 고집하지 않았지? 그저 용기가 없었을 뿐이었다. 그저 자신이 그녀의 자매라는 사실이 창피해서 그랬다. 그녀는 마사의 우아한 아파트에서 마주칠 사람들에게 어떻게 행동해야 할지 몰랐다.

아, 그 작고 예쁜 집은 어떤 모습일까? 케지아는 확신할 수 있었다. 분명 금박을 입힌 가구와 그림, 조각, 연인들이 보낸 그 모든 선물이 가득한 그곳은 스티바즈와는 너무나도 다를 것이다. 그리고 그 연인들, 그들은 누구이며 뭘 하는 사람들일까? 케지아 폰스는 무성한 소문, 수많은 추문을 들었다. 그녀는 그것들 중 어떤 걸 믿어야 할지 몰랐다. 하지만 그게 뭐가 중요한가? 연인들이 있는데? 그녀는 제멋대로 상상할 수 있지 않은가.

케지아는 눈을 뜨고 똑바로 앉았다. 자기 자신을 쌍둥이 자매와 동일시하는 망상이 위험한 유희라는 걸 깨달았다. 그녀는 내일 영국으로, 스티바즈로 돌아갈 것이다. 모든 게 예전 그대로일 것이다. 적어도 겉으로는 그럴 것이다. 하지만 그녀는 잊지 못할 것이다. 어쩌면 저 상스럽고 붉은 플러시 천과 도금된 가구, 거대한 거울, 조악한 조각 장식이 천장까지 닿아 있는 이 혐오스럽고 번지르르한 방에서 나눈 대화를 영원히 잊지 못할 것이다. 두 자매는 서로에게 티끌만큼도 영향을 끼치지 못한다. 그러나 그들의 비극은 바로 둘 다 서로를 잊지 못한다는 사실이었다.

마지막 꽃다발이라니!

도대체 그게 무슨 말인가? 그녀는 어떻게 그런 말도 안 되는 이야기를 한 거지?

나에게 자신의 마지막 꽃다발을 보낸다니! 케지아 폰스는 흥분한 마음속에서 그 말을 끄집어내 버릴 수 없었다. 사는 내내 꽃 한 송이 받아보지 못한 자신이 꽃다발을 받는다니! 그건 자매의 죄의 삶이 끝났다는 사실을 의미하는 꽃일 것이다! 생각만으로도 가당치 않고 증오스러울 뿐만 아니라 분통 터지는 일이었다.

미스 폰스는 다음날 파리를 떠났다. 역까지 가는 길은 역겨웠다. 붉고 검은 페인트로 칠해진 광고판에 쌍둥이의 얼굴이 끊임없이 보였기 때문이었다. 그 예쁘고 우아한 얼굴이 약 올리듯 그녀를 바라보며 웃고 있었다. 그중 하나에서 그녀는 주름 장식이 있는 흰 종이에 싸인 커다란 진홍색

장미 꽃다발을 들고 있었다. 미스 폰스는 그로테스크하게
도 코와 턱이 자신과 닮은 그 생생한 그림을 바라보며 부아
가 치밀었다.

　'마지막 꽃다발이라니! 마지막 꽃다발이라니!'

# II

케지아 폰스는 스티바즈에서 매우 잘 살았다. 그녀에게
는 권력과 돈, 지위, 활동, 여가가 있었고, 그 모든 것에 정
확히 그 순서대로 가치를 두었다.

자신의 집에서나 마을에서나 그녀의 권위에 반박할 사
람은 아무도 없었다. 장원 관리나 가난한 이웃들의 사정을
전반적으로 감독하는 그녀의 권한에 관해 그 어떤 반대도
없었다. 그녀는 자비로웠고 심지어 친절했다. 그녀는 그런
것들이 미덕이라고 여겼으며 일찍부터 스스로 덕이 높은
사람이 되려고 노력했다. 튜더 양식의 목재와 벽돌로 지은
건축물에 18세기풍 석재와 전통주랑 및 창으로 외장을 개
조한 품위 있는 팔라디오풍 장원 저택은 그녀에게 너무 거
대했다. 그녀는 혼자 사는 데다 연회를 여는 일도 거의 없
었다. 그러나 그녀는 수많은 방 가운데 하나도 폐쇄하지 않
았다. 하인들은 건설될 당시 저택의 원래 수용 인원수가 여
전히 그대로 그 널찍한 건물에 실제로 거주하는 것처럼 모

든 것을 정확하고 질서정연하게 관리했다. 그리고 그녀는 집안일을 세세하게 관리 감독하고, 모든 하인과 세입자들, 가난한 이웃들의 사정을 면밀히 살피는 일로 시간을 채웠다. 그렇지 않았다면 때로 공허하고 자주 외로웠을 날들을 말이다.

그녀는 오랫동안 이 능동적이고 권위적인 삶을 아무런 어려움 없이 이끌어왔다. 단지 마사에 관한 짜증 나는 생각만 빼면 말이다. 파리에 가서 마사를 만나고 온 이후 그 생각은 점점 커져갔다. 마치 균류가 건강한 나무의 병든 부위를 포착해 점점 세력을 키우다가 뿌리나 가지에 수액 한 방울, 활력 하나 남지 않게 만들어 결국 이듬해 봄에는 새잎 하나 나지 않게 하듯, 자신의 날들을 온통 뒤덮어버리기 시작했다.

케지아 폰스에게는 자신의 자매에 관한 이야기를 나눌 수 있는 사람이 아무도 없었다. 따라서 그녀는 자매에 관해 밤이고 낮이고 홀로 더 깊이 골몰했다. 자기 자신과 그토록 많은 부분을 공유하면서도 동시에 그토록 이질적인 사람에 관해 몰입하다 보니, 자신의 삶과 거리가 먼 그 삶이 한 번도 겉으로 표출되지 못했던 자기 자신의 어떤 면모를 드러내는 것만 같았다. 그녀는 자매를 다시는 보지 않을 것이고, 또한 서로 편지를 주고받을 일도 없을 것이다. 어쩌면 어느 날 신문에서 마담 마르셀 리사지의 은퇴나 죽음을 접할 수도 있을 것이다. 결혼 소식이나 수녀원에 들어간 이야기가 들려올지도 모른다. 그러나 마담 리사지가 만약 영국 신문을 본다면 들을 수 있는 건 오직 한 가지 소식뿐일 것이다. 그건 바로 자신의 죽음과 스티바즈 저택에서 가까운 교회 마당에 매장된다는 소식일 것이다. 마사 자신만 빼고 모든 폰스 집안사람이 누워 있고 눕게 될 곳의 매장 소식 말이다.

그러고 나면 영지는 폰스가 아닌 다른 성씨를 가진 먼 친척에게 넘어갈 것이고, 케지아의 돈은 엄격한 자선단체로 넘어갈 것이다. 그렇게 두 자매의 존재 자체는 지상에서 지워질 것이다. 그저 영국 교회 마당에 그 모든 조상의 이름과 함께 케지아의 이름만 남을 것이다. 마르셀 리사지라는 가짜 이름은 아마도 어느 거대한 파리의 공동묘지에 남을 것이다.

케지아는 둘 중 누가 먼저 죽을지 자주 생각했다. 누가 상대의 부고를 신문에서 보게 될까? 자신이 파리에 있는 다른 자아가 더 이상 존재하지 않는다는 사실을 깨닫게 되면 기분이 어떨까? 또는 마사가 고향 스티바즈에 살던 자신의 제2의 자아가 그 익숙한 방을 뒤로하고 떠난 걸 알게 되면 어떨까?

케지아 폰스는 매우 자주 자매에 관한 자신의 감정을 분석하려 들었다. 말하자면 이 무지근한 시샘 어린 증오의 밑바닥에 가닿기 위해 애썼다. 그러나 불가능했다. 그러려고 애를 쓰면 쓸수록 혼란스럽기만 했고 반감만 커졌다. 그녀는 자신이 진실로 마사를 경멸한다고 확신했다. 그리고 마사 같은 종류의 여자를 싫어한다고 확신했다. 그러면서도 인정하지 않을 수 없는 사실이 있었다. 그건 바로 마사가 자신이 그토록 가지고 싶었던 많은 것을 가졌으며, 자신이 큰 대가를 치르더라도 해보고 싶었던 경험을 했고, 감행해 보고 싶었던 모험을 겪었다는 사실이었다.

그녀는 마사가 자신에 관해 똑같이 느낀다고 믿었다. 분명 그 진홍색 타조 깃털이 달린 우아한 모자 아래 어둡게 화장한 눈 속에서 마사의 후회와 질투를 보았다!

마사는 틀림없이 자기가 영국 숙녀의 지위를 상실했고, 스티바즈에 자신이 설 자리가 없으며, 스티바즈가 뜻하는 모든 걸 다 잃었다는 사실을 후회할 것이다. 그녀는 케지아를 부러워했다. 그 지루하고 단조로운 삶을 선택한 용기를 부러워했으며, 의무감, 자기희생, 금욕의 삶이 동반하는 품위를 부러워했다. 그런 면모는 아무리 상스럽고 경박한 사람이라도 존경할 만한 것 아니던가.

직접 눈으로 보면 사라질 거라고 생각했던 마사에 대한 집착은 반대로 하루가 다르게 커져만 갔고, 마침내 견딜 수 없는 지경에 이르렀다.

'이러다가 앞으로도 끝도 없이 이어지겠어.' 그녀는 겁에 질려 생각했다. '나는 예전에 그 애랑 식사도 같이하고, 정원 산책도 함께하고, 숲길이며 과수원도 함께 거닐 거라고 생각했지. 마을에서 만나기도 하고, 밤이면 내 침실로 올 거라고 생각했는데. 하지만 난 항상 그 애를 내 기억 속에 남아 있던 모습으로만 보았어. 모슬린 드레스를 입고 사슴 가죽 슬리퍼를 신고, 밀짚 보닛 아래 긴 머리를 늘어뜨린 어린 소녀의 모습. 하, 마침내 그 이미지를 겨우 없애버렸다 싶었는데, 이젠 그 모습이 그저 다른 모습으로 대체됐을 뿐이야. 이제는 파리 호텔의 그 혐오스러운 붉은 플러시 천과 도금 장식 방에 있던 모습이 떠올라. 파란색과 붉은색이 함께 섞인 그 천박한 실크 옷을 입고 레이스 장식 안에 다이아몬드를 한 모습. 그래, 그 다이아몬드는 진품일 거야. 가슴에 있던 그건 진짜가 분명해. 염색한 머리에 화장한 얼굴, 컬이 진 머리에 그토록 우아하게 어울리는 진홍색 깃털 달린 작은 모자. 그 모습이 서른다섯도 안 돼 보인다는 건 인정해. 그래도 헤어질 때쯤엔 나만큼 나이 들어 보였지. 그래, 지금도 그 애가 눈에 선해. 피할 수 없어. 어떻게 해야 할지 모르겠어. 이건 일종의 질병이야.'

그녀에게 마사 또한 자기 생각 때문에 괴로운지 궁금한 마음이 강렬하게 밀려들었다. 그러니까 마사가 극장에서, 고급스러운 자신의 작은 아파트에서, 자신의 이륜마차에서, 파리 외곽에서 운전 중에, 저녁 파티를 즐기며, 그녀 케지아가 머릿속에 떠오르는지 어떤지 너무나도 알고 싶었다. 그러니까 동네 양재사가 재단한 수수한 드레스를 입고, 회색 머리는 망사 머리싸개에 쑤셔 넣고, 열쇠 꾸러미를 허리에 차고, 장부와 영수증철을 손에 들고 부스스한 얼굴에

우둔한 눈빛으로 스티바즈의 말끔하게 관리된 빈방들을 하나하나 지나치며 식료품 저장실에서 사실私室로, 부엌에서 낙농장으로 분주하게 돌아다니는 자신의 모습을 궁금해하는지 어떤지. '정말 기괴해. 정말 엉터리없어.' 그녀는 강한 의지로 망상을 떨쳐내려 애썼다. 억눌린 채 활활 불타는 에너지를 어떻게든 좋은 일에 쏟아부으려고 노력했다.

그렇지 않아도 언제나 큰돈을 들여 자선을 베풀었던 그녀는 물 쓰듯 펑펑 기부했다. 이불이며 석탄, 의료품, 식품 등을 닥치는 대로 내주다가 급기야 교구목사로부터 그녀가 교구민들의 버릇을 못 쓰게 만든다는 지적을 받는 지경에 이르렀다. 교회에 새 오르간도 사 주었다. 물론 그녀는 음악에 전혀 관심이 없었다. 그리고 기도에 대해 아는 게 거의 없었지만, 녹색 커튼이 쳐진 자신의 높은 신도석에 무릎을 꿇고 몇 시간씩 보내곤 했다.

그녀는 자매에게 편지를 몇 통 쓰기도 했다. 건강과 안부, 또 출연하고 있는 연극에 관해, 또 그저 모호하게 새로운 소식을 묻는 격식을 갖춘 서한이었다.

그러나 그중 하나도 부치지 않았다.

9월이 다가오자 그녀는 마음이 훨씬 편안해졌다. 대단히 감사하게도, 자신이 남몰래 '홀림'이란 용어로 부르는 그 생각이 멈췄다는 느낌이 들기 시작했다. 물론 그녀는 마사를 잊을 수 없었다. 그러나 배우의 모습은 마음속에서 점차 희미해지고 부예졌다. 그녀가 어떤 일에 몰두하고 있거나 혹은 밖의 일을 보고 있을 때는 진홍색 깃털이 달린 작은 모자를 쓰고 파란색과 붉은색이 함께 비치는 주름 장식의 실크 드레스를 입은 그 여자를 전혀 생각하지 않게 되었다.

그녀는 마사가 시간을 어떻게 보내고 있는지 궁금해하는 생각을 멈췄다. 또 멀리 떨어져 있지만 그래도 긴밀히 연결된 마사의 삶의 다양한 사건들, 자신으로서는 그토록 무지할 수밖에 없는 그러한 일들을 이리저리 살펴보는 일을 그만두었다. 그녀는 마사가 부리는 교태, 사악함, 성공에 대해 궁금해하고 곰곰이 생각하는 일을 멈췄다. 그녀는 이전보다 좀 더 공정하게 대우받는다는 생각에 마음의 위안을 얻었다. 이전의 그녀는 항상 자신처럼 고결하고 흠 없고 탓할 데 없는 여자가 가치 없고 타락하고 경멸받을 만한 사람에 관한 생각으로 조금이라도 괴로움을 받는 일이 너무 불공정하다고 생각했었다.

분명 고결한 자기희생의 삶을 사는 자신이 최소한 완전한 마음의 평화라는 보상 정도는 받아야 할 것 아닌가.

'아! 신이 돌보시는 거야.' 그녀는 그렇게 생각했다. 이제 그녀는 신께서 그리해주셨다고 느꼈고, 자신의 자매를 막연하지만 자비로운 마음으로 떠올렸다. 이전의 그녀는 한밤중에 갑자기 마사 생각이 밀려들어 정신이 번쩍 들며 깨어났다. 그럴 때마다 화가 치밀곤 했다. 그러나 지금은 그저 공허감만 남았다. 크고 멋진 조용한 침실에 열린 창으로 추분의 보름달만 비추고 있을 뿐이었다. 그리고 그저 안심이 들 뿐이었다. 분명 마사를 생각하는 건 맞지만 그저 자신과는 조금도 관계없는 매우 먼 누군가에 대한 생각일 뿐이었다.

그녀는 커다란 침실에 만족스러운 얼굴로 누워 스티바즈에서 자신이 가진 것들을 생각해본다. 온갖 가구, 은제품, 그림, 도자기, 말들이 머무는 마구간, 나무와 양과 소가 가득한 초지, 가축이 가득한 번창하는 농장. 모두가 그녀의 것이다. 그녀를 드높이고 부양하고 그녀에게 명예와 위엄, 권위를 안기는 것들이다. 반면 마사는 그중 그 어느 것에도 관여할 수 없다. 마사는 30년 전에 이 모든 것에서 도망쳤다. 까치밥나무 꽃향기가 가득한 정원을 가로질러 무가치한 젊은 군인과 도망쳤다. 그나마도 그 남자와 오래 살지도 못했다.

9월 첫째 주 미스 케지아 폰스는 아직 익지 않은 과일로 피클과 소스, 각종 양념을 만드는 일을 감독하고 있었다. 그녀는 열 살 무렵부터 어머니를 돕기 시작한 이래 한 번도 이런 집안일에 빠진 적이 없었다. 1년에 제철마다 해야 하는 각종 절인 음식 및 잼과 와인을 만드는 일 등등. 스티바즈의 찬장, 찬방, 서랍장은 바지런히 일해 만든 제품들로 가득 찼다. 절인 음식, 향수, 향유, 향료, 감로수, 세척제, 캔디 등이 평생을 쓰고도 남을 만큼 많이 쟁여져 어둠 속을 곰팡내로 채웠다.

올해, 이런 일을 마무리하던 케지아 폰스는 갑자기 피곤이 몰려왔다. 병이 날 듯한 느낌이었다. 그녀는 해가 질 무렵 정원으로 향했다. 피로가 몰려왔지만 아무래도 상관없다는 마음에 쉴 생각을 하지 못했다. 구름이 없는 저녁은 황금색으로 광활하게 물들고 있었다. 서쪽으로 지고 있는 태양의 순수한 빛이 방해물 없이 그대로 쏟아지는 거룩한 풍경이었다. 대기는 각종 가을의 향으로 가득했고, 집 안에서는 졸임 팬에서 나는 새콤달콤한 냄새와 매운 향신료와 설탕 절인 과일 냄새가 뒤섞여 풍겼다.

커다란 저택은 한없이 조용했다. 하루의 일이 끝나고 모두가 쉬는 것 같았다. 잘 가꾼 드넓은 정원에는 미스 케지아 폰스 외에 아무도 없었다. 그녀는 섬세한 손수건으로 끊임없이 손에 묻은 설탕을 닦아냈다. 그녀는 흥분과 불안이 섞인 감정을 느꼈다. 그러나 마사 생각은 전혀 하지 않았다. 그녀는 허브 정원으로 가 따뜻하거나 차가운, 습하거나 건조한 다양한 식물들이 따뜻한 공기 속에서 어떻게 자라고 있는지 살펴보았다. 올해는 모든 게 다 잘 자랐다. 모든 과일이 전부 풍작이 될 것 같았다. 미스 케지아 폰스가 이전에 한 번도 경험하지 못했던 놀라운 수확이었다. 그녀는 몸이 떨리는 걸 알아채고는 둥근 돌의자에 자리를 잡고 앉았다. 그 옆에는 타임과 로즈메리, 라벤더 화단이 있었는데, 점차 깊어지는 황금빛에 모두 은회색으로 보였다. 램프가 꺼지기 전 마지막으로 너울거리는 빛을 내뿜었다. 지고 있는 태양이 좀 더 강력한 빛을 뿜는 것 같았다.

미스 케지아 폰스는 이전에 한 번도 그토록 풍성한 빛을 본 적이 없다고 생각했다. 그녀는 높이 자란 은회색의 로즈메리, 라벤더, 마요라나 사이에 있는 반원형 돌의자에 앉아 요란한 폭풍이 몰려오기 전 종종 경험하는 것처럼 감각이 다소 혼란스러워지고 머리가 몽롱해지는 것을 느꼈다. 맞은편 화단에 있는 커다란 장미 관목에 시선을 고정했다. 장미 관목은 부자연스러울 정도로 키가 커 보였고, 가시도 특이할 정도로 너무 커 보였다. 지금은 꽃은 보이지 않았다. 그녀는 일주일쯤 전에 마지막 진홍색 꽃이 진 것을 잘 알고 있었다.

그때 그녀는 딱 마사를 생각하지는 않았다. 하지만 파리에서 역으로 가던 길가의 누추한 담벼락에 붙어 있던 광고 전단이 생각났다. 코와 입이 자신과 닮은 여배우가 주름 장식된 흰 종이에 쌓인 커다란 진홍색 장미 꽃다발을 든 모습. 지금 케지아의 감각에는 정원이 너무 커 보였고, 하늘은 너무 광대해 보였으며, 석양의 밝은 빛은 너무나 압도적이었다.

그녀는 안식처를 찾는 사람처럼 몸을 돌려 집으로 향했다. 커다란 테라스에 도착하기 직전에 부엌에서 새로 일하게 된 하녀 사라가 자신을 향해 서둘러 뛰어오는 모습을 보았다.

미스 폰스는 인상을 찌푸렸다. 심부름을 하거나 안주인에게 소식을 전하는 것은 그녀의 임무가 아니었다. 하녀는 분명 피클과 절인 음식을 만드느라 살짝 끈적끈적해진 면 드레스에 흰 앞치마 차림으로 정원으로 나올 일이 없었다.

미스 케지아 폰스는 벌써 입에 꾸지람의 말을 담고 서둘러 하녀를 향해 나아갔다. 그러나 사라가 전한 말이 너무나 기묘해 꾸중할 생각조차 하지 못했다.

작은 부엌 하녀는 헐떡이며 말했다. 자신이 조리장의 단지들을 박박 문지르며 부엌문 앞에 서 있다가 고개를 들었을 때, 어떤 숙녀 한 명이 채마밭 바로 앞에 서 있는 모습을 보았다고 했다. 그 여인은 사라를 보며 미소를 짓고는 한마디 말도 없이 돌아서서 저택 쪽 쥐똥나무 관목에 나 있는 출입문을 통해 사라져버렸다는 것이다. 사라는 즉시 여인을 쫓아갔지만 놓치고 말았다. 그때 멀리서 미스 폰스의 모습을 보고는 낯선 여인에 대해 알리기 위해 서둘러 뛰어왔다고 했다.

"그게 뭐가 이상하다는 거지?"

미스 케지아는 즉시 물었다.

"누군가 길을 잃고 정문 대신 부엌 옆문으로 왔을 테지. 뭐 하나도 이상할 게 없는 거 같은데, 사라?"

"그런데 그 여자 모습이 너무 이상했어요. 이 동네 사람하고는 전혀 달랐어요."

"어떻게 생겼는데? 길게 늘어놓지 말고 간단히 말해봐. 그 숙녀가 어땠는데?"

"아주 고급스러운 옷을 입었어요, 마님. 그리고 이상하게도 마님하고 닮았더라고요."

"나와 닮았다고? 그게 무슨 말이니? 똑바로 얘기해봐. 나와 모습이 닮았다는 거니?"

그녀가 몰아붙이자 부엌 하녀는 혼란스러워했다.

"그분은 뭔가 마님하고 비슷했어요. 모르겠어요. 그분 보니까 곧바로 마님이 떠올랐어요. 그리고 손에 큰 꽃다발을 들고 있었어요."

미스 케지아는 두 입술을 앙다물었다.

"어서 가서 하던 일이나 하거라, 사라. 그 숙녀는 분명 집 안으로 들어가서 날 기다리고 있을 거야."

미스 폰스는 부엌 하녀를 물리고 천천히 테라스를 향해 나아갔다.

그래, 마사가 스티바즈로 왔다. 이제 와서, 왜? 무슨 심술이 나서? 무슨 악의가 들어서? 결혼이라도 하는 건가? 아니면 수녀원에라도 들어가는 건가? 그래, 하다못해 무대를 떠나 그 수치스러운 삶의 방식을 그만두는 건가? 미스 케지아는 얇은 뺨이 붉게 물드는 걸 느꼈다. 마사가 꽃다발을 들고 돌아오다니.

마지막 꽃다발?

'날 욕보이려는 거야. 추문을 불러일으켜 온 동네에 망신살을 뻗치게 만들려고. 어쩌면 가진 돈을 다 잃고 결국 내게 의지하려고 찾아온 걸 수도 있어.'

미스 케지아 폰스는 온통 증오에 불타는 마음으로 집으

로 들어섰다. 집 안은 평소보다 더 조용한 것 같았다. 마사가 부엌 옆문을 떠나 관목 출입구로 나가서 사라의 시야에서 사라졌다면 분명 정문을 통해 집으로 들어왔을 것이다. 미스 케지아는 곧장 정문 앞쪽 홀을 살펴보았다.

텅 비어 있었다.

'그 애는 그 긴 세월이 지났어도 이곳을 아주 잘 기억하고 있는 거 같아. 아마도 녹색 응접실로 갔을지도 몰라. 어렸을 때 엄마와 공부하던 곳이잖아.'

그리하여 미스 폰스는 녹색 응접실 문을 열었다. 그곳은 티끌 하나 없이 깨끗하게 쓸고 닦곤 했지만, 오랫동안 사용하지 않은 곳이었다. 얇고 좁은 널이 있는 어두운 녹색 셔터는 지금은 닫혀 있었고, 그 셔터를 때리는 강렬한 마지막 햇살은 마치 물속처럼 차분해진 빛으로 방 안을 채우고 있었다.

응접실 벽은 예전에 유행하던 채도가 낮은 녹색으로 칠해져 있었다. 카펫은 녹색이었고, 풍성한 커튼과 의자를 뒤덮은 다마스크도 같은 색깔이었다. 마사와 케지아가 함께 어머니에게 교육을 받던 그 시절과 모든 게 다 똑같았다.

그들이 공부하던 책상, 연습하던 피아노가 있었으며, 벽에는 그들이 함께 그린 채송화, 둥우리에 놓인 새 알, 흰 토끼들을 그린 수채화 몇 점이 아직도 걸려 있었다.

방에서는 약한 사향 냄새가 났다. 그러자 미스 케지아는 정신이 조금 혼미하고 감각이 다소 둔해진 와중에도 이런 생각이 떠올랐다.

'내일 셔터를 열고 햇빛도 들이고 신선한 공기도 들여야겠어. 이 방을 쓴 게 얼마나 되었는지도 잊어버렸네.'

바로 그때, 미스 케지아는 안쪽 문 가까이 서 있는 마사를 보았다. 마사는 그녀가 파리에서 철도역으로 가는 길의 포스터에서 본 것과 똑같은 모습이었다. 두 손으로 다소 뻣뻣하게 커다란 진홍색 장미 꽃다발을 들고서 고개를 틀어 어깨너머 그녀를 바라보고 있었다.

"마사,"

미스 폰스는 경직된 표정으로 덧붙였다.

"그래, 마침내 집에 돌아왔구나. 나에게 꽃다발을 주러 온 거니?"

마담 마르셀 리사지는 여전히 미소를 짓고, 여전히 아무 말 없이 우아하게 장갑을 낀 손을 뻗어 진홍색 꽃다발을 내밀었다.

케지아 폰스는 꽃다발을 받았다. 그녀가 꽃다발을 받는 순간, 장미가 모두 피로 변하더니 그녀의 가슴으로 사라져 버렸다.

# III

미스 케지아 폰스는 녹색 응접실에서 숨진 채 발견되었다. 그녀와 그녀의 쌍둥이 자매 마사가 어머니와 함께 그토록 자주 교육을 받던 바로 그곳이었다. 그녀는 쓰러지면서 소녀 시절 매우 뛰어난 실력으로 연주하던 하프에 머리를 부딪혔다.

그녀는 숨지고 몇 시간이 지난 후에야 발견되었다. 의사는 짐작했던 것보다 심장이 훨씬 악화되어 있었다고 말했다. 근래 들어 성실하게 선행에 힘쓰다가 지쳐 있었고, 특히 그날 부엌에서 고된 일을 했다. 그녀는 아마도 의식을 잃고 쓰러지다가 머리를 하프에 부딪혀 숨을 거두었을 것이다.

그 죽음에 미스터리는 없었다. 애도 또한 크지 않았다.

부엌 하녀 사라는 꽃다발을 들고 왔던 숙녀에 관해 아무에게도 말할 엄두가 나지 않았다. 믿음이 안 가는 낭만적인 여자애 취급을 당해 곤경에 빠질까 봐 두려웠기 때문이다.

# IV

마담 마르셀 리사지는 자신의 쌍둥이 자매와 정확히 똑같은 시각에 세상을 떠났다. 그러나 사인은 그다지 정결하지 않았다.

그녀는 최근에 자신을 따르는 남자를 고르는 일에 다소 무모해진 상태였다. 9월 바로 그날 저녁, 한동안 그녀에게 알랑거리던 젊은 난봉꾼을 자신의 아파트로 데리고 왔다.

그날 그들 사이에 어떤 일이 벌어졌는지 아무도 정확히 알 수 없었다. 물론 추측이 어려운 건 아니었다. 다음 날 아침 그녀가 살해된 채 발견되었고, 방은 샅샅이 뒤진 흔적으로 난장판이 되어 있었다. 보석 등 귀중품은 다 사라지고 아무것도 남지 않았다. 단 하나, 그녀의 가슴 위에 커다란 진홍색 장미 꽃다발만이 함부로 던져진 듯 놓여 있었다. 마구 짓이겨지고 축 시든 꽃다발, 그녀의 피로 얼룩진 장미꽃이었다.

얼굴

E. F. 벤슨

헤스터 워드는 뜨거운 6월 오후 열린 창문 옆에 앉아 온종일 자신을 감쌌던 불길한 예감과 우울의 구름에 관해 홀로 진지하게 씨름하기 시작했다. 그러면서 현명하게도 스스로 자신의 복 받은 인생을 돌아보며 여러 가지 행복의 이유를 열거해보았다. 그녀는 젊었다. 매우 예쁜 외모를 지녔다. 그녀는 부유했으며, 아주 건강했다. 그리고 무엇보다도 사랑스러운 남편과 사랑하는 어린 자식이 둘 있었다. 실로 자신의 유복한 삶의 테두리에 그 어느 깨진 틈도 없었다. 이 순간 어느 인정 많은 요정이 그녀에게 요술 모자를 선물하더라도 그녀는 머리에 쓰는 걸 망설일 것이다. 왜냐하면 단연코 그런 마법이 필요한 일이 하나도 없었기 때문이었다. 더욱이 그녀는 자신의 복 받은 삶에 진실로 감사하는 마음이었다. 그녀는 진실로 대단히 감사할 줄 알았으며, 또한 즐길 줄도 알았다. 또 자신의 행복을 위해 아낌없이 주는 모든 이들이 자신의 행복을 함께 공유하길 진심으로 바랐다.

그녀는 이러한 것들을 매우 진지하게 숙고했다. 실로 자신이 스스로 인정하는 것보다 훨씬 더 불안한 상태였기 때문이었다. 너무 불안해서 재앙이 다가오는 것 같은 이 불길한 예감에 근거가 될 실체적인 이유가 있다면 그 어떤 거라도 찾아내고 싶었다. 지난 한 주 런던은 참을 수 없을 정도로 더웠다. 그러나 그게 이유라면 이전에 그런 느낌을 받지 못한 건 왜일까? 아마도 이 찌는 듯한 답답한 날씨의 영향이 축적되어서 그럴 수도 있었다. 그것도 하나의 이유가 될 수 있겠으나, 솔직히 그럴싸한 설명은 아니었다. 사실 그녀는 더위를 좋아했기 때문이었다. 더위를 싫어하는 남편 딕은 자신이 불도마뱀과 사랑에 빠진 게 이상하다는 농담을 던지곤 했다.

그녀는 창가의 낮은 의자에서 자세를 고쳐 똑바로 앉았다. 용기를 불러일으키기 위해서였다. 그녀는 오늘 아침 잠에서 깬 순간부터 자신의 마음을 그토록 무겁게 내리누르는 게 무엇인지 알고 있었다. 그리고 자신이 우울한 이유를 굳이 다른 곳에서 찾아보려 애썼지만 완전히 실패했다. 그러고는 그것과 직면하기로 작심했다. 그녀는 그러는 게 수치스러웠다. 가슴을 짓누르며 무겁게 내려앉은 두려움의 원인이 그토록 사소하고, 어이없고, 몹시 어리석은 것이기 때문이었다.

"그래, 맞아. 이렇게 어이없는 일은 절대 없을 거야."

그녀는 혼잣말로 중얼거렸다.

"똑바로 바라봐야겠어. 그게 얼마나 어리석은 일인지 나 스스로 납득할 때까지."

그녀는 잠시 말을 멈추고 주먹을 움켜쥐었다.

"자, 그래."

그녀는 전날 밤에 꿈을 꾸었다. 오랜 세월 너무도 익숙하던 꿈이었다. 어렸을 때 꾸고 또 꾸던 바로 그 꿈이었다. 그 꿈은 그 자체로는 아무것도 아니었다. 그러나 어린 시절 그녀가 이 꿈을 꿀 때마다 다음날 밤 또 다른 꿈으로 이어졌는데, 그게 공포의 원천이자 핵심이었다. 그녀는 비명을 지르며 깨어나 압도적인 악몽에 사로잡혀 벌벌 떨었다. 그 꿈을 안 꾼 지 벌써 10여 년이 지났다. 따라서 그녀는 기억은 하고 있었지만, 그 꿈이 이제는 희미해져 사라져버렸다고 생각했었다. 그러나 지난 밤 그녀는 그 불길한 꿈을 다시 꾸었다. 악몽이 찾아올 걸 예고하는 경고의 꿈이었다. 그리고 이제 밝고 아름다운 그녀의 머릿속 전체에서 그토록 생생한 것은 아무것도 남지 않았다.

다음 날 밤 장막이 펼쳐지며 그녀가 두려워하는 장면이 벌어질 것을 예고하는 전조인 그 경고의 꿈은 그 자체로는 단순하고 무해했다. 그녀는 짧은 풀이 자라는 높은 모래 절벽을 올랐다. 왼쪽으로 20미터쯤에 절벽의 가장자리가 있는데, 그곳은 가파른 낭떠러지였고 그 아래는 바다였다. 그녀가 따라가는 길은 낮은 산울타리로 경계를 이룬 목초지를 관통하며 점차 위로 향했다. 그녀는 이런 목초지를 대여섯 곳 지난 후 나무계단 출입구를 넘어갔다. 그곳에는 양이 풀을 뜯고 있었다. 그러나 사람은 아무도 보이지 않았다. 그리고 곧 해가 떨어질 듯 언제나 황혼 녘이었다. 그녀는 서둘렀다. 누군가(그녀는 누구인지 알지 못한다) 그녀를 기다리고 있기 때문이었다. 몇 분이 아니라 몇 년을 기다리고 있었다. 그녀는 이 언덕을 올라 곧 앞에 크게 자라지 못하는 나무로 이루어진 잡목림을 본다. 나무들은 바다에서 끊임없이 불어오는 바람의 무게 때문에 꼬부라져 자랐다. 그 모습을 보면 자신의 여정이 거의 다 되었다는 것을 알 수 있었고, 그토록 오래 그녀를 기다려온 그 이름 없는 사람이 어딘가 가까이 있다는 것을 느낄 수 있었다. 그녀가 따라가는 길은 이 숲을 관통했고, 바다 쪽으로 늘어진 나뭇가지는 그 길을 지붕처럼 덮었다. 마치 터널 안을 걷는 듯한 느낌이었다. 이제 곧 앞쪽 나무들이 성겨지기 시작할 때 그녀는 나무들 사이로 홀로 선 교회의 회색 탑을 보게 된다. 교회는 오랫동안 방치된 것처럼 보이는 묘지에 서 있다. 탑과 절벽 사이에 서 있는 교회의 본체는 폐허가 되어 지붕이 없다. 창문은 텅 비어 있고, 주위로 담쟁이덩굴이 무성하게 감싸고 있다.

꿈의 서막은 항상 그 지점에서 끝이 났다. 당황스럽고 불안한 꿈이었다. 그 꿈에는 황혼의 감각과 그토록 오랜 세월 그녀를 기다리고 있는 남자에 대한 감각이 있었으나, 악몽은 아니었다. 그녀는 어린 시절 매우 자주 그 꿈을 꾸었다. 그리고 그 꿈이 그토록 불안을 초래하는 이유는 바로 다음 날 밤에 틀림없이 그 꿈의 속편이 뒤잇는다는 사실을 알기 때문이었다. 그리고 이제 지난밤 그 꿈이 다시 나타났다. 단 하나만 빼고 모든 세세한 내용이 동일한 꿈이었다. 지난밤 꿈에서 달라진 것은 마지막으로 그 꿈을 꾼 지 10년이라는 세월이 지난 걸 반영한 듯 교회와 교회 뜰의 모습이 얼핏 변한 듯한 장면이었다. 절벽 낭떠러지가 탑에 더 가까이 다가와 이제는 1~2미터 거리였고, 폐허가 된 교회의 본체는 부러진 아치 빼고는 모두 사라져 보이지 않았다. 바다가 잠식해 오면서 10년 동안 부지런히 절벽을 갉아먹은 풍경이었다.

헤스터는 이날 자신을 침울하게 만드는 게 이 꿈, 단지 이 꿈 때문이라는 사실을 잘 알고 있었다. 또한 이 꿈에 뒤이어 꼭 나타나던 악몽 때문이었다. 그녀는 현명한 여자답게 일단 그것을 똑바로 직면하고 난 후 꿈의 속편을 의식적으로 환기하는 일을 거부했다. 의식적으로 그 문제를 숙고하게 되면 십중팔구 그 생각 자체가 꿈을 불러올 가능성이 컸다. 그리고 한 가지 확실한 사실은 그녀가 절대 그런 일이 벌어지는 걸 원치 않는다는 것이었다. 꿈은 온통 혼란스럽게 뒤죽박죽된 일반적인 악몽이 아니었다. 그 꿈은 매우 단순했다. 그녀는 그게 자신을 기다리는 이름 없는 자와 관련된 거라고 느꼈으며……. 그러나 그 생각을 해서는 안 된다. 그녀의 의지, 의도는 생각하지 않겠다는 의식에 집중되어 있었다. 그때 그녀의 결의에 도움을 주듯 정문에 열쇠를 돌리는 소리에 이어 딕이 그녀를 부르는 목소리가 들렸다.

그녀는 작은 현관으로 향했다. 거기에 남편이 있었다. 힘세고 건장한 남자, 꿈같지 않은 멋진 남자.

"열기가 장난 아니네. 날씨가 정말 미친 거 같아. 진절머리 나."

그가 씩씩하게 땀을 닦으며 외쳤다.

"우리가 뭘 어쨌기에 하늘이 우릴 용광로 속으로 집어넣는 거지? 가만히 있을 순 없어, 헤스터! 자, 이 지옥에서 빠져나갑시다. 저녁을 그러니까…… 하늘이 엿듣지 못하도록 속삭일게, 햄튼 코트에 가서 먹자고!"

그녀는 웃었다. 그의 제안은 그녀와 훌륭하게 맞아떨어졌다. 둘은 밖으로 나가 바람을 쐬고 늦게 귀가할 것이다. 저녁 외식은 기분 전환도 되고 머릿속을 비워준다.

"좋아요. 하늘은 우리가 하는 얘기 듣지 못할 거야. 지금 바로 나가요!"

"그래, 좋아. 나한테 온 편지 있어?"

그는 우표가 붙은 별스럽지 않아 보이는 편지 몇 통이 놓인 테이블로 다가갔다.

"아, 흥청망청 소비했음을 친절히 알려주는 청구서. 그리고 안내장…… 독일 마르크에 투자하라는 쓸데없는 안내문…… '친애하는 신사 숙녀'로 시작하는 기부금 요청 편지.

성도 확인하지 않고 뭔가를 기부하라는 저 인간들은 참 뻔뻔해……. 월튼 갤러리 초상화전 전시회……. 못 가. 종일 회의가 있거든. 당신은 보러 가도 돼, 헤스터. 누가 반다이크 그림 괜찮은 게 몇 점 있다고 알려주더군. 음, 이게 다네. 자, 갑시다."

헤스터는 온전히 위안이 되는 저녁을 보냈다. 온종일 의식에 깊게 뿌리박힌 꿈에 관해 딕에게 털어놓으면, 그는 얼간이같이 군다고 크게 웃음을 터뜨릴 것이고, 그렇게 남편의 웃음소리라도 듣고 싶은 생각이 들었지만 꾹 참았다. 그가 어떤 말을 하건 이 말도 안 되는 두려움에 그의 일상적 강건함만큼 큰 위안이 되는 건 없었기 때문이었다. 게다가 그 이야기를 꺼내려면 분명 그 불안한 영향력이 무엇인지 설명이 필요했다. 그건 예전에 자주 꾸던 익숙한 꿈이며, 그 꿈을 꾸고 나면 악몽이 속편처럼 이어진다는 사실을 상세히 설명해야 하기 때문이었다. 그녀는 악몽에 관해 생각할 수도, 말로 풀어놓을 수도 없었다. 그저 남편의 비범한 건전함에 흠뻑 빠지고 그의 애정에 안기는 게 훨씬 더 현명한 처사일 것이다…….

그들은 강변 레스토랑의 야외 좌석에서 식사를 마친 후 산책을 즐겼다. 든든한 남편과 함께 신선하고 시원한 바람을 쐬고 나서 집에 돌아왔을 때는 거의 자정이 다 된 시각이었다. 남편이 차고에 차를 집어넣는 동안 그녀는 먼저 집 안으로 들어섰다. 이제 그녀는 온종일 자신을 옭아맸던 침울했던 기분이 놀랄 정도로 비현실적이고 멀게만 느껴졌다. 그녀는 마치 난파선에 탄 꿈을 꾸다가 일어나 보니 격노하는 폭풍도 날뛰는 파도도 없는 안락하고 안전한 정원에 있는 듯한 기분이 들었다. 그러나 어딘가에서 아주 멀리, 아주 희미하게 파도 소리가 들리지 않나?

남편은 그녀의 침실과 연결된 드레스룸에서 잤다. 두 방 사이의 문은 공기가 통하도록 열어놓았다. 남편이 아직 불을 끄지 않은 상황에서 그녀는 불을 끄자마자 잠에 빠졌다. 그리고 즉시 꿈이 시작되었다.

그녀는 해안가에 서 있었다. 파도는 잔잔했고, 여기저기 표류물이 널린 평평한 모래사장은 점점 밤으로 깊어가는 황혼의 빛을 받아 반짝이고 있었다. 그곳은 한 번도 보지 못한 장소였지만 지독하게도 낯익어 보였다. 해안 한쪽 끝에 가파른 모래 절벽이 있었고, 절벽 위 가장자리에는 회색 교회 탑이 서 있었다. 바다가 분명 교회의 본체 일부분을 침식한 것 같았다. 무너져 내린 벽돌들이 절벽 아래 그녀 가까이에 널브러져 있었기 때문이었다. 그곳에는 묘석들도 나뒹굴고 있었다. 아직 제자리를 지키고 있는 묘석들은 하늘을 배경으로 희끄무레하게 윤곽이 드러났다. 교회 탑의 오른쪽으로 항상 불어오는 해풍을 맞아 한쪽으로 기운 채 크게 자라지 못한 관목 숲이 보였다. 그리고 그녀는 절벽 꼭대기를 따라 안쪽으로 몇 미터 들어가면 들판 사이로 오솔길 하나가 이어지고, 또 나무계단 출입구를 통과하면 나무 터널로 길이 이어지다가 교회 뜰이 나온다는 사실을 잘 알고 있었다. 그녀는 이 모든 것을 한눈에 파악한 후 교회 탑이 정점을 이룬 모래 절벽을 바라보며 이내 모습을 드러낼 공포를 기다렸다. 그녀는 그게 무엇인지 이미 알고 있었다. 그리고 이전에 계속 그랬던 것처럼 도망치려 애썼다. 그러나 악몽을 꿀 때 나타나는 강경증이 이미 그녀를 사로잡았다. 움직이려고 미친 듯이 발버둥 쳤으나 아무리 애를 써도 모래밭에서 발 하나 들어 올릴 수 없었다. 그녀는 이제 곧 공포가 모습을 드러낼 바로 앞 모래 절벽에서 기를 쓰며 시선을 돌리려고 했으나……

그게 왔다. 타원형으로 희미한 빛이 보였다. 빛은 그녀 앞에서 희미하게 빛나는 사람 얼굴만 한 크기였다. 그녀의 눈높이에서 10여 센티미터 위쪽이었다. 그것은 저절로 윤곽을 드러냈다. 불그레한 색의 짧은 모발이 앞머리에 낮게 자라났고, 그 아래 있는 두 개의 회색 눈은 매우 가까이 몰려 있었다. 눈은 흔들리지 않고 고정된 채 그녀를 노려보았다. 눈 양옆으로 두 귀가 서로 아주 멀어 보였고, 턱은 짧고 뾰족했다. 코는 다소 길고 곧았으며, 그 아래로 수염이 없는 입술이 보였고, 마지막으로 입이 모양과 색깔을 이루었다. 그러자 공포가 정점을 찍었다. 얼굴 한쪽이 아름답고 부드러운 곡선을 이루며 떨다가 미소가 되었는데, 다른 쪽은 기형처럼 굵게 한데 몰리더니 육욕적인 비웃음을 흘렸다.

처음에는 얼굴 전체가 희미해 보였으나 점차 저절로 초점을 맞추더니 윤곽이 또렷해졌다. 그것은 젊은 남자의 다소 마르고 창백한 얼굴이었다. 그때 아랫입술이 살짝 아래로 내려가더니 번뜩이며 이가 드러났다. 그러고 나서 말소리가 났다.

"내가 곧 당신에게 갈 거요."

소리를 내며 얼굴이 그녀에게 조금 더 가까이 다가왔다. 미소는 더욱 커졌다. 그러자 뜨거운 악몽의 돌풍이 그녀에게 쏟아졌다. 그녀는 또다시 도망치려 했고 또다시 비명을 지르려 했다. 이제 그녀는 그 끔찍한 입에서 나오는 숨결까지 느낄 수 있었다. 바로 그때 마치 몸과 마음을 찢어발기듯 우당탕 충격이 일어나며 그녀는 주문에서 깨어났다. 자신이 내지르는 비명이 들렸다. 손은 저절로 스위치를 더듬거리고 있었다. 그때 그녀는 방이 어둡지 않다는 사실을 깨달았다. 딕이 자는 드레스룸 문이 열려 있었기 때문이었다. 그리고 다음 순간 아직 옷을 벗지 않은 남편이 그녀에게 다가왔다.

"여보, 왜 그래? 무슨 일이야?"

그녀는 여전히 공포로 정신이 나간 상태에서 필사적으로 남편에게 매달렸다.

"아, 그 남자가 다시 왔어!"

그녀가 소리를 질렀다.

"그 남자가 곧 나에게 온데. 못 오게 해줘요, 딕!"

한순간 그녀의 두려움이 남편에게까지 전염되었다. 그는 자기도 모르게 방 안을 휘둘러보았다.

"그게 무슨 소리야? 여기엔 아무도 없어."

그녀는 그의 어깨에 기대고 있다가 고개를 들었다.

"아, 아니야. 꿈이에요. 하지만 아주 오래된 악몽이에요. 너무 무서웠어. 여보, 왜 아직 옷 안 갈아입었어요? 지금 몇 시예요?"

"당신 잠든 지 10분도 안 됐어. 불 끄고 얼마 되지도 않아 비명을 지르던데."

그녀는 몸서리를 쳤다.

"아, 정말 끔찍했어. 그 남자가 다시 올 거라고……."

그는 그녀 옆에 앉았다.

"자, 자세히 얘기해봐."

그녀는 고개를 가로저었다.

"안 돼요. 이 꿈에 관해 말하면 절대 안 돼요. 그러면 현실감만 더 커질 거야. 아이들은 괜찮겠죠, 확인했나요?"

"아, 물론 아이들은 괜찮아. 위층으로 오는 길에 살펴봤어."

"그럼 됐어요. 이젠 괜찮아요, 딕. 꿈이 현실과 뭔 상관 있다고, 안 그래요? 아무 의미 없는 거겠죠?"

남편은 그에 대해 꽤 확신을 주었고, 그녀는 이내 침착해졌다. 그는 잠자리에 들기 전 다시 한번 그녀를 살폈다. 그녀는 다시 잠들 수 있었다.

다음 날 아침 딕이 출근하고 나자 헤스터는 진지하게 자문했다. 그녀는 자신이 겁내는 것은 그저 자신만의 두려움에 지나지 않다고 스스로를 타일렀다. 그 불길한 얼굴이 자신의 꿈속에 얼마나 자주 출몰했는데, 그게 여태까지 실제로 무슨 힘을 발휘한 적이 한 번이라도 있었나? 전혀, 그 무엇도 없었다. 그저 자신을 두렵게 만들 뿐이었다. 두려울 게 없는데 그저 겁을 먹은 것뿐이었다. 그녀는 보호받고 있고, 안식처가 있으며, 잘살고 있다. 어린 시절 악몽이 돌아온들 무슨 상관인가? 지금은 그때보다 더 아무런 의미가 없다. 그리고 어린 시절의 그 모든 고난은 흔적조차 없이 사라져버렸는데……. 하지만 의도치 않았는데도 그녀는 꿈에서 보았던 장면을 다시 상기하기 시작했다. 그것은 무섭게도 예전의 꿈과 모든 것이 동일했다. 단 하나의 차이점만 있을 뿐……. 그때 그녀는 가슴이 철렁 내려앉으면서 갑자기 떠오르는 게 있었다. 어린 시절 그 끔찍한 입술은 이렇게 말했다.

"네가 더 나이 들면 널 찾아갈 거야."

그런데 지난밤에는 이렇게 바뀌었다.

"내가 곧 당신에게 갈 거요."

그녀는 또한 그 경고의 꿈에서 바다가 잠식하는 바람에 교회 본체가 이제 허물어졌다는 사실도 기억했다. 다른 면은 모두 똑같은데 이 두 가지 변화는 참으로 무섭게도 조리가 닿는 부분이었다. 그동안의 세월이 꿈에 변화를 일으킨 것이었다. 하나는 잠식하는 바다가 교회 본체를 쓰러뜨렸고, 다른 하나는 이제 그 남자가 찾아올 시간이 다가오고 있다는…….

자신을 꾸짖거나 책망하는 것은 소용없었다. 꿈에 관해 관조하는 행위는 그저 공포의 지배력이 다시 그녀를 옭아매고 있다는 걸 의미하기 때문이었다. 다른 일에 몰두하고, 또 공포에 생각이라는 자양물을 제공하지 않음으로써 공포를 멀리하는 것이야말로 훨씬 더 현명한 일이다. 그리하여 그녀는 집안일을 시작했다. 아이들을 데리고 공원에 갔다. 그런 다음 한순간도 한가하게 지내지 않기로 결심하고, 월튼 갤러리 전시회 초대장을 들고 외출했다. 그렇게 그녀는 하루 일정을 가득 채웠다. 그녀는 점심에 외식을 하고, 마티네 공연에 갈 것이며, 집에 돌아올 즈음에는 딕이 돌아와 있을 것이다. 그러면 주말을 보내기 위해 함께 라이에 있는 작은 별장으로 차를 몰고 갈 것이다. 토요일과 일요일은 골프를 즐길 것이다. 신선한 바람을 쐬고 몸이 피곤해지도록 움직이면 이 악몽의 두려움을 몰아낼 수 있을 것이다.

그녀가 갤러리에 도착했을 때 그곳은 꽤 붐볐다. 관람객 중에는 지인들이 있었다. 그러다 보니 그림을 감상하는 사이사이 즐거운 대화가 오갔다. 레이번의 훌륭한 그림 두세 점이 있었고, 조슈아 경의 작품도 두 점 있었다. 그러나 그녀는 가장 뛰어난 작품은 작은 방에 따로 있는 세 점의 반다이크 작품일 거라고 생각했다. 그녀는 이내 그곳으로 걸어가 카탈로그를 살펴보았다. 그중 그녀가 본 첫 번째 그림은 로저 와이번 경의 초상화였다. 그녀는 여전히 친구와 이야기를 나누다가 시선을 돌려 그 그림을 보았는데…….

심장이 온몸을 때리다가 갑자기 완전히 멈춘 것 같은 느낌이었다. 불안감이 영혼의 질병처럼 그녀를 압도했다. 자신 앞에 곧 자신을 찾아오겠다던 바로 그 남자가 서 있었다! 불그레한 머리, 툭 튀어나온 귀, 가까이 몰린 탐욕스러운 눈, 한쪽은 웃고 다른 쪽은 위협적인 조롱으로 몰린 입. 그녀가 너무나 잘 알고 있는 바로 저 표정. 그 얼굴로 화가 앞에 앉은 모델은 살아 있는 인물이 아니라 그녀 자신의 악몽 같았다.

"아, 이 초상화! 이토록 야만적인 모습이라니!"

그녀의 친구가 감탄하며 말을 건넸다.

"헤스터, 봐봐. 이 그림 정말 놀랍지 않아?"

그녀는 가까스로 정신을 추슬렀다. 이 압도적인 공포에 무릎을 꿇으면 악몽이 현실의 삶에 그대로 침투해버릴 것이다. 그러면 거기에는 분명 정신착란이 도사리고 있을 것이다. 그녀는 용기를 짜내어 다시 한번 그 그림을 쳐다보았다. 거기에는 열망하는 눈이 흔들림 없이 그녀를 응시하고 있었다. 그 입이 금방이라도 움직일 것만 같았다. 주위 사람들이 부산을 떨며 떠들고 있었으나 그녀는 그곳에 로저 와이번과 단둘이 있는 듯했다.

그녀는 그 가운데에서도 자신을 설득했다. 이 그림—틀

림없이 그 남자였다─은 오히려 안심을 줄 만한 그림이 아
닐까? 반다이크가 그린 로저 와이번은 죽은 지 거의 200년
이나 되었다. 그런 사람이 어떻게 자신에게 위협이 될 수
있겠는가? 어린 시절 우연히 이 초상화를 본 거라면? 그때
그녀에게 무서운 인상을 남겼는데, 다른 기억으로 지워졌
으나 신비로운 잠재의식 속에 여전히 살아남은 것일 수도
있지 않을까? 어두운 지하에 숨은 강처럼 인간의 의식 표
면 아래 영원히 흐르는 잠재의식 속에? 심리학자들은 이러
한 어린 시절의 인상이 마치 잠복한 종기처럼 마음을 곪게
만들고 해독을 끼친다고 가르친다. 바로 그것이 자신을 기
다리던 한 사람, 이제는 더 이상 이름 없는 사람이 아닌, 그
사람에 대한 두려움을 설명할 수 있을 것이다.

　그날 밤 그녀는 라이에서 다시 악몽을 예고하는 경고의
꿈을 꾸었다. 그녀는 남편에게 매달려 있다가 공포가 누그
러지자 혼자 속으로 품겠다고 결심했던 악몽 이야기를 꺼
내고 말았다. 이야기하는 자체로 어느 정도 위안이 되었다.
꿈이 터무니없이 기괴했고, 남편은 특유의 강건한 분별력
으로 그녀를 다독여주었기 때문이었다. 그러나 런던으로
돌아온 후 그 꿈은 또다시 반복되었다. 그러자 남편은 그녀
의 반대를 얼렁뚱땅 넘겨버리고는 곧바로 의사에게 그녀를
데려갔다.

　"의사에게 다 털어놔, 여보. 당신이 안 그러겠다면 나라
도 할 거야. 난 당신이 이토록 불안한 상태로 있게 놔둘 수

없어. 다 터무니없는 일이야, 여보. 그리고 의사들은 그런 일을 치유하는 전문가야."

그녀는 남편을 바라보며 조용히 말했다.

"딕, 당신 겁먹었어."

그는 웃었다.

"난 그런 사람이 아니야. 당신 비명 때문에 자다 깨고 싶지 않을 뿐이야. 그건 평화로운 밤이 아니잖아. 자, 어서."

진단은 확정적이고 단호했다. 걱정할 건 아무것도 없었다. 그녀는 심신이 모두 완벽하게 건강했으나 그저 피곤한 상태란다. 이 불안한 꿈은 십중팔구 그녀의 피곤함의 결과일 뿐, 원인이 아니었다. 닥터 베어링은 아무 주저 없이 기운을 돋우는 곳으로 가서 완전한 변화를 맛보라고 권고했다. 용광로같이 갑갑한 이곳을 떠나 한 번도 가본 적 없는 조용한 장소를 찾아가는 게 현명한 일이라고 했다. 완전한 변화, 모름지기 그래야 한다. 같은 이유로 남편은 함께 가지 않는 게 낫다고 권했다. 그는 아내를, 이를테면 동쪽 해안으로 보내는 게 낫다. 바닷바람, 시원한 공기, 완전한 여유. 산책도 오래 하지 말고, 수영도 길게 하지 말고, 바다에 그저 몸을 한번 담그고 해변 접의자에 누워 쉬기. 나른하고 졸린 생활. 러쉬톤은 어떤가? 의사는 분명 러쉬톤이 그녀에게 최선일 거라고 확신한단다. 일주일 정도 그러고 난 후 남편이 데리러 가면 좋을 것이다. 잠을 충분히 자고—악몽은 절대 생각하지 말고— 신선한 공기를 충분히 쐬기.

헤스터는 남편이 놀랄 정도로 이 제안을 그 즉시 받아들였다. 다음 날 저녁 그녀는 혼자서 그곳으로 갔다. 아직 여름 성수기가 오지 않은 호텔은 거의 비어 있었다. 그녀는 온종일 해변에 앉아 생각했다. 이제 더 이상 공포와 싸울 필요가 없다. 그녀는 희미하지만 공포의 독성이 다소 누그러진 것 같은 느낌을 받았다. 만약 그녀가 공포에 굴복하고 그 악몽이 비밀스럽게 시키는 대로 하면 어떻게 될까? 어쨌건 밤마다 악몽이 찾아오는 일이 사라졌다. 아무 꿈도 꾸지 않고 오래 잘 자고 나서 다시 조용한 하루를 보냈다. 매일 아침 딕에게서 짧은 편지가 왔다. 자신과 아이들에 관한 좋은 소식이었다. 그러나 웬일인지 남편과 아이들 모두 마치 아주 오래전 기억처럼 희미하게 느껴졌다. 그녀와 그들 사이에 무언가가 끼어든 것 같았다. 그녀는 마치 거울을 통해 보듯 그들을 보았다. 그렇지만 대가의 캔버스에서 본 그 얼굴, 또 무너져 내리는 모래 절벽을 배경으로 그녀 앞에 떠 있던 로저 와이번의 얼굴에 관한 기억도 마찬가지로 희미해지고 불분명해졌다. 밤에 찾아오던 공포도 더는 오지 않았다. 이렇게 모든 감정이 일시 중지된 상태는 그녀의 마음에 일종의 안정감으로 작용해 그녀를 달랬을 뿐만 아니라 몸에도 작용했다. 그녀는 온종일 한가로이 지내는 일마저 피곤해지기 시작했다.

마을은 바다를 매립한 땅의 가장자리에 있었다. 북쪽으로는 옅은 색 갯질경이꽃이 피기 시작한 평평한 늪지대가

별 특색도 없이 끝이 보이지 않을 정도로 멀리까지 뻗어 있었다. 남쪽으로는 돌출한 언덕이 나무가 우거진 아래쪽 곳으로 이어져 연안에 맞닿아 있었다. 그녀는 건강이 회복되자 점차 풍경을 가로막고 있는 저 산마루 너머에 무엇이 있는지 궁금해졌다. 그러던 어느 날 오후, 그녀는 숲이 우거진 경사로를 오르기 시작했다. 날은 바람도 없이 답답했다. 열기를 식히는 상쾌한 해풍은 잠들었다. 그녀는 정상에 올라가면 바람이 불까 기대했다. 남쪽으로 수평선을 따라 검은 구름 덩어리가 걸려 있었으나 금방 폭우가 쏟아질 것 같지는 않았다. 경사로는 쉽사리 올라갈 수 있었다. 그녀는 이내 정상에 도달했다. 숲이 우거진 고원 목초지의 가장자리였다. 낭떠러지에서 멀지 않은 오솔길을 따라 나아가다 보니 좀 더 탁 트인 장소가 나왔다. 양 몇 마리가 풀을 뜯고 있는 텅 빈 들판은 점차 높아지고 있었다. 초지의 경계를 이루는 산울타리에는 나무계단 출입구가 있었다. 그리고 그곳, 그녀 앞쪽으로 1마일이 채 안 되는 언덕 꼭대기에 강한 해풍 때문에 나무가 기울어져 자라는 숲이 보였다. 그리고 그 정점에 회색 교회 탑이 서 있었다.

헤스터는 순간 지독하게도 익숙한 장면이 드러나자 심장이 멎는 것 같았다. 그러나 다음 순간 용기와 결의가 솟아났다. 마침내 여기 꿈의 서막이 드러났다. 지금 그것을 탐색한다면 악몽을 떨쳐낼 기회가 될 것이다. 그녀는 즉각 마음을 굳게 먹고 구름으로 뒤덮인 기이한 황혼의 하늘 아래 꿈속에서 그토록 자주 걸었던 들판을 빠른 걸음으로 나아갔다. 그녀는 쩽그렁거리는 공포의 종소리를 듣지 않기 위해 귀를 막았다. 이제 그 소리를 영원히 잠재울 수 있을 것이다. 그녀는 머뭇거리지 않고 어두운 숲의 터널로 들어갔다. 이내 앞쪽으로 나무들이 성겨지기 시작했고, 그 사이로 교회 탑이 보였다. 몇 미터 더 나아가니 터널이 끝났고 그녀 주위로 방치된 지 오래된 묘비들이 보였다. 교회 탑 가까이 벼랑 모서리가 허물어져 있었다. 탑과 벼랑 사이에 남은 교회 본체의 흔적은 담쟁이덩굴이 굵게 휘감은 부서진 아치뿐이었다. 그녀는 아치를 돌아 들어가 허물어진 벽돌 건물 아래를 굽어보았다. 묘석과 널브러진 잡석이 널린 평평한 모래사장이 보였다. 그리고 벼랑 끝에는 이미 허물어진 무덤들이 보였다. 그러나 그곳에 그녀를 기다리는 이는 아무도 없었다. 그토록 자주 그 남자를 보았던 교회 뜰은 방금 지나온 들판처럼 텅 비어 있었다.

그녀는 아주 의기양양해졌다. 용기에 보상을 받은 것이다. 그리고 과거의 모든 공포는 그녀에게 의미 없는 유령이 되어버렸다. 하지만 머뭇거릴 시간이 없었다. 금방이라도 폭우가 쏟아질 것 같았기 때문이었다. 수평선에 번쩍번쩍 번개가 치더니 우르르 쾅쾅 천둥소리가 뒤이었다. 그녀가 돌아가려고 몸을 돌렸을 때 벼랑의 맨 끝에 가까스로 서 있는 묘비에 시선이 닿았다. 거기에 로저 와이번이 잠들었다는 비명이 새겨져 있었다.

그 순간 공포, 악몽의 강경증이 그녀를 그 자리에 얼어붙게 만들었다. 그녀는 하얗게 질린 채 이끼가 덮인 글귀를 노려보았다. 잔인한 공포의 얼굴이 곧 모습을 드러내 그 묘비 위로 두둥실 떠오를 거라는 공포심이 들었다. 그때 그녀를 얼어붙게 만든 공포가 그녀에게 날개를 달아주었다. 그녀는 서둘러 아치를 이루는 오솔길을 지나 들판을 향해 내달리기 시작했다. 마을 위 산마루 가장자리에 이를 때까지 한 번도 뒤돌아보지 않았다. 그녀는 마침내 그곳에 이르러 자신이 지나온 목초지를 돌아보았다. 살아 있는 생명은 아무것도 보이지 않았다. 그저 텅 비어 있었다. 아무도 그녀를 쫓아오지 않았다. 단, 다가오는 폭우를 겁내는 양들만이 풀을 뜯다 말고 낮게 자란 산울타리 아래에 한데 모여 옹송그렸다.

겁에 질려 처음 든 생각은 그 즉시 이곳을 떠나야겠다는 것이었다. 그러나 런던행 마지막 기차가 한 시간 전에 이미 떠났다. 게다가 자신이 도망치는 이유가 오래전 죽은 남자의 혼령 때문이라면 도망치는 게 무슨 소용이겠는가? 그의 뼈가 묻힌 곳으로부터의 거리는 그녀에게 아무런 안전을 보장하지 않는다. 안전은 내면에서 찾아야 한다. 그녀는 자신감 넘치고 안식처가 되어주는 딕의 존재를 갈구했다. 그와 함께 있고 싶었다. 어쨌건 내일이면 그가 도착할 것이다. 그러나 내일이 되려면 길고 어두운 밤을 버텨야 한다. 다가올 밤이 어떤 위험과 위협을 불러올지 누가 알겠는가?

남편이 만약 내일 아침이 아니라 오늘 저녁에 자동차로 출발한다면 네 시간이면 이곳에 올 수 있을 것이다. 그러면 10시나 11시에는 만날 수 있을 것이다. 그녀는 우체국으로 가 긴급히 전보를 쳤다.

"즉시 올 것. 지체하지 말 것."

남쪽에서 번쩍거리던 폭풍은 이제 빠르게 다가와 금세 무섭도록 격렬하게 폭발하고 있었다. 폭우가 시작된 시점은 그녀가 우체국에서 돌아올 때였다. 커다란 빗방울이 도로로 몇 방울 떨어지다가 곧바로 마르곤 했는데, 그녀가 호텔에 막 도착하자마자 폭풍의 포효가 시작되었다. 하늘의 수문이 활짝 열린 듯했다. 큰물 사이로 번개가 무섭도록 내리쳤고 천둥이 쩍쩍 갈라지며 머리 위에서 쾅쾅거렸다. 마을 거리는 금세 거센 모래의 강이 되었다. 어둠 속에 앉아 있는 그녀의 눈앞에 그림 하나가 불쑥 튀어나와 둥둥 떠다녔다. 로저 와이번의 묘비였다. 그것은 벌써 교회 탑 낭떠러지 가장자리에서 쓰러질 듯 비트적거렸다. 이토록 강력한 폭우가 쏟아지는 사이에 절벽은 뭉텅이로 허물어지기 시작했다. 그녀는 흘러내리는 모래의 속삭임이 들리는 것 같았다. 저 허물어진 무덤들을, 그 안에 남아 있을 것들을 벼랑 아래로 거꾸러뜨릴 모래의 속삭임.

8시 즈음에 폭우가 누그러지기 시작했다. 그녀는 저녁 식사를 하던 중에 딕에게서 온 전보를 받았다. 이미 출발했고, 이 전보는 오는 길 중간에 보낸다는 내용이었다. 그러므로 10시 반이면, 모든 게 잘 풀리면, 그는 여기에 도착할 것이다. 그리고 어찌 되었건 그녀와 그녀의 공포 사이로 남편이 들어와 막아줄 것이다. 바로 며칠 전만 해도 공포와 남편 생각이 자신에게서 희미해졌다는 사실이 이상하게 느껴졌다. 이제 두 생각은 똑같이 생생하기만 했다. 그녀는 남편이 도착할 시각을 1분 1초까지 세고 있었다. 이내 완전히 비가 그쳤다. 시곗바늘이 천천히 도는 모습을 보며 앉아 있다가 응접실 창밖을 내다보니 바다 위로 황갈색 달이 떠오르는 게 보였다. 달이 천정天頂에 닿기 전, 그녀의 시계가 두 번 울리고 나면 딕이 올 것이다.

시계가 10시를 알리자 누군가 방문을 두드렸다. 그러고는 시동侍童이 들어와 한 신사가 그녀를 찾아왔다는 메시지를 전했다. 그녀는 그 소식에 뛸 듯이 기뻤다. 아직 30분 정도 더 있어야 도착할 거라고 생각했는데 이렇게 일찍 오다니, 이제 외로운 기다림은 끝났다. 그녀는 서둘러 아래층으로 내려갔다. 아래층 바깥쪽 층계에 서 있는 한 인물이 보였다. 그녀에게 등을 돌린 자세라서 얼굴은 보이지 않았다. 분명 남편이 운전기사에게 뭔가를 지시하고 있을 것이다. 흰 달빛을 받아 그의 윤곽이 드러났다. 달빛과 대비하여 호텔 입구 그의 머리 바로 위에 있는 가스등 불빛이 그 머리를 불그레하게 따뜻한 색조로 물들이고 있었다.

그녀는 홀을 내달려 그에게 다가갔다.

"아, 여보, 드디어 왔구나!"

그녀가 말했다.

"고마워요, 여보. 이렇게 빨리 와주다니!"

그녀가 그의 어깨에 손을 얹는 순간 그가 몸을 돌렸다. 그는 팔로 그녀를 감쌌다. 그녀는 두 눈이 한데 몰린 얼굴을 들여다보았다. 입 한쪽은 웃고 있었고, 반대쪽은 기형처럼 두껍게 한데 일그러져 냉소와 육욕이 엿보였다.

악몽이 그녀에게 직접 찾아왔다. 그녀는 도망칠 수도 비명을 지를 수도 없었다. 질질 발걸음을 끄는 그녀를 부축하며 남자는 어둠 속으로 사라졌다.

30분 후 딕이 도착했다. 그는 바로 조금 전 한 남자가 자신의 아내를 찾아왔고, 아내가 그와 함께 나갔다는 이야기를 듣고 매우 놀랐다. 그 남자는 이 마을 사람이 아닌 것 같았다. 그녀에게 메시지를 전한 시동은 이전에 그를 한 번도 본 적이 없었다고 했다. 놀라움은 이내 심각한 우려로 깊어졌다. 호텔 밖에서 조사가 이루어졌다. 그녀가 호텔에 머무는 사실을 알고 있는 한두 명의 목격자가 그녀를 본 듯했다. 그들 말로는 그녀가 모자도 쓰지 않은 차림으로 어떤 남자와 팔짱을 끼고 해안을 따라 걷고 있었다고 했다. 그들 중에 남자를 아는 사람은 없었으나, 한 명이 그의 얼굴을 보았다며 묘사해주었다.

수색의 범위가 좁혀졌다. 달빛을 보완할 랜턴으로 수색하다가 그녀의 것으로 보이는 발자국을 찾았다. 그러나 그녀 옆에 나란히 걸었다는 남자의 발자국은 그 어떤 흔적도 없었다. 수색대는 약 1마일 거리에 발자국이 끝나는 지점까지 추적했다. 그곳은 낭떠러지 위에 있던 옛 교회 뜰에서 모래가 허물어져 내려앉은 지점이었다. 무너지면서 탑의 절반과 묘석 하나가 함께 떨어져 내렸다. 그 안에 있던 시신도 함께였다.

묘석은 로저 와이번의 것이었는데, 그의 시신은 묘석 바로 옆에 있었다. 매장된 지 200년이 지났지만 시신은 전혀 부패하지도 손상되지도 않은 상태였다. 그 후 일주일 동안 수색대는 사태가 일어난 지역을 샅샅이 뒤졌다. 만조가 점차 모래를 쓸어갔다. 그러나 더 이상의 발견은 없었다.

미스 슬럼버블 그리고

폐소공포증

앨저넌 블랙우드

미스 대프니 슬럼버블은 나이가 불명확한 예민한 숙녀로, 봄이면 항상 해외로 나갔다. 여자에게 매년 한 번 있는 휴가였다. 그 휴가를 위해 여자는 1년 내내 악착같이 돈을 모았다. 나이 마흔이 넘어 수입이 '겨우 입에 풀칠이나 할 만한' 수준인 사람들이나 하는 매우 처량 맞은 방책으로 돈을 모았다. 그러면서 언젠가 뭔가 좋은 일이 생겨 늘 싸구려 차와 식빵으로 연명하며 매주 한 번씩 세탁부와 언쟁을 벌이는 자신의 서글픈 인생이 나아지기를 바랐다.

봄 휴가는 여자가 1년 중 진짜로 삶다운 삶을 사는 유일한 기회다. 휴가에서 돌아온 직후 몇 달은 거의 굶다시피 지냈다. 그래야만 다음 해 여행을 위한 돈을 모을 수 있기 때문이었다. 6파운드가 모이면 기분이 좋았다. 일단 6파운드를 확보한 후엔 4프랑 단위로 돈을 모으면 됐다. 4프랑은 여자가 항상 가는 발레 알프스의 꽃이 흐드러진 언덕 마을의 작은 펜션에서 하루 묵을 수 있는 금액이었다.

미스 슬럼버블은 남자의 존재를 지나치게 의식했다. 남자들은 그녀를 예민하고 또 두렵게 만들었다. 여자는 마음속으로 경찰과 성직자만 빼고 모든 남자를 믿을 수 없는 존재라고 생각했다. 그것은 아주 젊은 시절 아낌없이 마음을 주었던 한 남자에게 잔인하게 기만당한 경험 때문이었다. 그 남자는 한마디 말도 없이 사라져버렸고, 몇 달 후 다른 여성과 결혼했다. 그 소식마저 신문을 통해 알게 되었다. 사실 남자는 대프니와 거의 대화를 나누지 않았다. 그러나 그건 여자에게 대수롭지 않은 일이었다.

대프니는 부유한 언니가 집에서 벌이던 티파티에서 그를 보곤 했었는데, 그때 그가 자신을 바라보는 눈길, 실내를 돌아다니는 모습, 자신을 피하는 태도 등 실로 그가 했던 모든 일과 하지 않고 놔두었던 그 모든 일이 여자의 퍼덕거리는 가슴에는 확실한 증거로 보였기 때문이었다. 즉 그가 자기를 남몰래 사랑하고 있고, 또 자기 역시 그를 사랑한다는 사실을 그가 알고 있다는 증거라고 생각했다. 그 남자가 가까이 있으면 여자는 보기에 딱할 정도로 어쩔 줄 몰라 했다. 그가 냄새를 맡을 수 있을 정도로 가까이 다가오기만 하면 언제나 마시던 차를 쏟을 정도였다. 한번은 그가 여자에게 빵과 버터를 주기 위해 실내를 가로질러 다가왔는데, 여자는 그 남자가 접시를 든 모습 자체가 자신을 향한 사랑을 침묵으로 드러내는 자태라고 확신하고는 자리에서 벌떡 일어나 남자의 눈을 똑바로 바라보았다. 그 바람에 접시가 홀라당 뒤집혀 파티가 맛깔스러운 난장판이 되어버렸지만!

그러나 그 모든 일은 다 옛일이 되었다. 여자는 벌써 오래전에 슬픔을 억누르고 자신의 삶이 한 남자의 배신—여자는 그게 배신이라고 생각했다—으로 너무 비참해지지 않도록 하는 법을 배웠다. 그렇지만 여자는 여전히 남자들이 있는 곳에서 불안을 느꼈고 자의식이 발동했다. 특히 말수가 적은 미혼 남자일 경우 더 심했다. 여자는 인생 내내 일정 정도 남자에 대한 공포에 시달렸다고도 볼 수 있다. 그러나 그 공포에 다른 공포들도 합세했다. 어쩌면 모두 똑같이 근거 없는 것들인지도 모른다. 여자는 그렇게 끊임없는 두려움에 빠져 살았다. 화재, 철도 사고, 제멋대로 달리는 택시, 좁고 폐쇄된 공간에 대한 두려움. 앞에 열거한 두려움은 물론 남성 포함 다른 많은 이들 역시 겪는 것이었다. 그러나 후자, 즉 폐쇄된 공간에 대한 공포는 전적으로 어린 시절 아버지에게 들었던 이야기에서 기인했다. 아버지는 한때 기이한 신경계 질환인 폐소공포증(폐쇄된 공간에 대한 두려움), 즉 탈출 가능성이 없는 상황에서 폐쇄된 공간에 갇힐 때 생기는 공포증을 앓았다고 했다.

그리하여 이 선량하고 정직한 여성, 보닛에 신선한 꽃을 꽂고 침실 벽로에 스위스에서 찍은 컬러 사진을 줄줄이 진열해놓은 미스 대프니 슬럼버블은 쓸데없이 이것저것에 시달리는 삶을 살았다.

어쨌든 연례 휴가에 관한 기대가 다른 모든 것을 보상해주었다. 여자는 워릭 광장 뒤편에 있는 쓸쓸한 방 안에서 먼지 섞인 뿌연 여름 열기에 땀을 흘리며 헐떡거렸고, 몹시 차가운 겨울 안개에도 꿋꿋하게 버텨냈다. 그러고 나면 낮이 길어지는 시기가 돌아왔다. 그때가 가까워지면 5월 첫째 주 여행 티켓을 구입할 때까지 남은 날들을 헤아리며 벅차게 설레는 열광의 상태로 서서히 접어들었다. 그러다 마침내 그날이 오면 여자는 가슴속 행복이 벅차올라 다른 건 이 세상 그 무엇도 바랄 게 없는 열광에 빠졌다. 심지어 자신의 이름조차 신경 쓰이지 않았다. 일단 영국 해협을 건너면 자기 이름이 외국인들의 입에서는 꽤 다른 소리로 들렸기 때문이었다. 여자가 묵는 작은 펜션에서 그녀는 마드무아젤 다프네로 불렸고, 그 소리 자체가 음악으로 들렸다. 자신의 짜증 나는 성씨는 추잡스러운 런던의 삶에 속했다. 그것은 마드무아젤 다프네가 산꼭대기에서 지내는 영광스러운 날들과는 아무런 관련이 없었다.

기차가 출발하기 족히 한 시간 전 여자가 빅토리아역에 도착했을 때, 플랫폼은 이미 사람들로 붐볐다. 여자는 작고 낡은 트렁크의 무게를 재고 라벨을 붙였다. 여자는 너무나 흥분한 상태라 여차하면 누구에게든 불필요한 말을 늘어놓았다. 물론 상대는 유니폼을 입은 역 직원들이었다. 여자는 벌써 마음속으로 하얀 눈이 반짝이는 산꼭대기 위에 펼쳐진 푸른 하늘을 올려다보았고, 소의 목에 매달린 딸랑거리는 방울 소리를 들었으며, 제재소의 소나무 냄새를 맡았다. 여자는 나무 바닥에 의자가 줄줄이 늘어서 있는 즐거운 식당을 상상했다. 저 멀리 언덕 아래 하얗게 달아오른 구불구불한 도로를 달리는 승합마차도 보았으며, 오전 7시 30분에 침실로 배달되는 향기로운 커피를 곁들인 아침 식사와 스케치북과 시집을 들고 숲 그늘에서 즐기는 긴 오전 시간의 풍경도 보았다. 구름은 웅장한 절벽을 천천히 가로지르고, 대기는 끊임없이 폭포수의 메아리를 읊조렸다.

"가는 길이 평온할 거라 생각하시죠, 그렇죠?"

여자는 포터 옆에서 부산을 떨며 그에게 세 번째로 같은 질문을 던졌다.

"뭐, 어쨌든 바람이 없잖아요."

포터는 여자의 작은 가방을 손수레에 실으며 기분 좋게 대답했다.

"이 기차로 정말 많은 사람이 여행을 떠나는군요, 그렇죠?"

여자는 큰 소리로 재차 물었다.

"아, 그러네요. 지금은 해외여행 시즌이잖아요."

"그렇죠, 그럼요. 틀림없이 대륙 쪽 기차도 굉장히 붐빌 거예요."

여자는 행복한 새처럼 끊임없이 재잘거리며 포터를 따라 또각또각 민첩한 발걸음으로 플랫폼을 내려갔다.

"아마 그러겠죠."

"전 '여성 전용칸'으로 갈 거예요. 매년 그러거든요. 그게 더 안전하잖아요, 그렇죠?"

"제가 다 알아서 해드릴게요."

참을성 많은 포터가 친절히 대답했다.

"하지만 아직 기차가 오지 않았네요. 한 30분은 더 기다려야 할 겁니다."

"오, 감사해요. 그럼 전 기차가 올 때 여기로 올게요. '여성 전용칸'이요, 잊지 마세요. 그리고 이등칸이고, 엔진을 마주한 구석 자리예요. 아니 아니, 엔진을 등진 자리요. 배를 타고 해협을 지날 때도 별 탈 없었으면 좋겠네요. 어떻게 생각하세요, 오늘 바람이……?"

그러나 포터는 이제 그녀의 목소리가 들리지 않는 곳으로 가버렸다. 미스 슬럼버블은 플랫폼을 배회하며 사람들이 도착하는 모습을 구경했고, 코트다쥐르를 광고하는 푸른색과 노란색 광고판을 살펴보기도 했으며, 즐거운 마음으로 자신의 검은 묵주를 흔들어보기도 했다. 교회 위로 수십, 수백 미터 지점까지 눈이 쌓여 있는 곳, 이 드넓은 세상 그 어느 곳보다 더더욱 푸른 초원을 자랑하는 알프스의 작은 마을에 관한 상상으로 여자는 열정 넘치는 기쁨에 휩싸였다.

"아가씨 짐을 '여성 전용칸'에 갖다 놓았습니다."

마침내 열차가 들어왔을 때 포터가 다가와 말했다.

"그리고 엔진 앞 구석 자리를 잡아놓았습니다. 꽤 안락한 자리일 겁니다. 감사합니다, 아가씨."

포터는 모자에 손을 대며 인사하고는 6펜스 은화를 주머니에 집어넣었다. 이 까다로운 여행객은 기차가 출발할 때까지 남은 30분을 더 기다리기 위해 객차 문 앞에 자리를 잡으러 갔다. 여자는 기차에 대해 언제나 매우 긴장했다. 엔진과 객차에 사고가 날까 봐 걱정하는 것뿐만 아니라 정차 없이 달리는 긴 여행길에 통로 없는 객실 안 승객들에게 일어날 수 있는 재수 없는 여러 가지 일들 모두가 두려웠다. 연기를 뿜고 경적이 울리고 수화물을 나르는 기차역의 풍경을 보는 것만으로도 여자의 상상력은 재앙의 방향으로 움직였다.

객차 안은 세심한 포터가 여자의 모든 짐을 구석에 말끔하게 쌓아놓은 상태였다. 신문 세 부, 잡지 한 부와 소설책 한 권, 음식을 담은 작은 가방, 바나나 두 개와 종이에 쌓인 바스 번 빵, 긴 끈으로 묶은 망토, 우산, 야나타 멀미약 한 병, (산악용) 쌍안경, 카메라. 여자는 그 모든 물건을 다시 확인하며 세어보고 약간 다르게 재배치했다. 그런 다음 한편으로는 흥분 때문에, 또 다른 한편으로는 열차 지연에 대한 항의의 표시로 살짝 한숨을 쉬었다.

많은 사람이 올라와 예리한 눈으로 객실을 둘러보았으나 실제 아무도 자리를 잡지 않았다. 한 숙녀가 올라와 구석에 자신의 우산을 두고는 부리나케 플랫폼으로 뛰쳐나가더니, 마치 갑자기 기차가 운행하지 않을 거라는 소식이라도 들은 듯 몇 분 후 다시 우산을 가지고 나갔다. 앞뒤 객실에서 매우 부산하게 움직이는 소리가 들렸다. 프랑스어도 꽤 많이 들려왔다. 미스 대프니는 프랑스어를 들으니 행복감이 밀려왔다. 그것 또한 여행에서 얻는 작은 기쁨이었다. 그 언어 자체가 휴가처럼 들렸다. 프랑스어는 또 산의 내음을 풍겼고 달콤한 자유를 연상시키는 미묘한 기쁨을 불러일으켰다.

그때 어떤 뚱뚱한 프랑스 남자가 다가와 객실을 둘러보더니 안으로 들어오려고 했다. 당황한 여자는 즉각 용기를 내어 와락 그에게 달려들었다.

"메, 세 푸르 담므, 무슈!" (여긴 여성 전용칸이에요, 무슈!)

여자는 소리를 질렀다. 당황한 나머지 '담므(dames, 여성)' 발음을 '댐(dam)'이라고 냈다.

"오! 젠장(damn)! 몰랐네요."

남자가 영어로 응답했다.

여자는 남자의 무례한 태도에—여자는 남자가 모피코트를 들고 있어서 프랑스 사람이라고 생각했다— 안절부절못했다. 그리하여 여자는 얼른 자리로 돌아와 신변을 보호하겠다는 듯 주변에 자기 짐을 펼쳐놓기 시작했다.

여자는 검은 구슬이 박힌 백을 열고 지갑을 꺼내 표가 안에 잘 있는지 열 번째 확인했다. 그러고는 짐의 숫자를 헤아리면서 혼자 중얼거렸다.

"그 멍청한 포터가 내 짐을 제대로 갖다 놓았길. 그리고 제발 영국 해협이 거칠지 않았으면. 포터들은 아주 멍청하단 말이지. 짐이 제대로 안에 놓일 때까지 절대 포터한테서 한눈을 팔면 안 돼. 파도가 거칠면 추가 요금을 내고 선박 일등칸을 이용하는 게 좋겠어. 짐이야 나 혼자 옮길 수 있을 테니."

그 순간 표를 확인하러 온 남자 직원이 객실 앞으로 다가왔다. 여자는 사방을 뒤졌으나 표를 찾을 수 없었다.

"방금까지 가지고 있었는데."

여자는 남자가 열린 문 앞에서 기다리는 동안 숨을 헐떡이며 말했다.

"방금 있었다고요. 바로 직전에 말이에요. 세상에, 내가 표를 어쩐 거지? 아, 여기 있네!"

남자가 승객 명단을 하도 오래 매만지고 있어서 여자는 무언가 잘못되었다는 생각에 걱정을 시작했다. 그러다가 마침내 남자가 표를 찢어 한쪽을 건네주자 여자에게 일종의 공황이 찾아왔다.

"괜찮은 거죠, 안 그래요? 저 괜찮은 거죠, 안 그래요?"

직원이 문을 닫고 잠갔다.

"포크스턴행, 맞습니다."

그 말과 함께 남자는 사라졌다.

경적, 고함, 플랫폼을 위아래로 뛰어다니는 소리가 정신없이 들려왔다. 검표원이 호각을 입에 문 채 손을 들고 좌우를 살피며 호각을 불 준비를 하고 있었다. 갑자기 여자의 짐을 옮긴 포터가 빈 수레를 끌고 쌩 지나갔다. 여자는 창밖으로 머리를 내밀어 그를 불렀다.

"내 짐 다 실은 거 확실하죠, 그렇죠?"

여자가 소리 높여 물었으나 남자는 들은 건지 못 들은 건지 뒤돌아보지 않고 지나갔다. 기차가 천천히 나아가기 시작할 때 여자는 반대편 열차에 탄 누군가에게 손을 흔들며 플랫폼에 서 있던 나이 든 숙녀와 머리를 부딪쳤다.

"아야!"

미스 슬럼버블은 구겨진 보닛을 펴며 소리 질렀다.

"마담, 앞을 똑바로 보셔야죠!"

그러고 나서 여자는 자신이 멍청한 말을 한 걸 깨닫고는 당황한 채 내밀었던 고개를 창 안으로 들이고 자리에 기대 앉았다.

"오!"

여자는 다시 헐떡거렸다.

"오, 세상에! 마침내 출발하는 거야. 너무 좋아서 믿기지 않아. 오, 저 끔찍한 런던!"

여자는 그러더니 다시 돈을 세기 시작했다. 그러고 나서 한 번 더 기차표를 확인했다. 다음으로 면장갑을 낀 긴 손가락으로 수많은 짐 꾸러미들을 하나하나 만져보며 중얼거렸다.

"저건 저기, 그리고 저거, 그리고 저거, 그리고……저거!"

그러더니 자신을 가리키며 키득거리며 말했다.

"그리고 이거!"

기차가 속도를 높이기 시작했다. 창 너머로 교외의 우울한 모습이 끝도 없이 이어졌다. 더러운 지붕들과 너저분한 굴뚝의 바다가 쉭쉭 지나쳐갔다. 여자는 모든 짐 꾸러미를 선반에 올렸다가 다시 내려놓았다. 그러고 나서 그중 몇 가지를 다시 선반에 올리고—포크스턴까지 필요하지 않은 것을 신중하게 골랐다— 나머지를 정리하기 시작했다. 일부는 자리 옆에 두었고 일부는 맞은편에 두었다. 바나나 봉지는 무릎에 두었는데 점점 따뜻해지며 모양이 흐트러지기 시작했다.

"드디어 떠난다고!"

여자는 기쁨에 겨워 살짝 헐떡거리며 다시 중얼거렸다.

"파리, 베른, 툰, 프루티겐."

여자가 두 팔로 제 몸을 살짝 껴안자 검은 구슬들이 달랑거렸다.

"그런 다음 승합마차를 타고 그 멋들어진 산을 향해 오랫동안 달리는 거야."

여자는 그 모든 길을 하나하나 다 꿰고 있었다.

"그러고는 펜션에서 꼬박 15일, 아니, 싼 숙소를 얻는다면 18일까지도 머물 수 있어! 아아! 이게 꿈이야 생시야? 진짜 생시야?"

여자는 행복에 겨워 짹짹거리는 새 소리를 냈다.

미스 슬럼버블은 창밖을 내다보았다. 이제 도로가 사라

지고 초록 들판이 이어지고 있었다. 여자는 소설책을 하나 꺼내 읽으려 했다. 그러다가 신문을 펼치고 아무 기사나 보려고 했다. 모두 허사였다. 아름다운 야생의 풍경이 마음속 눈을 사로잡자 다른 모든 것들이 지루하고 재미없어졌다. 기차가 속도를 높였으나 여자에게는 느리기만 했다. 그러나 여행길의 모든 순간, 삐걱거리며 도는 모든 곡선 길이 여자를 목적지에 점점 더 가까이 데려가고 있었다. 익히 알고 있는 여행길의 세세한 모습 하나하나에 여자는 매우 강렬한 행복감을 느꼈고 두근두근 설렜다. 여자는 더 이상 자신의 이름도, 오래전 배신한 말 없는 연인도, 이 세상 그 무엇도 신경 쓰지 않았다. 그저 1년에 한 번 가슴을 흠뻑 적시는 열정이 또다시 채워질 거라는 기대만을 품었다.

그 순간 미스 슬럼버블은 불쑥 자신의 현 상황을 깨닫고 두려움을 느꼈다. 터무니없이 두려웠다. 여자는 처음으로 자신이 급행열차의 객실 안에 혼자 있다는 사실을 깨달았다. 그것도 객실 사이에 통로가 없는 급행열차였다.

지금까지는 목적지에 다다를 생각에만 몰두하느라 다른 모든 게 뒷전으로 밀려나 있었다. 따라서 혼자 있다는 사실을 깨달았다 하더라도 그것마저 즐거운 일이었다. 그러나 지금 스무 번째로 짐을 점검하고 돈을 세고 표를 노려보고 그 나머지 모든 의식을 치르고 난 뒤 숨을 돌리며 의자에 푹 기대앉았을 때, 여자는 자신이 기차 객실 안에 홀로 있다는 사실을 깨닫고 충격을 받았다. 꽤 긴 시간을 가야 하는데, 난생처음 비명을 지르듯 덜컹거리며 내달리는 기차의 한 객실 안에 자기 혼자 있다는 사실을 깨달은 것이다. 여자는 벌떡 허리를 곧추세우고 앉아 정신을 차리려 애썼다.

모든 감정 중에서 아마 두려움이 암시의 힘에 가장 영향을 적게 받는 감정일 것이다. 물론 자기암시를 말한다. 명백한 원인이 없는 막연한 두려움의 경우에는 더욱 그러하다. 알려진 원인이 있는 두려움의 경우 우리는 논증할 수 있고, 달래고 어를 수 있고, 웃어넘길 수도 있다. 한마디로 그 공포가 없어졌다고 암시할 수 있다. 그러나 이해 불가한 채 슬그머니 떠오르는 두려움의 경우 마음은 완전히 갈피를 잃는다. '난 두렵지 않아'라는 생각은 두려움을 아예 무시하는 척하는 더 미묘한 암시만큼이나 소용없고 공허하다. 더욱이 원인을 찾는 일은 마음을 혼란케 하고, 결국 원인을 찾는 데 실패하면 공포는 더 커지기 마련이다.

미스 슬럼버블은 정신을 바짝 차리고 무엇 때문에 두려운지 찾기 시작했다. 그러나 곰곰이 생각해보아도 소용이 없었다.

여자는 우선 외부적으로 찾아보았다. 두려움이 아마도 자기 짐과 연관이 있을 거라 생각하고는 앞쪽 좌석에 짐을 한 줄로 쭉 늘어놓고 하나씩 살펴보았다. 바나나, 카메라, 음식 봉투, 검은색 구슬 백 등등. 그러나 여자는 그중에 걱정이 될 만한 건 아무것도 찾지 못했다.

그런 다음 여자는 내적으로 두려움의 원인을 찾아보았다. 자기 생각, 런던 집, 펜션, 돈, 표, 장래에 대한 계획, 자신의 과거, 건강, 종교 등 자신의 내적 삶에 일어나는 그 모든 것들을 따져보았다. 하지만 이렇게 갑자기 찾아온 두려움과 걱정의 원인이 될 만한 것은 무엇도 찾을 수 없었다.

더 나아가 찾고 찾아도 아무런 소득이 없자 두려움이 더욱 커져만 갔다. 여자는 또다시 신경성 공황 상태에 빠지고 말았다.

"이런, 온통 땀에 젖었네!"

여자는 혼자 큰소리로 외치고는 더러운 쿠션 좌석을 벗어나 다른 좌석으로 이동했다. 그러면서 여기저기 둘러보며 두려움이 밀려드는 원인을 찾아 머리를 굴려보았지만, 끝내 아무것도 찾지 못했다. 영혼 속에서 고통은 점점 더 커지기만 했다.

여자는 옮긴 좌석도 이전 좌석만큼이나 불편한 건 마찬가지여서 객실 안의 모든 모퉁이 자리를 번갈아 앉아보고 가운데 자리에도 앉아보았다. 그러다 마침내 객실 안 모든 좌석에 다 앉아보았다. 좌석을 옮겨 다닐수록 점점 더 불편해지는 것 같았다. 여자는 자리에서 일어나 텅 빈 선반과 좌석 밑을 들여다보았다. 낑낑거리며 두꺼운 쿠션을 들어올려 그 아래까지 살펴보았다. 그런 다음 여자는 짐 꾸러미 모두를 다시 선반에 올려놓았다. 허둥지둥하다 보니 그중 일부는 바닥으로 떨어져 내렸는데, 그러면 어쩔 수 없이 바닥에 떨어진 짐을 줍기 위해 좌석 밑으로 무릎을 꿇어야 했다. 그러다 보니 숨이 찼다. 더욱이 목구멍으로 먼지가 들어와 기침까지 났다. 눈은 따끔거렸고 점점 더 덥고 답답해졌다. 그러다가 우연히 선반 아래 붙어 있는 불로뉴의 컬러 사진에 비친 자신의 모습을 보게 되었다. 그 모습을 보고 여자는 적잖이 당황했다. 반사된 자신의 모습이 너무나 자신 같지 않았다. 표정도 기이하기 짝이 없었다. 아예 다른 사람의 얼굴 같았다.

불안의 스위치가 한번 켜지면 윙윙거리는 파리부터 먹구름까지, 그 어떤 것에 의해서도 증폭된다. 여자는 불안과 두려움에 빠져 좌석에 털썩 주저앉고 말았다.

그러나 미스 대프니 슬럼버블은 담력이 있었다. 그렇게 쉽게 당황하지 않았다. 여자는 어딘가에서 공포는 때로 자신의 이름을 큰 소리로 힘을 주어 외치면 사라진다는 글을 읽은 적이 있었다. 여자는 알기 쉽고 힘 있게 펼치는 주장을 잘 믿는 편이었고 즉각, 받아들인 그 지식에 맞게 행동했다.

"나는 대프니 슬럼버블이다!"

여자는 허리를 꼿꼿이 세우고 좌석 끝에 걸터앉아 자신감 있는 목소리로 외쳤다.

"나는 두렵지 않아…… 그 어떤 것도!"

여자는 뒤늦게 생각난 듯 그렇게 마지막 세 단어를 덧붙였다.

"나는 대프니 슬럼버블이다. 나는 푯값을 지불했고, 어디로 가는지 잘 알고 있으며, 큰 짐은 수화물칸에 있고, 작은 짐들은 여기에 있다!"

여자는 하나하나 일일이 열거했다. 아무것도 빼놓지 않았다.

그러나 저 자신의 목소리, 특히 이름을 말하는 소리가 오히려 스트레스를 가중시키는 것 같았다. 갑자기 모든 게 다 이상하고 낯설고 불친절하게 변했다. 여자는 맞은편 구석으로 걸어가 창밖을 내다보았다. 나무, 들판, 드문드문 보이는 시골집들이 끝도 없이 빠르게 지나쳤다. 시골은 아름다워 보였다. 까마귀 떼가 날았고 말들이 들판을 부지런히 달렸다. 도대체 두려워할 게 무언가? 도대체 무엇 때문에 안절부절못하고 겁을 먹고 불안한가? 여자는 다시 한번 짐 꾸러미와 표와 돈을 살펴보았다. 하나같이 모두 이상 없었다.

그때 여자는 창문을 열어보려 했다. 그러나 창은 창틀에 고정되어 있었다. 다른 창으로 달려가 보았으나 마찬가지였다. 둘 다 잠겨 있어 열리지 않았다. 두려움이 커졌다. 갇혔다! 창문은 꿈쩍도 하지 않았다. 이 객실은 무언가 잘못되었다. 여자는 갑자기 사람들이 이 객실로 와서 살펴보고 들어오지 않으려 하던 모습이 생각났다. 이 객실에 뭔가 문제가 있는 게 틀림없었다. 뭔가 여자가 놓친 게 있었다. 공포가 불길처럼 여자를 훑고 지났다. 여자는 몸을 떨며 여차

하면 울음을 토해낼 기세였다.

　여자는 새장에 갇힌 새처럼 쿠션이 깔린 좌석 사이를 뛰어다니며 불안한 눈빛으로 선반과 좌석 밑과 창밖을 살펴보았다. 갑작스러운 공황이 여자를 압도했다. 여자는 출입문을 열어보려 했다. 잠겨 있었다. 다른 쪽 문도 가보았다. 마찬가지로 잠겨 있었다. 세상에, 둘 다 잠겼다! 여자는 안에 갇힌 포로가 되었다. 밀폐된 공간에 갇혔다. 산들은 닿을 수 없는 곳에 있었다. 드넓은 숲, 광대한 들판, 천상의 향기를 머금은 바람. 여자는 지하 감옥의 죄수처럼 옴짝 못하게 사방이 막힌 채 갇혀 있었다. 그 생각을 하자 미칠 것 같았다. 탁 트인 하늘과 숲, 들판과 푸른 지평선이 펼쳐진 열린 공간에 가닿을 수 없다는 느낌이 영혼을 강타했다. 자신이 가장 소중하게 여기는 모든 것이 다 사라지는 것 같았다. 여자는 비명을 질렀다. 좌석 사이를 미친 듯이 내달리며 비명을 질렀다.

　물론 아무도 듣지 못했다. 벼락같은 기차 소리가 여자의 미약한 소리를 삼켜버렸다. 여자의 목소리는 갇힌 사람이 내지르는 무의미한 외침이었다.

　그때 불현듯 여자는 그 모든 게 뭘 의미하는지 깨달았다. 객실과 자신의 짐 꾸러미, 또는 기차에는 아무런 이상이 없었다. 여자는 더러운 쿠션에 털썩 주저앉아 상황을 똑바로 주시했다. 그건 여자의 과거나 미래, 표나 돈, 종교나 건강과 아무런 관련이 없었다. 무언가 완전히 다른 것이다.

여자는 그게 무언지 깨달았고, 그러자 즉각 얼음장같이 차가운 공포가 밀려왔다. 여자는 마침내 그 공황의 원인에 이름을 붙였다. 그리고 그 깨달음이 여자의 비탄을 줄이기는커녕 증폭시켰다.

그것은 밀폐된 공간에 대한 두려움이다. 바로 폐소공포증이다!

더는 의심의 여지가 없었다. 여자는 갇힌 것이다. 도망칠 수 없는 좁은 공간에 갇혔다. 벽과 바닥과 천장이 무자비하게 여자를 에워싸고 있다. 출입문은 빗장을 질러 잠겨 있다. 창들도 봉해져 있다. 탈출의 가능성이 없다.

"포터가 말해줬으면 좋았을걸!"

여자는 얼굴을 닦으며 엉뚱한 소리를 했다. 그러더니 자신이 바보 같은 말을 했다는 사실을 깨닫고는 정신이 이상해지고 있다고 생각했다. 기억이 났다. 폐소공포증의 증상이다. 정신이 나가고 이상한 짓을 한다고 누군가 말했다. 오, 밖으로 나가 사방이 막히지 않고 탁 트인 공간에 갈 수만 있다면! 여자는 여기서 덫에 갇힌 것이다. 끔찍하게 갇힌 것이다.

"검표원이 날 여기 가둬두어서는 안 됐어, 절대!"

여자는 소리를 지르며 좌석 사이를 뛰어다녔다. 그러면서 이 문에 부딪히고 저 문에 부딪혔다. 물론, 다행히도 두 문 다 열리지 않았다.

혹시 음식을 먹으면 진정될까 싶어 바나나 봉투를 꺼내

너무 익어 물컹거리는 바나나 껍질을 벗겼다. 그러고는 다른 가방에서 꺼낸 바스 번 조각과 함께 씹어 먹었다. 여자는 전방을 바라보는 중간 좌석에 앉아 있었다. 그때 오른쪽 창문이 털썩 드르륵하는 소리와 함께 갑자기 열렸다. 창은 그저 틀에 꽉 끼워져 있다가 여자가 계속해서 힘을 준 데다 덜컹거리는 차체의 힘을 받아 그제야 열린 것이다. 미스 슬럼버블은 비명을 내지르며 바나나와 번을 바닥에 떨어뜨렸다.

하지만 열린 창문으로 쉭쉭 지나가는 들판에서 달콤한 공기가 안으로 쏟아져 들어오자 여자는 금세 충격에서 벗어났다. 여자는 후다닥 달려가 창밖으로 머리를 내밀었다. 그러고는 가능하면 창밖을 통해 객실 문을 열어볼 요량으로 손을 내밀었다. 무슨 일이 벌어지더라도 탁 트인 공간으로 나가야만 할 것 같았다. 문손잡이는 쉽게 돌아갔다. 그러나 문의 걸쇠가 더 높은 곳에 있었기에 여자로서는 문을 꿈쩍도 할 수 없었다. 여자는 머리를 더 멀리 내밀었다. 그랬더니 머리에 쓰고 있던 검은 보닛이 휙 벗겨져 먼지 섞인 회오리바람에 실려 뒤로 날아가 버렸다. 휠휠 나부끼며 얼굴을 스치고 머리를 흩날리는 바람이 여자에게 흥분을 불러일으켰다. 살아오면서 처음 느껴보는 가장 큰 흥분이었다. 실로 여자의 머릿속이 완전히 다 비워졌다. 여자는 한껏 목청을 높여 고함을 내질렀다.

"나 갇혔어요! 포로가 되었다고요! 도와줘요! 도와줘

요!"

다음 칸 객실의 창이 열리더니 젊은 남자가 머리를 내밀었다.

"무슨 일인가요? 누가 당신을 살해라도 하려는 거요?"

"저 갇혔어요! 저 갇혔다고요!"

모자가 벗겨져 머리를 나부끼는 여자가 열리지 않는 문 손잡이를 잡고 씨름하며 소리를 내질렀다.

"문 열지 말아요!"

젊은 남자가 불안하게 소리 질렀다.

"안 열린다고요, 바보 같으니! 안 열려요!"

"잠깐 기다려요. 제가 갈게요. 나오려고 하지 말아요. 제가 창밖으로 나가 발판을 타고 건너갈 테니 가만히 있어요, 마담. 가만히 있어요. 제가 구해줄게요."

남자가 시야에서 사라졌다. 아, 얼마나 다행인가! 남자가 창문을 통해 자신의 객실로 넘어오려 한다. 그는 금세 여자와 함께 있을 것이다. 그런데 그러면 남자와 함께 갇히는 것이다! 안 돼, 그건 불가능했다. 그건 폐소공포증보다 더 나쁜 상황이다. 여자는 그런 순간을 한시도 견디지 못할 것이다.

젊은 남자가 분명 자신을 살해하고 자신의 물건을 모두 훔칠 것이다.

여자는 좁은 바닥에서 미친 듯 이리저리 날뛰었다.

"오, 제 영혼을 구해주소서! 저 남자 벌써 밖으로 나왔어!"

젊은 남자는 여자가 공격을 받고 있다는 생각에 용감하게 창문 밖으로 기어 나와 여자를 구하러 오고 있었다. 남자는 가공할 속도로 철로를 달리고 있는 기차의 발판을 딛고 벌써 열차의 측면 놋쇠 봉을 붙잡은 채 매달려 있었다.

미스 슬럼버블은 깊게 숨을 내쉬고 갑작스럽게 결단을 내렸다. 사실 여자는 자신이 유일하게 할 수 있는 일을 한 것뿐이었다. 여자는 열차 내의 비상신호줄을 한 번, 두 번, 세 번 연달아 잡아당겼다. 그러고 나서 남자의 머리가 창문 모서리에 나타나기 직전 갑작스럽게 창문을 닫아버렸다. 그런 다음 뒤로 물러나다가 미끄러운 바나나 껍질을 밟고 좌석 사이 더러운 바닥에 벌러덩 나자빠졌다.

기차는 그 즉시 속도를 늦추더니 바로 멈췄다. 미스 슬럼버블은 멍한 자세로 여전히 바닥에 앉아 자신의 발가락을 쳐다보고 있었다. 여자는 자신이 저지른 잘못의 심각성을 깨닫고 완전히 겁을 먹었다. 여자가 실제로 비상신호줄을 잡아당긴 것이다! 저 쇠줄은 보라고 있는 것이지 만지라고 있는 게 아니다. 이유 없이 비상신호줄을 잡아당겼다는 건 5파운드 벌금과 뒤따르는 온갖 여파를 감당해야 한다는 의미다.

여자는 사람들이 고함치는 소리, 문 열리는 소리를 들었고, 이내 머리 위에서 열쇠가 돌아가는 소리를 들었다. 그러고 나서 열차 경비대원이 객실로 이어진 계단을 오르는 모습을 보았다. 문이 활짝 열렸다. 옆 칸의 젊은 남자가 자신이 보고 들은 것을 장황하게 늘어놓고 있었다.

"저는 살인사건이 일어나는 줄 알았어요."

경비대원은 재빨리 객실 안으로 밀고 들어와 숨을 헐떡거리는 봉두난발한 여자를 일으켜 좌석에 앉혔다.

"자, 도대체 무슨 일이죠? 비상신호줄을 당긴 게 손님인가요?"

남자는 다소 거칠게 몰아붙였다.

"열차를 이런 식으로 정지시키는 건 심각한 일입니다. 그것도 우편열차를, 아시죠?"

미스 대프니는 거짓말을 하고 싶지 않았다. 말하자면, 고의는 아니었다. 비상신호줄이 저절로 당겨졌다고 얘기하는 게 가장 자연스러울까. 여자는 자신이 한 일에 겁을 먹었고 그럴싸한 핑곗거리를 찾아야 했다. 그러나 도대체 저 멍청하고 허둥대는 직원에게 자신이 겪은 그 모든 일을 어떻게 설명할 수 있나? 더욱이 그는 분명 여자가 술에 취했다고 생각하는 것 같았다.

"남자였어요!"

여자는 본능적으로 자신의 천적으로부터 뒤로 물러서며 말했다.

"어딘가 남자가 있어요!"

여자는 선반과 좌석 밑을 둘러보았다. 경비대원의 시선이 여자의 시선을 그대로 따랐다.

"남자가 어디 있다는 겁니까. 당신은 그저 아무 합당한 이유 없이 우편열차를 멈추게 한 겁니다. 이름과 주소를 대주셔야겠습니다."

남자는 주머니에서 더러운 공책을 꺼낸 다음 뭉툭한 연필을 혀에 댔다.

"바깥 공기를 쐬게 해주세요, 당장이요. 우선 바람을 쐬어야겠어요. 물론 이름은 알려드릴게요. 이 모든 일이 정말이지 수치스럽기 짝이 없네요."

여자는 정신을 차렸다. 그러고는 문 쪽으로 나아갔다.

"그런 것 같군요, 부인. 하지만 저는 임무가 있습니다. 이 일이 벌어진 경위를 보고하고, 최대한 빨리 기차를 다시 출발시켜야 합니다. 손님은 객실에 머물러야 합니다. 우린 이미 꽤 지연되고 있어요."

미스 슬럼버블은 자신의 운명을 차분하게 맞았다. 여자는 자신이 신선한 바람을 쐬겠다고 모든 승객을 기다리게 만드는 게 공정하지 않다는 사실을 깨달았다. 두 경비대원은 잠시 대화를 나누다가 먼저 온 남자가 객실에 자리를 잡고 앉으면서 말을 멈추었다. 그러자 나머지 한 명이 호각을 불었고, 기차가 즉각 다시 출발해 포크스턴까지 남은 거리를 엄청난 속도로 내달리기 시작했다.

"자, 이름과 주소를 대주시죠, 부인."

그가 공손하게 재촉했다.

"대프니, 예, 감사합니다. 아, f가 없는 대프니라, 좋아요.

감사합니다."

그는 공들여 이름을 적었다. 그러는 동안 모자를 쓰지 않은 작은 여인은 맞은편에 앉아 분하고 흥분한 마음으로 무슨 말을 해야 좋을지 머리를 굴리며 즉각 말을 쏟아낼 태세를 갖추고 있었다. 무엇보다 휴가를 몽땅 망치는 건 아닐지라도 조금이라도 지연될까 봐 두려움에 떨었다.

경비대원은 이내 고개를 들어 여자를 올려다보고는 노트를 안주머니에 집어넣었다. 객실번호를 적은 직후였다.

남자가 갑자기 온화한 태도로 설명을 시작했다.

"부인, 이 비상신호줄은 정말로 긴급한 위험이 생겼을 때만 쓸 수 있는 겁니다. 제가 이 사건을 보고하면, 물론 반드시 보고해야 합니다만, 매우 무거운 벌금이 부과될 겁니다. 그저 한번 시험 삼아 당겨본 것 아닌가요, 그렇지 않은가요?"

남자의 목소리에는 무언가 여자의 이목을 끄는 면모가 있었다. 무언가 변화가 생긴 것이다. 그의 태도도 마찬가지로 다소 바뀌었다. 갑자기 자신에게 미안해하는 것 같았다. 여자는 남자가 무엇 때문에 그러는지 이해할 수 없었으나 어쨌든 변화를 재빨리 간파했다. 여자는 남자가 노트에 객실번호를 입력한 직후부터 그랬다는 생각이 들었다.

남자는 마치 혼잣말을 하는 것처럼 말을 이었다.

"제가 설명해야 할 것은 열차 지연에 대한 이유입니다. 그리고 기관사에게 탓을 넘길 수 없습……"

"혹시 열차 속도를 높여서 지연이 없도록 할 순 없을까요?"

미스 슬럼버블은 세심하게 머리를 가다듬고 흐트러진 머리핀들을 다시 고정하며 물었다.

"저는 저뿐만 아니라 그 누구도 곤란하게 만들고 싶지 않습니다."

남자는 여자의 질문을 완전히 무시하며 대답했다. 그런 다음 자리에서 몸을 돌려 여자를 뚫어져라 응시했다. 걱정스럽고 당황한 표정으로 왠지 미안한 듯 어깨를 으쓱했다. 여자는 그가 분명 타협의 몸짓을 보이는 거라고 생각했다.

바로 돈!

기차는 속도를 늦추는 중이었다. 이미 언덕 가운데를 좁게 깎아 만든 철로로 들어와 부두를 향해 후진할 준비를 하고 있었다. 여자는 이제껏 한 번도 명백한 이유 없이 남자에게 돈을 준 적이 없었다. 그리고 지금의 경우는 뇌물을 써서 죄를 눈감아달라는 무시무시한 범죄를 벌이는 것처럼 느껴졌다. 너무나 많은 것이 걸려 있는 상황이었다. 5파운드 벌금은 말할 것도 없고, 사건이 법정으로 넘어간다면 포크스턴에서 며칠 동안 구류될 수도 있을 것이다. 그러면 휴가는 완전히 물 건너갈 것이다. 푸르고 흰 산들이 여자의 시야에서 둥둥 떠다니고 있었다. 귓가엔 솔숲의 바람 소리도 들렸다.

"저, 선생님 부인께 이거 드리면 어떨까요?"

여자는 겁먹은 표정으로 1파운드짜리 금화를 내밀었다.

경비대원은 그걸 보더니 고개를 가로저었다.

"저는 아내가 없습니다. 제가 원하는 건 돈이 아니라 이 사건을 최대한 빨리 마무리해 보고하는 것입니다. 이랬다간 제 일자리를 잃을 수도 있어요. ……하지만 손님이 아무 말도 하지 않겠다고 하시면 기관사와 다른 경비대원의 입은 다물게 할 수 있습니다."

"물론 아무 말 안 할게요. 하지만 무슨 말씀인지 잘 이해가 가지……"

"제가 설명해드리지 않는 이상 이해하지 못하실 겁니다."

그는 매우 안도한 듯한 표정으로 말을 이었다.

"하지만 문제는, 제가 객실 번호를 보고 적기 전까지 저도 몰랐다는 겁니다. 번호를 보고 나서야 깨달았습니다. 그게 바로……바로 그 똑같은 번호……"

"번호가 어쨌다고요?"

그는 말없이 한동안 여자를 응시했다. 그런 다음 결단을 내린 듯한 표정으로 대답했다.

"음, 저는 이제 부인의 손에 달려 있습니다. 아무래도 진실을 다 말씀드리는 게 낫겠군요. 그러면 우린 서로를 도울 수 있을 겁니다. 그러니까……, 이 객차에서 뛰어내리려고 했던 게 부인이 처음이 아닙니다. 절대 아닙니다. 이전에도 그랬습니다, 여러 사람이……"

"세상에!"

"하지만 맨 처음으로 그랬던 사람은 그 독일 여성 빙크만……"

"빙크만이요? 객차 문이 열린 채 철로에서 발견된 그 여자요?"

미스 슬럼버블이 경악하며 되물었다.

"맞습니다. 이 객차에서 바로 그 여성이 뛰어내렸어요. 처음에 사람들은 살인사건인 줄 알았는데, 그런 짓을 할 만한 사람을 찾지 못했지요. 그러고는 그 여자가 미친 게 틀림없다는 말이 나왔습니다. 그때 이후로 이 객차에 유령이 출몰한다는 말이 돌았어요. 왜냐하면 너무나 많은 사람이 똑같이 뛰어내리려고 했거든요. 그러다가 마침내 회사에서 번호를 바꿨습니다."

"이 번호로요?"

흥분한 독신녀가 문에 적힌 숫자를 가리키며 물었다.

"그렇습니다. 그리고 보시면 아시겠지만, 이 번호는 옆 칸들과 이어지지 않습니다. 그렇게 번호를 바꿨는데도 괴이한 일이 멈추지 않았고, 그래서 우리는 이 칸에 아무도 태우지 말라는 지시를 받았습니다. 제가 실수한 지점이 바로 그겁니다. 문을 잠그지 않고 놔뒀는데, 다른 사람이 실수로 부인을 들였던 거지요. 이 사실을 보고하면 저는 분명히 잘릴 겁니다. 회사는 그런 부분에 대해 매우 엄격하거든요."

"정말 무섭네요! 바로 제 느낌이 똑같이 그런 거였거든요."

"뛰어내려야 할 것 같았다는 말씀인가요?"

"네, 그래요. 갇혀서 너무 겁나는 느낌이요."

"의사들도 그렇게 말했어요. 빙크만이 그……밀폐된 장소에 갇히는 걸 두려워하는 증상 말입니다. 뭐라고 긴 이름을 말했는데 기억은 안 나지만 바로 그거였어요. 그 여성이 갇혀 있는 걸 견디지 못한다고요. 자, 우린 이제 부두에 도착했습니다. 괜찮으시면 제가 당신을 도와 짐을 옮겨드리겠습니다."

"오, 감사해요. 경비대원님. 고마워요."

여자는 그가 내민 손을 살짝 붙잡고 플랫폼으로 내려서며 크게 안도했다.

"기사도 정신은 아직 살아 있습니다, 미스."

그가 예의를 차리며 답했다. 그러고는 여자의 짐을 짊어지고 부둣가 증기선을 향해 길을 내려갔다.

10분 후 길게 울리는 뱃고동 소리가 부두를 가로질러 메아리쳤다. 증기선의 노가 초록 바다를 휘젓기 시작했다. 그리고 모자는 쓰지 않았지만 이젠 겁내지 않는 미스 대프니 슬럼버블은 알프스 산악 지역에 있는 값싼 펜션의 무심한 외국인들을 향해 자신의 사그라진 젊음의 자투리를 펄럭이기 위해 바다 너머로 향했다.

# 글렌위드 그레인지의 숙녀

**윌키 콜린스**

나는 이제부터 풀어놓을 이야기의 많은 부분에서 상세한 정보의 진위를 증언할 수 있을 만큼 오랫동안 미스 웰린과 알고 지냈다. 나는 그녀의 아버지와 그녀의 여동생 로자몬드를 알았으며, 로자몬드의 남편인 프랑스 남자 또한 알고 있었다. 이들이 내가 전할 이야기에 필수적인 주요 인물이다.

　미스 웰린의 아버지가 돌아가신 지는 꽤 세월이 흘렀다. 나는 그를 아주 잘 기억하고 있다. 물론 그는 내게 특별한 인상, 아니 조금의 흥미도 주지 못한 인물이었을 뿐만 아니라, 내가 아는 한 다른 누군가에게도 깊은 인상을 남긴 인물이 아니었다. 그가 자기 아버지 대에 축적한 매우 많은 재산을 물려받았고, 그것도 매우 대담하고 매우 운 좋은 방식으로, 그러나 항상 정직한 것만은 아니었던 투기로 얻은 재산을 물려받았으며, 그리하여 그가 이 지역 토지를 소유한 귀족의 일원이 되어 자신의 사회적 지위를 올려볼 요량으로 이 오래된 저택을 구입했다는 사실을 설명한다면, 그에 대해 알아야 할 이야기는 웬만큼 다 한 것이나 다름없다. 그는 철저하게 평범한 남자로, 미덕이 크지도 않았으며 그렇다고 악덕이 도드라지지도 않은 인물이었다. 그는 마음이 좁았고 약했지만, 상냥한 성격에 키가 컸고 잘생긴 남자였다. 웰린 씨의 됨됨이에 관해서는 더 이상 말할 필요도 없고 말할 거리도 없다.

나는 어렸을 때 지금은 고인이 된 웰린 부인을 매우 자주 보았다. 그러나 그녀가 키가 크고 인물이 좋았으며, 나와 함께 있을 때면 매우 관대하고 상냥했다는 사실 외에 다른 것은 기억한다고 할 수 없다. 그녀는 남편보다 출신이 훌륭했을 뿐만 아니라, 사실 다른 모든 면에서도 그러했다. 그녀는 온갖 언어로 된 책을 아주 많이 읽었으며, 뛰어난 음악가적 자질로 멋지게 오르간을 연주하곤 했는데, 이 근방 오래된 시골집의 많은 노인들은 아직도 그 이야기를 꺼내곤 한다. 웰린 씨가 큰 부자이건 말건 상관없이, 내가 아는 그녀의 지인들은 모두 그녀가 그와 결혼했을 때 실망했다. 그러나 그 후 이성이나 감성 모든 면에서 그녀에 못 미치는 남편과 적어도 겉으로는 완벽하게 행복한 모습을 보여 주변을 놀라게 만들었다.

그녀는 자신의 어린 딸 아이다에게서 큰 행복과 위안을 얻었다고 알려졌는데(그 사실은 틀림없었다), 그 딸이 지금 우리가 막 언급한 숙녀다. 아이는 처음부터 제 어머니와 닮아 보였다. 어머니처럼 책을 좋아하고 음악을 사랑하고 또 어머니처럼 감수성이 뛰어났다. 그리고 무엇보다도 심지가 곧았고 인내심이 강했으며 정 많고 친절한 성정을 지녔다. 웰린 부인은 어린 시절부터 아이다의 교육을 전적으로 담당했다. 모녀는 집 안에서건 밖에서건 거의 함께했다. 이웃과 친구들은 어린 딸이 너무 공상에 빠지는 방식으로 양육되었다고 말했다. 다른 아이들과 잘 어울리지 않고 모든 합리적이고 실용적인 교육에는 방치된 반면, 그렇지 않아도 유달리 과도하게 타고난 몽상적이고 상상력 넘치는 성향을 북돋는 교육이 위험하지 않느냐는 말이었다. 아마도 그런 평가는 진실일 것이다. 하지만 아이다가 평범한 성격이었거나, 혹은 평범한 운명을 타고났더라면 그런 평가가 더 신빙성이 있었을 것이다. 그러나 그녀는 처음부터 특이한 아이였다. 또한 이상한 미래가 그녀를 기다리고 있었다.

어린 아이다는 11살이 될 때까지 형제자매가 없었다. 놀이 친구나 또래 말동무도 없었다. 그러다가 11살이 된 직후 여동생 로자몬드가 태어났다. 웰린 씨는 아들을 갖고 싶었으나, 어쨌든 둘째 딸이 태어난 것은 이 오래된 저택에 큰 기쁨이었다. 그러나 기쁨도 잠시, 겨우 몇 달이 지나자 큰 슬픔과 절망이 저택에 찾아왔다. 그레인지 저택은 안주인을 잃었다. 아직 갓난아기였던 로자몬드는 어머니를 잃고 말았다.

웰린 부인은 둘째 아이를 출산한 후 어떤 병을 앓았는

데, 내 의학 지식이 충분치 못해서 그 병명이 무언지는 잘 기억하지 못한다. 나는 그저 그녀가 겉으로 볼 때는 예상하지 못할 정도로 짧은 기간에 회복되었지만, 그 후 병이 다시 치명적으로 재발해 질질 끌다가 고통스럽게 죽어갔다는 사실만 알고 있다. 제 성격대로 경박하고 여린 방식으로 아내를 진심으로 좋아했던 웰린 씨는(훗날 허영심에 차 자신의 결혼을 "양측 모두의 사랑으로 이루어진 연애결혼"이라고 떠벌리는 습관이 생겼다) 아내가 병에 걸려 죽어가던 때, 또 의사가 가망이 없다고 모두에게 공표한 그 끔찍한 시간에 제 나름대로 몹시 격심한 고통을 겪었다. 그는 웰린 부인이 곧 죽을 거라는 말을 들을 때마다 억누를 수 없는 통곡을 터뜨렸다. 그래서 어쩔 수 없이 항상 병실을 떠나 있을 수밖에 없었다. 죽어가는 여인의 엄숙한 마지막 유언, 그녀가 줄 수 있는 가장 애정 어린 말, 표현할 수 있는 가장 소중한 작별의 말, 남길 수 있는 가장 진지한 당부의 말, 자신을 사랑하는 생존자들에게 줄 수 있는 가장 다정한 위안의 말은 남편이 아니라 딸의 귀를 향했다.

어머니가 앓아누웠을 때부터 아이다는 병실에서 꼼짝하지 않았다. 말도 거의 하지 않았으며 겉으로 두려움이나 슬픔을 드러내지도 않았다. 두려움이나 슬픔을 드러낸 건 병실을 나왔을 때였다. 그때 그녀는 병적으로 울음을 토해냈는데, 아무리 타일러도 아무리 충고하고 명령을 해도 진정시킬 수 없었다. 오직 다시 병실로 돌아가야 멈출 수 있었다. 어머니는 그녀의 소꿉동무이자 동반자, 가장 사랑하고 가장 편안한 친구였다. 그리고 그 기억이 그녀를 절망으로 압도하는 대신, 죽어가는 어머니를 마지막 순간까지 충실하고 용감하게 지키는 힘을 주었다.

임종의 순간이 지나고 아내의 장례가 벌어지던 때, 웰린 씨는 죽음이 찾아온 집에 머물 수 없다며 잉글랜드의 먼 곳에 있는 친지의 집으로 가기로 결정했다. 하지만 아이다는 함께 가자는 아버지의 청을 마다하며 자신은 집에 남겠다고 간청했다.

"저는 엄마가 돌아가시기 전에 약속했어요. 엄마가 저에게 사랑을 주신 것처럼, 똑같이 로자몬드를 사랑으로 보살피겠다고요. 그랬더니 엄마가 저에게 여기 남아 자신이 무덤에 눕는 걸 보라고 하셨어요."

그때 집안에는 웰린 부인의 숙모와 오래 일한 늙은 하인이 있었다. 아이다의 아버지보다 그녀를 더 잘 이해했던 그들 역시 웰린 씨에게 딸을 데리고 가지 말라고 부탁했다. 내 어머니는 그 아이가 장례식에서 보인 모습이 자신을 비롯하여 그곳에 참석한 모든 이에게 깊은 인상을 남겼으며, 그 생각만 하면 눈물이 절로 나고 죽을 때까지 그 장면을 잊지 못할 거라고 말했다.

내가 처음으로 아이다를 본 것은 이 시기 직후였다.

여름휴가 동안 집에 머물던 나는 그 여름 그 오래된 저택에 어머니와 함께 방문했던 때를 기억한다. 햇살 좋고 상쾌한 아침이었다. 실내에는 아무도 없었다. 우리는 정원으로 나갔다. 나는 한쪽 잔디밭으로 다가가면서 우선 관목숲 반대편에서 상복을 입은 젊은 여자(하녀 같아 보였다)가 앉아서 책을 읽는 모습을 보았다. 그러고 나서 온통 검은 옷을 입은 어린 여자애가 밝게 빛나는 잔디밭에서 우리를 향해 천천히 걸어오는 모습을 보았다. 그 아이는 아기를 붙잡고 있었는데, 아마도 아기에게 걸음마를 가르치는 것 같았다. 내가 보기에 아이는 그런 일을 하기에 아직 너무 어려 보였다. 그리고 음울하기 짝이 없는 검은 상복은 그 나이의 아이가 입기에는 너무 부자연스러울 정도로 심각한 옷으로 보였다. 그 모습이 아이가 서 있는 밝은 햇볕 아래 잔디밭과 너무나 큰 대조를 이루어 처음 보았을 때 나는 꽤 큰 충격을 받았다. 호기심이 발동한 나는 어머니에게 아이가 누구인지 물었다. 어머니가 들려준 대답이 바로 내가 방금 전한 슬픈 가족사였다. 그때는 웰린 부인이 사망한 지 3개월가량 지난 시점이었다. 아이다는 어머니와 약속한 대로 여동생 로자몬드에게 어머니의 빈자리를 대신하는 일을 아이나름의 방식으로 최선을 다해 실행하고 있었다.

　내가 이 일을 언급하는 이유는 앞으로 펼쳐질 파란 많은 이야기의 중심부로 넘어가기 전에 자매가 서로에게 처음부터 어떤 관계였는지 정확하게 알아야 할 필요가 있기 때문이다. 웰린 부인이 자신의 딸에게 남긴 모든 유언 중에서 갓난아기였던 로자몬드를 아이다의 사랑과 보호하에 맡긴다는 말보다 더 자주, 더 진지하게 요청한 것은 없었다. 다른 사람이 보기에는 죽어가는 어머니가 채 열한 살도 되지 않은 아이를 그토록 완전하게 믿고 의지한 것은 그저 죽음이 다가오면 아주 미약한 위안거리라도 붙들고 싶은 어쩔 수 없는 욕망의 증거로만 보일 것이다. 그러나 벌어진 일을 보면 어리고 여린 아이의 손에 그토록 기이하게 놓인 믿음이 그저 위험을 무릅쓰고 헛되이 한번 품어본 것이 아님을 보여주었다. 장차 아이의 삶 전체는 아이의 어머니가 죽어가며 보였던 믿음의 가치를 고귀하게 증명하는 증거였다. 내가 방금 언급한 간단한 걸음마 가르치는 일은 어미 잃은 두 자매가 이끌어갈 새 삶의 전조였다.

시간이 흘렀다. 나는 학교를 떠나—대학에 입학했다—독일을 여행했고, 언어를 배우기 위해 그곳에서 한동안 머물렀다. 가끔 집에 올 때마다 웰린 씨 집안 소식을 물었고, 대답은 거의 언제나 한결같았다. 웰린 씨는 주 행정 장관 임무를 맡아 정기적으로 만찬을 열었고, 취미로 짓는 농사와 열정적인 스포츠맨의 여가를 꾸준히 즐기고 있었다. 그의 두 딸은 항상 붙어 다녔다. 아이다는 언제나처럼 여전히 특이하고 조용한 사교성 없는 소녀였다. 또한 그녀는 여전히 모든 면에서 "늘 하던 대로" 로자몬드의 응석을 다 받아주었다. 그러니까 언니가 어린 여동생에게 줄 수 있는 가능한 모든 애정을 다 쏟아부었다.

나는 휴가건 방학이건 이 동네에 올 때면 그레인지에 자주 방문했다. 그래서 내가 들은 이야기가 그곳의 삶과 똑같은 건지 직접 확인할 수 있었다. 나는 로자몬드가 네다섯 살 되었을 무렵의 두 자매를 기억한다. 심지어 그때도 내게는 아이다가 아기의 언니라기보다 엄마로 보였다. 그녀는 보통의 자매라면 서로 봐주지 않는 어린 동생의 변덕을 다 받아주었다. 그녀는 동생을 가르칠 때면 매우 인내심이 강했고, 놀아줄 때는 지치는 기색을 보이지 않기 위해 무진 애를 썼으며, 사람들이 로자몬드가 예쁘다고 칭찬할 때마다 몹시 자랑스러워했으며, 아기가 키스해줄 때마다 너무나 행복해했고, 로자몬드가 하는 모든 일을 즉각적으로 알아챘다. 심지어 손님이 있을 때도 로자몬드가 하는 모든 말에 귀 기울였다. 아직 소년이었던 그때의 내가 보기에도 그녀는 내가 본 그 어떤 가족의 그 어떤 자매와도 완전히 다른 모습이었다.

나는 또한 로자몬드가 성년이 되어 곧 사교 시즌을 맞아 런던의 사교계에 자신을 선보일 생각에 들떠 있었을 때도 기억한다. 당시 그녀는 매우 아름다웠다—아이다보다 훨씬 아름다웠다. 그녀의 "성취"는 우리 지역뿐만 아니라 다른 지역까지도 널리 회자되었다. 그러나 그녀의 연주 솜씨와 노래 실력을 칭찬하고 수채화 그림에 경탄하며 유창한 프랑스어 실력에 기뻐하고 또한 재빠른 독일어 독해력에 놀라워하는 사람 중에, 그 모든 우아한 이지적 교양과 민첩한 손재주가 가정교사와 선생들의 덕이 아니라 거의 전적으로 언니의 덕이라는 사실을 아는 사람은 거의 없었다. 로자몬드가 게으름을 피울 때 동생을 자극할 수단을 찾은 사람은 아이다였다. 로자몬드가 최악의 난관을 겪을 때 그걸 극복하도록 이끌어준 사람이 아이다였다. 아이다는 로자몬드가 책을 읽을 때 기억력의 결함을 극복할 방법을 찾아주었고, 피아노를 연주할 때 음감의 실수를 바로잡도록 해주었으며, 붓과 연필을 잡을 때 심미안의 실수를 깨우치게 해주었다.

이런 놀라운 일을 가능하게 만든 것은 오로지 아이다였다. 그리고 그녀의 이러한 고된 노력에 대한 보상은 로자몬드가 무심하게 내뱉는 다정한 한마디 말로 충분했다. 로자몬드는 정이 없거나 배은망덕한 성격은 아니었다. 그러나 그녀는 평범하고 경솔한 아버지의 성격을 많이 물려받았다. 그녀는 언니에게 모든 것을 신세 지는 일—일상생활에서 사소한 난관들을 아이다에게 맡기는 것, 자신의 모든 취향에 관해 세심하게 늘 주의를 기울이는 아이다에게 조언을 구하는 것—에 너무나 익숙해져서 언니의 깊고 신실한 사랑을 받으면서도 그저 그걸 당연시하며 고마운 줄 몰랐다. 아이다가 두 번의 훌륭한 청혼을 거절했을 때 이 집안 사정을 잘 모르는 사람들은 미스 웰린이 왜 평생 미혼으로 살려고 작정한 사람처럼 보이는지 매우 의아하게 여겼다. 그리고 로자몬드 또한 그런 면에서 그들과 하등 다를 바가 없었다.

앞서 말한 런던 여행길에 아이다는 아버지와 여동생과 함께했다. 자기 취향대로라면 그녀는 시골에 남았을 것이다. 그러나 로자몬드는 언니가 함께 가지 않으면 자신은 갈피를 잡지 못하고 난감할 거라며 하루에도 스무 번씩이나 노래를 불러댔다. 큰일이건 사소한 일이건 자신이 사랑하는 사람을 위해서라면 그 누구를 위해서도 자신을 희생하는 게 아이다의 성정이었다. 아이다는 동생을 향한 애정이 너무나 깊다 보니 종작없이 변하는 로자몬드의 뜻을 받아주다 못해 동생이 분별없이 벌이는 잘못에도 구실을 대기 바빴다. 그리하여 아이다는 동생과 함께 기분 좋게 런던으로 향했고, 그곳에서 여동생이 미모로 거둔 그 모든 소소한 성취를 자랑스럽게 지켜보았다. 사람들이 여동생을 칭찬하는 말은 듣고 또 들어도 지겨운 줄 몰랐다.

웰린 씨와 두 딸은 사교 시즌 막바지에 잠깐 시골 저택으로 돌아왔다. 그러고 나서 늦가을과 초겨울을 지내기 위해 다시 집을 떠나 파리로 향했다.

그들은 훌륭한 소개장을 소지하고 있었다. 따라서 파리 사교계에서 영국인뿐만 아니라 훌륭한 외국 인사들을 많이 만날 수 있었다. 초반에 참석한 저녁 파티 중 한 자리에서 품행이 탁월한 어떤 프랑스 귀족 남성이 이야기의 중심으로 떠올랐다. 프랑발 남작이라는 그 남성은 외국 생활을 오래 하다가 고향으로 돌아왔다는데, 참석한 손님 대부분이 그를 아주 높이 칭송했다. 웰린 씨와 두 딸도 이내 프랑발이 어떤 사람인지, 그가 어떤 일을 했는지 이야기를 들을 수 있었다. 개략적인 내용은 이렇다.

남작은 조상으로부터 높은 지위와 유서 깊은 혈통을 받았지만 재산은 적게 물려받았다. 부모님이 돌아가신 후 그와 미혼의 여동생 둘(부모의 생존한 유일한 자식들)은 노르망디에 프랑발 가문의 작은 영토가 있다는 사실을 알게 되었다. 하지만 셋에게 안락한 생계를 제공하기에는 부족한 재산이었다. 당시 스물셋 젊은이였던 남작은 자신의 지위에 걸맞은 군대나 공직의 자리를 얻고자 노력했다. 그러나 당시 부르봉 왕가가 프랑스 왕좌에 복위했지만, 그의 노력은 결실을 보지 못했다. 궁전과의 이해관계가 좋지 않았거나 비밀스러운 정적이 그의 진출을 반대하는 것이었으리라. 지위에 걸맞는 작은 혜택조차 받지 못한 그는 부당한 홀대에 분개해 프랑스를 떠나기로 결심하고는 자신의 지위가 걸림돌이 되지 않는 외국에서, 그것도 상업 분야의 일자리를 구해보기로 했다.

남작이 원하던 기회는 예기치 못한 상황에서 나타났다. 그는 여동생들을 노르망디 성에 사는 나이 든 남자 친지에게 맡기고 우선 서인도제도로 향했다. 그 후 남미 대륙으로 가 그곳에서 매우 큰 규모의 채광 거래 사업을 시작했다. 15년을 외국에서 지내다가(그중 후반기에 그가 죽었다는 헛소문이 노르망디에 닿았다), 막 프랑스로 돌아와 멋지게 독립했다. 그는 조상의 영지를 넓히고 동생들(그와 마찬가지로 아직 미혼이었다)에게 풍요롭고 안락한 삶을 살게 해주겠노라 작정했다. 파리의 사교계는 그렇게 독립적인 기백을 지니고 헌신적으로 가문의 명예를 드높이며 생존한 일가의 행복을 위해 노력하는 남작을 열렬히 칭송했다. 그는 수도에 곧 도착할 예정이었다. 사교계에서는 당연히 그를 가장 화려하고 열렬한 방식으로 환영할 거라고들 했다.

웰린 일가는 관심 깊게 그 이야기를 들었다. 매우 낭만적인 기질을 지닌 로자몬드는 특별히 더 관심을 쏟았고, 호텔로 돌아와서는 아버지와 언니에게 대놓고 그 모험심 강하고 관대한 남작을 만나보고 싶은 생각이 그 누구보다 더 강렬하다고 고백했다. 그녀의 욕망은 곧 실현되었다. 웰린 일가는 예상대로 파리로 돌아온 프랑발을 소개받았다. 그들은 사교 모임에서 끊임없이 만났다. 아이다는 프랑발에게 호의를 보이지 않았다. 그러나 로자몬드는 처음부터 그에게 호감을 표했다. 그녀의 아버지 또한 그를 높이 샀다. 그리하여 이듬해 봄에 영국에 방문하고 싶다는 뜻을 밝힌 프랑발은 글렌위드 그레인지에서 사냥 시즌을 보내라는 진심 어린 초대를 받았다.

나는 웰린 일가가 파리에서 돌아온 즈음에 독일에서 돌아와, 곧바로 새로이 친분을 다지기 시작했다. 나는 아이다를 매우 좋아했다. 허영심의 발동이 아니라 진심으로 좋아했다. 그러나 그건 중요치 않다. 웰린 씨와 로자몬드가 신난 태도로 남작의 이야기를 내게 속속들이 들려주었다는 사실이 훨씬 더 중요할 것이다. 그는 약속한 때에 맞춰 그레인지로 왔고, 나는 그를 소개받았다. 그런데 나 역시 아이다처럼 그에게 호감이 가지 않았다.

물론 그건 그때의 일시적 기분이었을지도 모른다. 어쨌든 나는 왜 그 사람이 싫은지 그 이유를 명확히 댈 수 없었다. 그래도 나는 왜 로자몬드가 그를 좋아하고 그녀의 아버지가 그를 인정하는지 그 이유는 알 수 있을 것 같았다. 이목구비로 보자면 그는 분명 잘생긴 남자였다. 게다가 여자와 대화할 때면 품위 있고 매력적인 신사의 태도가 묻어났다. 게다가 노래를 매우 잘했는데, 내가 이제껏 들어본 목소리 중에 가장 매력적인 테너 음성이었다. 그러한 자질만으로도 로자몬드 같은 성향을 지닌 여자라면 충분히 매료시킬 만했다. 한마디로 로자몬드의 마음을 얻은 건 하등 이상할 게 없었다.

로자몬드 아버지의 관점에서 보자면, 남작은 열정적인 스포츠맨에다 말도 잘 타는 훌륭한 기수였기 때문에 공감과 존경을 사기에 충분했다. 그뿐만 아니라 소소한 개인적 습성 덕분에 아버지의 우정을 얻는 데도 성공했다. 웰린 씨는 대부분의 아둔한 영국 남자가 그렇듯 어리석을 정도로 편견이 심했는데, 특히 외국인을 대하는 관점에서 더욱 그랬다. 그는 파리에 가보았음에도 프랑스인에 관해 통속적인 편견을 품고 있었다. 파리에 있을 때나 고향에 돌아와서나 마찬가지였다. 그의 견해로 보건대, 남작은 영국의 노래나 연극, 풍자극에서 전형적으로 보여주는 프랑스 "무슈르"와는 전혀 다른 남자였다. 바로 전형적인 프랑스 남자와 다르다는 점 때문에 웰린 씨는 애초에 그에게 비상한 호감을 느끼고는 자신의 집으로 초대한 것이었다. 프랑발은 영어가 아주 유창했다. 게다가 콧수염이나 턱수염, 구레나룻도 기르지 않았고, 머리도 과하다 싶을 만큼 짧게 깎았다. 옷차림은 매우 평범하고 수수한 스타일이었다. 사람들이 모인 자리에서 말수가 거의 없었으며, 가끔 말을 할 때는 독특할 정도로 차분하고 신중한 태도를 보였다. 게다가 무엇보다도 중요한 건, 그가 직접 번 재산의 상당액을 영국 증권에 투자하고 있다는 사실이었다. 웰린 씨의 평가로 보자면 그러한 사람은 프랑스 남자로는 완벽한 기적이나 마찬가지였다. 따라서 웰린 씨는 그에 걸맞게 남작을 칭송하고 지지했다.

나는 그가 싫었지만 이유를 댈 수 없었다. 그리고 지금도 그저 똑같은 말을 반복할 수밖에 없다. 그는 내게 매우 정중히 대했다. 우리는 자주 함께 말을 타고 사냥을 나갔으며, 그레인지의 식탁에서 서로 가까이 앉곤 했다. 그러나 나는 그와 친해질 수가 없었다. 그는 아주 사소한 이야기를 할 때도 항상 속마음을 드러내지 않는다는 인상을 주었다. 대부분의 사람은 인지하지 못했으나 그가 아주 가벼운 말도 조심하고 편안한 상황에서도 무언가를 항상 의식하는 게 나에게는 빤히 보였다. 그러나 그런 점이 내가 그를 남몰래 싫어하고 믿지 못하는 유일한 이유는 아니었다. 내가 프랑발에 관한 나의 느낌을 아이다에게 털어놓고 그녀도 똑같이 내게 솔직하게 털어놓도록 유도했을 때(그녀는 그러지 않았지만), 아마 그녀도 똑같은 생각인 것 같았다. 아이다는 솔직하게 자기 마음을 터놓으면 넌지시 로자몬드를 비난하는 꼴이 될까 봐 움츠리는 것 같았다. 그러면서도 동생이 남작을 좋아하는 마음이 커지는 걸 그저 슬프고 우려스럽게 바라볼 수밖에 없었다. 그런 태도를 숨기려 해도 소용없었다. 심지어 아버지도 아이다의 기분이 평소 같지 않다는 걸 알아차리기 시작했다. 그러면서 큰딸이 왜 우울한지 그 이유를 의심했다. 그는 멍청하고 아둔한 남자답게 무신경한 태도로 로자몬드가 언니를 제외한 다른 사람에게 친절하게 대하면 아이다가 언제나 질투한다는 식의 실없는 농담을 던지곤 했다.

봄이 지나 여름이 무르익기 시작했다. 프랑발은 런던에 갔다가 한여름에 글렌위드 그레인지로 돌아왔다. 그러고는 프랑스로 돌아가는 일정을 연기한다는 편지를 보냈고 마침내 (웰린 가문과 가까이 지내는 그 누구에게도 놀랄 일이 아니었지) 로자몬드에게 청혼해 승낙을 받아냈다. 그는 혼인 전 재산 계약 절차를 밟을 때 솔직함과 관대함 그 자체의 모습을 보였다. 그는 추천서와 서류, 재산의 분배와 한도 명세서 등으로 웰린 씨와 변호사들을 깊이 감동시켰다. 서류들은 완벽했다. 그는 여동생들에게 편지를 보냈고 아주 따뜻한 답장을 받았다. 답장은 건강상의 문제로 결혼식을 보러 영국에 올 수 없으나 신부와 신부 가족을 노르망디에 초대한다는 내용이었다. 요컨대 남작의 모든 행동은 진솔하고 만족스럽기 이를 데 없었다. 친지와 친구들이 보인 결혼 소식에 대한 반응 또한 남작의 가치와 인격을 보증하고도 남았다.

이제 그레인지에서 기뻐하지 않는 사람은 아이다뿐이었다. 어린 시절부터 동생 마음의 맨 윗자리를 차지하고 있었는데, 그 자리를 포기해야 한다는 건 몹시 어려운 시련이었다. 물론 아이다는 로자몬드가 결혼하면 마음을 내려놓아야 한다는 사실을 잘 알고 있었다. 그러나 남몰래 싫어하고 믿지 못하는 프랑발이 이제 곧 사랑하는 동생의 남편이 된다고 생각하면 모호한 두려움이 밀려들었다. 왜 그런지 이유는 알 수 없었다. 절대적으로 숨겨야 하는 감정이었다. 그리고 바로 그러한 이유로 하루하루가, 한 시간 한 시간이 그녀로서는 참을 수 없을 정도로 괴롭기만 했다.

위안거리는 딱 하나뿐이었다. 그것은 바로 로자몬드와 헤어지지 않는다는 사실이었다. 물론 아이다는 자기가 남작을 싫어하는 만큼 그도 속으로 자신을 싫어한다는 사실을 알고 있었다. 또한 동생의 남편과 한 지붕 아래 살기 위해 떠나야 하는 날이 오면 밝고 행복했던 시절과는 작별해야 한다는 사실도 잘 알고 있었다. 그러나 오래전 죽어가는 어머니 곁에서 한 약속대로, 또 자신의 삶 전체를 지배하는 동생에 대한 아름다운 애정의 감정에 충실하기 위해, 로자몬드의 뜻을 받아들이는 데 절대로 주저하지 않았다. 즉 동생이 밝고 순진한 태도로 자기는 언니 아이다가 함께 살면서 언제나처럼 자신을 도와주지 않으면 결혼생활을 편하게 할 수 없다고 졸랐을 때 조금도 망설이지 않고 승낙했다는 말이다. 남작은 그런 조건을 들었을 때 곧바로 싫은 내색을 할 만큼 정중하지 못한 사람이 아니었다. 따라서 아이다가 동생의 결혼 후에도 함께 산다는 것은 결혼 전부터 이미 결정된 일이었다.

결혼식은 여름에 열렸다. 신부와 신랑은 컴벌랜드에서 신혼여행을 즐겼다. 여행에서 돌아오자 노르망디에 사는 남작의 두 여동생을 방문하는 일에 관한 이야기가 나왔다. 그러나 불행히도 웰린 씨가 갑작스럽게 늑막염으로 사망하고 말았다.

이러한 불행의 여파로 계획된 노르망디 여행은 물론 연기되었다. 그리고 가을 사냥 시즌이 되었을 때 남작은 사냥감이 풍부한 그레인지의 사냥터를 떠나고 싶어 하지 않았다. 그는 시간이 흐를수록 점점 더 노르망디 여행을 꺼리는 것처럼 보였다. 동생들이 약속대로 방문해달라는 편지를 보냈으나, 그는 동생들에게 변명과 핑계를 담은 답장을 쓰고 또 썼다. 겨울이 되자 그는 아내가 긴 여행을 하면 건강에 좋지 않다며 만류했다. 봄이 되자 그는 자신의 건강이 좋지 않다고 둘러댔다. 온화한 여름에는 남작 부인이 아이

엄마가 될 예정이라 계획된 방문이 불가능해졌다. 프랑발은 프랑스에 있는 동생들에게 변명의 편지를 보낼 때마다 기뻐하는 듯 보였다.

결혼생활은 엄밀히 말해 행복했다. 남작은 신중하고 말수 없는 묘한 태도를 절대 버리지 않았지만, 그래도 제 나름대로 특이하고 조용한 방식으로 친절하고 다정한 남편의 역할을 다했다. 그는 가끔 업무상 시내로 나갔으나 언제나 아내에게 돌아오는 걸 기뻐하는 것처럼 보였다. 아내의 언니를 대할 때도 절대 정중한 태도를 잃지 않았다. 또한 웰린 가문의 모든 지인들을 매우 예의 바르게 환대했다. 요컨대 그는 파리에서 처음 로자몬드와 그녀의 아버지를 만났을 때 그들이 자신에게 받은 좋은 첫인상이 틀리지 않았다는 사실을 몸소 입증했다. 그러나 아이다는 그가 어떻게 행동하건 그의 인격을 믿을 수가 없었다. 조용하고 평화롭게 몇 달이 흘렀다. 그런데도 그 비밀스러운 슬픔, 뭐라고 규정할 수 없는 비이성적인 불안이 언니의 가슴을 무겁게 짓눌렀다.

초여름에 이르러 집안에 사소한 문제가 발생했다. 남작부인은 그 일로 인해 처음으로 남편의 성격이 심각하게 욱할 수 있다는 사실을 깨달았다. 그것도 아주 사소한 문제로 그랬다. 남편은 프랑스 지역 신문 두 부를 구독했다. 하나는 보르도에서, 또 하나는 아브르에서 간행되는 신문이었다. 그는 배달되는 즉시 신문을 펼쳐 보았다. 펼치자마자 몇 분 동안 한 가지 특정 칼럼을 유심히 살펴보았다. 그러고는 휴지통에 툭 집어 던지는 식이었다. 처음에 그의 아내와 아이다는 두 신문을 읽는 그의 태도를 보고 다소 놀랐다. 그러나 그가 단지 자신에게 도움이 될 만한 프랑스 상업 정보만 살펴볼 뿐이라고 설명하자 더 이상 신경 쓰지 않았다.

이 신문들은 주간지였다. 그날 보르도 신문은 평소대로 제날에 도착했다. 그러나 아브르 신문이 오지 않았다. 이 사소한 일로 남작은 심각하게 불안한 것 같았다. 그는 즉시 지역 우체국과 런던의 신문총국에 서신을 보냈다. 남편이 그렇게 사소한 일로 완전히 평정심을 잃는 모습을 보고 놀란 아내는 오지 않은 신문에 관해 농담을 던져 남편의 기분을 풀어주려고 했다. 그러자 그는 곧바로 잔뜩 성을 내며 무정한 말을 내뱉었다. 그녀는 출산 예정일이 6주밖에 남지 않았다. 따라서 그 누구에게라도 거친 말을 듣는 걸 견디기 어려운 예민한 상태였다. 하물며 남편에게서는 더할 나위 없었다.

그 이튿날도 아무 소식이 없었다. 사흘째 오후에 남작은 일을 알아보기 위해 말을 타고 직접 우체국이 있는 마을까지 나갔다. 그가 나간 지 한 시간쯤 후 낯선 신사가 그레인지로 와서 남작 부인을 찾았다. 안주인이 손님을 맞을 만큼 건강 상태가 좋지 않다는 메시지를 전달받은 신사는 자신이 매우 중요한 일로 찾아왔으니 아래층에서 기다리겠다고 재차 전언을 보냈다.

로자몬드는 이 메시지를 받고 평소대로 언니에게 조언을 구했다. 아이다는 즉시 손님을 만나러 아래층으로 내려갔다. 그들 사이에 벌어졌던 이 놀라운 면담과 뒤이어 이어진 충격적인 이야기는 내가 미스 웰린에게 직접 들은 이야기다.

아이다는 손님이 있는 방에 들어갈 때 까닭을 알 수 없는 커다란 불안감을 느꼈다. 손님은 매우 정중하게 인사한 후 외국인 억양으로 그녀가 프랑발 남작 부인인지 물었다. 그녀는 아니라고 말하며 자신이 남작 부인을 대신해 모든 업무를 관리하고 있다고 답했다. 그러면서 용건이 여동생의 남편에 관련된 것이라면 남작은 지금 출타 중이라고 말했다.

손님은 그 사실은 방문할 때 인지하고 있었으며, 자신의 용무가 유쾌한 일이 아니기에 적어도 지금은 남작에게 직접 말할 수 없다고 했다.

아이다는 이유를 물었다. 그는 바로 그걸 설명하기 위해 왔다고 말하며 우선 그녀에게 용건을 설명할 수 있게 되어 매우 안심이 된다고 했다. 안된 일이긴 하지만 자신이 어쩔 수 없이 전달해야 하는 나쁜 소식을 당사자가 충격을 조금이나마 덜 받도록 그녀가 조처할 수 있지 않겠느냐는 취지였다. 아이다는 남자의 말을 듣다가 그대로 기절할 것 같았다. 따라서 곧장 대꾸하지 못했다. 남자는 마침 테이블 위에 있던 물병에서 물을 따라 그녀에게 건네면서 마음을 단단히 먹고 이야기를 들을 수 있을지 물었다. 그녀는 "그래요"라고 답하고 싶었지만, 가슴이 방망이질해대는 바람에 목구멍이 막힌 것만 같았다. 그는 주머니에서 외국 신문 하나를 꺼내며 자신은 프랑스 경찰 첩보원이고, 신문은 지난주 아브르 판인데, 자신이(다시 말해 경찰이) 개입해서 평소대로 남작에게 신문이 배달되지 못하도록 조치해놓았다고 했다. 그러더니 그는 신문을 펼치면서 (여동생을 위하여) 마음을 단단히 먹고 특정 기사를 읽어보라고 청했다. 그러면 자신이 찾아온 용건의 실마리를 찾을 수 있을 거라고 했다. 그는 신문의 한 단락을 손으로 가리켰다. 그것은 '선박입항서' 안에 있는 단락이었고, 다음과 같은 내용이었다.

샌프란시스코발 베레니케호 도착. 귀중한 가죽제품 화물 선적. 선박에는 노르망디 프랑발성의 프랑발 남작이 승선해서 함께 도착.

기사를 본 미스 웰린은 조금 전까지만 해도 맹렬하게 뛰던 가슴이 한순간 그대로 멎는 것 같았다. 따뜻한 유월의 저녁인데도 부들부들 몸을 떨기 시작했다. 첩보원은 그녀의 입에 컵을 갖다 대고 물을 마시게 하면서 용기를 갖고 자신의 말을 들어보라고 매우 진지하게 간청했다. 그러고는 자리에 앉아 다시 기사에 대해 언급했다. 그가 내뱉는 단어 하나하나가 그녀의 기억과 가슴에 영원히 불로 새겨지는 것만 같았다(그녀는 그렇게 표현했다).

"방금 읽으신 기사에 나오는 이름에 관하여 실수가 없다는 점은 의심의 여지 없이 확인했습니다. 그리고 지금 살아 있는 프랑발 남작은 오직 한 명밖에 없다는 점 역시 우리가 여기 있는 것처럼 명백합니다. 그러므로 문제는 베레니케호에 승선한 승객이 진짜 남작인지, 아니면, 제 이야기를 잘 듣고 차분함을 잃지 않으시기를 간청드립니다만, 동생분의 남편이 진짜 남작인지입니다. 지난주 아브르에 도착한 인물은 16년이란 세월을 떠나 있다가 돌아와서 프랑발성의 숙녀들에게 자신을 오빠라고 소개하는 순간 사기꾼이라며 문전박대당했습니다. 당국에 신고가 들어와 저와 제 조수들이 즉각 파리에서 급파되었죠.

우리는 사기꾼으로 추정되는 인물을 신문하는 데 일각도 지체하지 않았습니다. 그자는 격렬히 분노했습니다. 그게 아니라면 그런 척 한 거겠죠. 우리는 적법한 증인으로부터 그자가 진짜 남작과 놀라울 정도로 닮았다는 점을 확인했습니다. 또한 그자가 성의 내부, 성 주변의 장소와 인물들에 관하여 완벽하게 익숙하다는 점도 확인했습니다. 우리는 그런 사실들을 바로 확인하고 나서 관할 경찰당국과 협의하고는 관할 구역 내 피내사자들의 개인 정보를 조사하기 시작했습니다. 20여 년 전 과거까지 거슬러 올라간 자료들이었죠. 그렇게 뒤져보던 중에 이런 상세 정보가 나오더군요."

　헥터 오귀스트 몽브룅, 노르망디의 훌륭한 토지 소유주의 아들. 교육을 잘 받았으며, 신사 같은 태도를 지님. 가족과 불화를 겪음.
　성격: 대담하고 교활하며 파렴치하고 냉정함. 영리하게 흉내를 잘 냄. 프랑발 남작과 놀라울 정도로 닮음. 절도와 폭행으로 20년간 복역함.

　미스 웰린은 첩보원이 경찰수첩에 적힌 이 발췌본을 읽고 나자 고개를 들고 그를 올려다보았다. 자신이 그의 이야기를 더 들을 수 있는 상태인지 확인하기 위해서였다. 둘의 시선이 마주치자 경찰은 걱정스러운 태도로 그녀에게 물을 좀 더 마실지 물어보았다. 그녀는 그저 아니라는 몸짓만 보일 뿐이었다. 그는 수첩에서 두 번째 발췌본을 꺼내 읽었다.

　H. A. 몽브룅, 암살과 여기서 공식적으로 밝힐 필요가 없는 다른 범죄로 종신형 갤리선 복역을 선고받음. 툴롱에서 탈옥함. 투옥 첫 번째 형기를 마친 후 고향에서 자신을 잘 아는 지인들이 예전처럼 프랑발 남작과 닮은 점을 인식하지 못하게 할 목적으로 턱수염을 기르고 머리를 기름.

　"같은 이름 아래 이런 정보가 4년 후 날짜로 기재되어 있었습니다. 상세 정보가 더 있었으나 옮길 만큼 중요한 내용은 아니었습니다. 우리는 즉시 사기꾼으로 추정되는 인물을 조사했습니다. 그자가 몽브룅이라면 어깨에 '징역형(Travaux Forces)'을 뜻하는 죄수의 낙인인 'T. F.'가 있을 테니까요. 그럴 때 사용하는 기계 화학 검사로 면밀히 조사해 봤는데, 낙인의 흔적은 조금도 발견되지 않았습니다. 이 놀라운 사실을 알아낸 순간 저는 그 주 발간되어 런던에 있는 영국 총국으로 보낼 아브르 신문의 출고 금지 명령을 내렸지요. 그리고 발간일인 토요일 아침 아브르에 도착해 계획을 실행에 옮길 수 있었습니다. 저는 그곳에서 기다리다가 파리에 있는 상관에게 전보를 보낸 다음 서둘러 이곳으로 온 겁니다. 여기서 제가 할 일은, 이제 아시겠지만······."

그는 이야기를 계속 이어가려고 했다. 그러나 미스 웰린은 더 이상 들을 수 없었다.

의식이 돌아온 후 든 첫 번째 감각은 얼굴에 물이 뿌려지는 느낌이었다. 그다음으로 그녀는 공기가 통하도록 모두 활짝 열려 있는 방 안의 창문을 보았다. 아이다와 경찰은 여전히 단둘이었다. 아이다는 처음에 그 남자가 누구인지 인지하지 못했다. 그러나 남자가 자신이 기절할 때 도움을 줄 사람을 부르지 못한 점에 대해 사과하자 이내 가혹한 현실을 깨달았다. 그는 프랑발이 출타 중에 그 누구도 집안에 특이한 일이 벌어졌다고 생각하면 안 된다고 힘주어 말했다. 그런 다음 그녀가 정신을 되찾도록 잠시 여유를 주고 나서 다시 입을 열었다.

그는 자신의 의무이긴 하지만 당장은 더 이상 충격적인 이야기로 고통을 더하지 않겠다고 했다. 그리고 아이다에게 일단은 정신을 차리고 난 후 위급한 현재 상황에서 남작 부인에게 어떤 조치가 가장 좋을지 숙고해보라고 했다. 그러고 나면 자신이 밤 8시에서 9시 사이에 몰래 집으로 돌아와 미스 웰린이 결정한 방식에 따라 그녀와 여동생에게 필요한 구조와 보호 조치를 제공하겠다고 말했다. 그는 마지막 말을 남기고 고개 숙여 인사한 다음 소리 없이 방을 떠났다.

홀로 남은 미스 웰린은 처음 몇 분간 충격으로 말이 나오지 않았다. 도무지 어찌할 바를 몰랐다. 몸과 마음이 완전히 마비되었고, 일종의 본능이(생각을 제대로 할 수 없었다) 가능하면 최대한 그 무서운 소식을 동생에게 숨기라고 충동질했다. 그녀는 위층으로 올라가 로자몬드의 응접실로 향했다. 그러고는 문간에서(그녀는 동생을 마주할 엄두를 내지 못했다) 골치 아픈 일로 아버지 변호사들이 보낸 손님이 찾아왔는데, 이제 제 방으로 들어가 그 일과 관련된 편지를 쓰는 일이 꽤 오래 걸릴 거라고 말했다. 방으로 들어온 후 그녀는 시간이 어떻게 흐르는지 전혀 느낄 수 없었다. 자신 안의 그 어떤 느낌도 인지하지 못했다. 그저 프랑스 경찰이 어떤 끔찍한 실수를 저지른 걸 수도 있다는 근거 없는 무력한 희망만 품고 있을 뿐이었다. 그러다가 해가 진 직후 갑작스럽게 맹렬한 소나기가 퍼붓는 소리에 정신을 차렸다. 빗소리와 비가 몰고 온 신선한 바람이 고통스럽고 무서운 잠에서 그녀를 깨우는 것 같았다. 그녀는 정신을 차리고 생각을 시작했다. 로자몬드 생각이 들자 덜컥 겁이 나 가슴이 마구 뛰었다. 절망에 빠진 그녀는 오래전 어머니가 세상을 떠나던 날, 임종 자리에서 이루어진 작별의 약속이 떠올랐다. 감정이 폭발하며 울음이 터져 나왔다. 가슴이 갈기갈기 찢기는 것 같았다. 그때 안뜰에서 달가닥거리는 말발굽 소리가 들렸다. 로자몬드의 남편이 돌아왔다.

찬물에 적신 손수건을 눈에 대고 방을 나선 그녀는 즉각 동생의 방으로 향했다.

다행히도 고풍스러운 로자몬드의 방은 빛이 저물고 있었다. 동생과 한두 마디 나누기도 전에 프랑발이 들어왔다. 그는 극도로 흥분한 상태였다. 우편물이 도착하기를 기다렸는데, 그 안에 신문은 없었다고 했다. 그는 비에 홀딱 젖어서 오한이 들고 매우 독한 감기에 걸린 것 같다고 했다. 그의 아내는 걱정스러운 태도로 몇 가지 간단한 치료제를 권했다. 그는 사납게 아내의 말을 끊고는 치료제는 오직 하나, 잠자리에 드는 것 말고는 없다고 거칠게 대꾸했다. 그러더니 더 이상 한마디도 내뱉지 않고 자리를 떴다. 로자몬드는 그저 손수건을 눈에 대고는 언니에게 조용히 말했다.

"사람이 왜 저렇게 변했지!"

그러고는 입을 다물었다. 그들은 30분 넘게 아무 말 없이 있었다. 그런 다음 로자몬드는 너그럽게 용서하는 마음으로 남편을 살피러 갔다. 그녀는 돌아와 그가 혼곤히 깊은 잠에 빠졌다며 다음 날 아침 나아서 일어나면 좋겠다고 했다. 몇 분 지나자 시계가 9시를 알렸다. 아이다는 하인이 계단을 올라오는 소리를 들었다. 그녀는 하인의 용건이 무엇인지 짐작하며 서둘러 방 밖으로 나갔다. 그녀의 예감은 틀리지 않았다. 남자가 도착해 아래층에서 자신을 기다리고 있다고 했다.

경찰은 그녀가 방으로 들어서자마자 동생에게 소식을 전했는지, 그리고 어떻게 할 건지 생각해보았냐고 물었다. 그녀가 그러지 못했노라 대답하자 그는 '남작'이 집에 왔는지 물었다. 그녀는 그가 지치고 아프고 분노한 상태로 잠자리에 들었다고 답했다. 경찰은 골몰한 얼굴로 그가 잠이 깊게 들었는지, 또 침실에 혼자 있는지 조용히 물었다. 대답을 듣고 나자 그는 곧장 그의 침실로 가보자고 했다.

아이다는 다시 어지럽고 기절할 것 같은 느낌이 들기 시작했다. 더불어 혐오감과 두려움이 밀려들었는데 그 누구에게도, 스스로에게도 설명할 수 없는 감정이었다. 경찰은 그녀에게 이 예기치 않게 찾아온 기회를 이용하는 게 꺼려져 망설인다면 치명적인 결과를 초래할 수도 있다고 말했다. 그는 만일 '남작'이라고 행세하는 사람이 진짜 죄수 몽브룅이라면 찾아온 기회를 놓치지 않고 즉각 잡아들이는 게 정의를 실현하는 길이라고도 했다. 혹시 그 죄수가 아니라면, 즉 무언가 상상할 수 없는 실수가 실제로 생긴 거라면, 역시 지금의 계획대로 즉각 진실을 알아보는 게 결백한 사람을 의심에서 벗어나게 하는 방법일 뿐더러 당사자가 의심을 받았다는 사실도 모른 채 지나갈 수 있는 방법이라고 했다. 이 마지막 말이 미스 웰린에게 통했다. 조금 전 제 방에 있을 때 들었던 생각, 즉 프랑스 당국이 실수를 저지른 것일지도 모른다는 아무 근거 없는 무력한 희망이 다시 살아났다. 그녀는 결국 경찰을 대동하고 위층으로 올랐다.

아이다가 방문을 가리키자 경찰은 그녀의 손에서 촛불을 건네받고는 살그머니 문을 열고 비스듬히 열린 문 안으로 들어갔다. 아이다는 열에 들뜨고 공포에 질렸지만 호기심으로 열린 문틈을 흘긋거렸다. 프랑발은 방문을 등진 채 옆으로 누워 깊은 잠에 빠져 있었다. 경찰은 방문과 침대 사이 작은 테이블 위에 살며시 양초를 내려놓았다. 그러더니 잠에 빠진 남자의 등을 덮은 담요를 살며시 아래로 내리고 화장대에서 가위 하나를 꺼냈다. 그리고 매우 조심스럽게 프랑발의 잠옷 어깨 위 접힌 부분을 천천히 길게 도려내기 시작했다. 이런 식으로 등 위쪽 맨살이 드러나자 경찰은 양초를 가까이 들이댔다. 미스 웰린은 그가 작게 탄성을 지르는 소리를 들었다. 그는 아이다에게 안으로 들어오라고 손짓했다.

아이다는 기계처럼 복종했다. 경찰이 손가락으로 가리키는 부분을 기계적으로 내려다보았다. 밝은 촛불 아래 악당의 어깨에 찍힌 낙인, 똑똑히 보이는 치명적인 글자 'T. F', 죄수 몽브룅이었다!

아이다는 움직일 수도 말을 할 수도 없었다. 다행히 의식을 잃지는 않았다. 그녀는 경찰이 다시 살며시 담요를 덮고 화장대에 가위를 올려놓고 나서, 화장대에서 후자극제 嗅刺戟劑* 병을 들어 올리는 모습을 보았다. 경찰은 아이다를 부축해 서둘러 방에서 나간 후 아래층으로 내려오는 길에 그녀에게 후자극제 냄새를 맡도록 했다. 다시 단둘이 되자 경찰은 처음으로 초조한 모습을 보이며 입을 열었다.

"자, 마담, 제발이지, 정신 바짝 차리세요. 그리고 제 안내를 받으시지요. 마담과 마담의 동생은 이 집에서 즉시 떠나는 게 좋겠습니다. 혹시 근처에 피신처가 돼줄 친지가 사시는지요?"

그런 사람은 없었다.

"오늘 밤 묵을 만한 숙소가 있는 가장 가까운 마을은 어디입니까?"

할리브룩(그는 수첩에 그 이름을 적었다).

"거리가 얼마나 됩니까?"

12마일.

"그러면 즉시 마차를 불러 최대한 빨리 그곳으로 가세

---

\*

의식을 잃은 사람의 코 밑에 대어 정신을 들게 만드는 각성제.

요. 저는 이곳에서 밤을 보낼 겁니다. 내일 아침 호텔로 연락을 보낼게요. 집사에게 지시할 여력은 있으신지요? 추후 통보가 있을 때까지 제 명령을 따라야 한다고 말씀해주실 수 있을까요?"

집사가 소환되었고 지시를 내렸다. 경찰은 집사와 함께 조용하고 신속하게 마차를 준비시켰다. 미스 웰린은 위층 동생 방으로 향했다.

나는 그토록 무서운 소식이 로자몬드에게 처음에 어떻게 전달되었는지 모른다. 미스 웰린은 그날 밤 동생과 자신 사이에 어떤 말이 오갔는지 내게 절대 말하지 않았다. 그 누구에게도 밝히지 않았다. 나는 그 둘이 받았을 충격에 관해 말해줄 수 있는 게 아무것도 없다. 단 동생, 그러니까 더 약한 로자몬드가 그 충격으로 죽었다는 말밖에. 더 강한 언니 역시 그 충격에서 절대 회복하지 못했고, 앞으로도 절대 그러지 못할 것이다.

그들은 경찰의 조언대로 그날 밤 하인 한 명만 데리고 할리브룩으로 떠났다. 날이 밝기 전 로자몬드에게 조산의 고통이 찾아왔다. 그녀는 사흘 후 자신이 처한 공포스런 상황을 의식하지 못한 채 숨을 거두었다. 아이다의 품에서 과거의 시간을 헤매며 예전에 언니가 가르쳐주었던 오래된 노래를 부르다가 세상을 떠났다.

아기는 살아서 태어났고 아직도 살아 있다. 우리가 뒷길로 그레인지를 향할 때 창가에서 보았던 바로 그 아이다.

내가 미스 웰린 앞에서 그 아이에 관한 이야기는 하지 말라고 당부했을 때 당신은 분명 놀랐을 것이다. 어쩌면 어린 소녀의 멍한 표정을 보고 알아차렸을지도 모른다. 안타깝지만 아이의 마음은 표정보다 더 텅 비어 있다. 아무리 측은한 마음을 담아 말하더라도 '백치'라는 말이 조롱으로 들리지 않기는 쉽지 않지만, 그 가여운 아이는 날 때부터 말 그대로 백치였다.

분명 당신은 미스 웰린과 여동생이 떠난 후 글렌위드 그레인지에 어떤 일이 벌어졌는지 궁금할 것이다. 나는 다음 날 아침 경찰이 할리브룩으로 보낸 편지를 읽어보았다. 그 편지를 잘 기억하고 있으니, 당신이 궁금할 내용을 모두 설명할 수 있다.

우선 불한당 몽브룅의 과거사에 관해 말하자면, 그저 그 자가 도망친 죄수 본인이었다는 사실을 밝히면 충분할 것이다. 그는 오랜 세월 동안 유럽 전역과 미국을 헤매면서 당국의 수사망을 피해 다녔다. 그리고 두 명의 공모자와 협력하여 범죄 수단을 동원해 상당히 큰돈을 모으는 데 성공했다. 그는 또한 비밀리에 동료 죄수들의 "물주" 역할을 함으로써 그들의 부정한 소득을 모두 관리했다. 두 동료와 함께 프랑스로 다시 돌아갈 때 붙잡힐 뻔했지만 대담한 협잡으로 포위망을 피할 수 있었다. 소문대로 진짜 프랑발 남작이 실제로 외국에서 죽었다면 그는 절대 발각되지 않았을 것이다.

남작과 놀랍도록 닮은 모습 외에도 그자는 자신의 사기 행각을 성공적으로 수행하는 데 필요한 모든 조건을 갖추고 있었다. 비록 부모가 부유하지는 않았지만, 그는 훌륭한 교육을 받았다. 또한 어울리던 범죄자 무리에서도 신사 같은 태도로 유명해 별명이 "왕자"일 정도였다. 프랑발성 인근에서 어린 시절을 보냈기에 남작이 그곳을 떠날 수밖에 없었던 정황도 잘 알았다. 게다가 남작이 이주한 나라 또한 가봤다. 그리하여 그는 고향에서건 외국에서건 남작이 알고 있는 사람들과 그가 머물렀던 장소를 꿰뚫고 있었다. 무엇보다도 오랫동안 헤어져 살던 남작의 여동생들 앞에서 오빠 행세를 하며 작은 실수를 저지르더라도 충분히 이해를 사고도 남을 핑계, 즉 15년이라는 해외 생활을 했다. 물론 진짜 프랑발 남작이 사기꾼이 한동안 그에게서 빼앗은 가족의 권리를 즉각 명예롭게 되찾았다는 사실을 설명할 필요는 없을 것이다.

몽브룅 자신의 설명에 따르면 그는 순전히 사랑 때문에 가여운 로자몬드와 결혼했다고 주장했다. 어쩌면 분명 예쁘고 순진한 영국 여자이다 보니 한동안은 정말로 악당의 허영심이 발동했을지도 모른다. 또 그레인지에서 누린 안락하고 조용한 삶이 위태롭게 떠돌던 이전 방랑자의 삶과 대비되었을지도 모른다. 그가 만일 그 불운한 아내와 영국의 집이 지켜워질 만큼 오랜 시간을 버텼다면 어떤 일이 벌어졌을지는 이제 와 추론한들 무슨 소용이 있으랴. 아이다와 여동생이 도망친 다음 날 아침, 실제로 현장에서 어떤 일이 벌어졌는지 짧게 전하겠다.

　그는 잠에서 깨어 눈을 뜨자마자 침대 곁에 조용히 앉아 있는 경찰과 시선이 마주쳤다. 경찰은 장전한 권총을 들고 있었다. 몽브룅은 자신의 정체가 발각되었다는 사실을 깨달았다. 그러나 그는 익히 알려진 것처럼 절대 단 한순간도 냉정한 태도를 잃지 않았다. 그는 침실에서 조용히 숙고해보겠다며 5분 정도 시간을 줄 수 있는지 물었다. 영국 영토이니 일단 프랑스 경찰의 관할권에 저항하면서 프랑스 정부가 영국 정부에 범죄자 송환 절차를 거치도록 해 시간을 버는 게 좋을지, 아니면 조용히 체포에 협조함으로써 경찰이 자신에게 공식적으로 제시하는 조건을 받아들이는 게 좋을지 숙고해보겠다는 것이었다. 그는 후자를 택했다. 그렇게 한 이유는 자신에게 부정한 소득의 관리를 맡긴 프랑스 죄수 동료들과 개인적으로 연락을 취하려 했기 때문인 것 같았다. 게다가 또 다른 이유는 자신이 원하면 언제건 또다시 탈옥할 수 있다고 자만했기 때문인 것 같았다. 비밀스러운 동기가 무엇이건 그는 그레인지에서 조용히 자신을 호송하도록 경찰에 몸을 맡겼다. 그러기 전에 그는 가여운 로자몬드에게 작별의 편지를 썼다. 운명과 사회에 대해 번지르르한 궤변을 늘어놓는 냉혹한 프랑스식 정서가 묻어나는 편지였다. 제 운명이 그를 덮쳐오는 건 오래 걸리지 않았다. 그는 예상대로 다시 탈옥을 시도하다가 당시 당번 보초가 쏜 총에 맞았다. 총알은 머리를 관통해 현장에서 즉사했다.

나의 이야기는 여기까지다. 로자몬드가 저쪽 교회 뜰에 묻힌 지 이제 10년이 되었다. 또한 미스 웰린이 글렌위드 그레인지로 돌아와 외로이 산 지도 10년이 되었다. 그녀는 지금 행복했던 과거의 기억 속에서 살고 있다. 그 오래된 집에는 어머니의 추억이 깃들지 않은 물건이 하나도 없다. 마지막 소원을 남기고 떠난 어머니, 그 유언을 지키려고 부단히 애쓴 세월, 행복하기만을 바라며 애정으로 돌본 여동생과의 추억이 깃든 물건들. 서재 벽에서 당신이 보았던 판화들은 아이다가 로자몬드의 손을 잡아주며 가르치던 때, 로자몬드가 모사하곤 했던 작품들이다. 당신이 훑어보았던 악보책은 아이다와 어머니가 길고 조용한 여름밤 동안 함께 연주하곤 했던 노래가 담긴 악보다.

이제 그 가여운 조카와 주변 농부들을 제외하면 아이다를 현재에 묶어줄 다른 끈은 없다. 아이의 고통을 덜어주기 위해 항상 애쓰는 일, 가난하고 서글픈 주위 농부들의 삶을 돌보는 일이 전부다. 아이다의 겸손한 자선행위는 여기저기 널리 스며들었다. 멀리서도 가까이서도 많은 노동자 가정들이 그녀를 진심으로 사랑하고 축복했다. 이 마을뿐만 아니라 멀리 떨어진 마을의 그 어떤 가난한 집에 방문하더라도 그저 글렌위드 그레인지의 숙녀를 알고 있다는 말만 하면, 오래된 친구를 대하듯 당신을 환영하지 않는 집은 하나도 없을 것이다.

# 가든룸의

# 유령

**엘리자베스 개스켈**

내 친구이자 변호사는 훌렁 벗겨진 이마를 손으로 문질렀다. (꽤 셰익스피어스럽다) 변호사로서 상담할 때면 그는 늘 그런 버릇이 나온다. 그러고 나서 코담배를 한 움큼 쥐어 올리며 입을 열었다.

"내 침실엔 판사의 유령이 출몰했다오."

"판사의 유령이요?"

모두가 함께 되물었다.

"그렇소, 판사의 유령 말이오. 순회 재판 개정 때 가발과 법복을 입고 법정의 판사석에 앉아 있는 그 판사요. 우리 모두 밤에 각자의 방으로 돌아가고 나서, 내가 내 방 난롯가에 있는 크고 흰 의자에 좀 앉아 있다 보면, 그 판사 유령을 보고 들을 수 있었어요. 나는 그 유령이 내게 들려준 이야기를 영원히 잊을 수 없을 것 같구려. 처음 들었던 때부터 지금까지 너무나 생생하답니다."

"그럼 이전에도 그 유령을 본 적이 있나요?"

내 누이가 물었다.

"자주 그랬죠."

"그렇다면 그 유령이 딱 이 집 붙박이인 건 아니겠네요?"

"맞아요. 유령은 내가 좀 한가하고 여유롭다 싶으면 찾아와요. 그러고는 이야기로 나를 사로잡죠."

우리는 모두 유령이 들려준 이야기를 해달라고 부탁했다. 우리도 그 이야기에 사로잡힐지 궁금했다.

"이야기는 판사가 재판했던 사건에 관한 겁니다. 그는 이런 식으로 늘어놓았어요."

변호사의 말은 물론 그가 말을 하며 파이프에 코담배를 한 움큼 넣는 행동을 일컫는 게 아니라 뒤따르는 이야기를 일컫는 것이었다.

그 이야기는 다음과 같았다.

이번 세기가 시작되고 몇 년 지나지 않은 초반에 헌트로이드라는 이름의 한 선량한 부부가 요크셔의 노스라이딩에 있는 작은 농장으로 이사 왔어요. 그들은 매우 어렸을 때부터 서로 "어울리기" 시작했지만, 결혼은 꽤 늦은 나이에 했답니다. 네이선 헌트로이드는 헤스터 로즈의 아버지가 운영하는 농장 일꾼이었는데, 당시 그녀에게 구애했답니다. 물론 그녀의 부모는 딸이 더 좋은 남자를 만날 수 있을 거라고 생각했죠. 그래서 딸의 기분을 세심하게 살피지 않고 무신경하게 네이선을 해고해버렸어요. 네이선은 자신의 연고에서 점점 더 멀어질 수밖에 없었죠. 그러던 어느 날 그의 삼촌이 그에게 유산을 남기고 죽었습니다. 네이선은 그 돈으로 작은 농장을 마련하고 어려운 시기를 대비해 은행에 얼마간의 여윳돈까지 넣어둘 수 있었답니다. 그때는 이미 마흔이 넘은 나이였죠. 그는 여유를 가지고 집안 살림을 돌볼 수 있는 아내감을 신중하게 구하기 시작했습니다.

그러던 어느 날 네이선은 옛사랑 헤스터가 자기가 생각했던 것과는 달리 아직 결혼도 하지 않았을 뿐만 아니라, 가엾게도 일복이 터진 여자로 리폰에서 살고 있다는 이야기를 들었어요. 그녀의 아버지는 연달아 불운을 맞아 말년에 구빈원에 들어가고 말았고, 어머니는 죽은 데다, 하나 있는 오라비는 대가족을 이끄느라 고생하고 있었어요. 헤스터 자신은 근면하고 수수해 보이는(나이는 서른일곱) 하녀가 되어 있었죠. 네이선은 운명의 수레바퀴가 그런 식으로 회전해버렸다는 소식에 불퉁스레 잘됐다 싶었지만, 그런 마음은 아주 잠깐뿐이었어요. 그는 그 소식을 전해준 이가 내막을 이해할 만한 말은 삼갔고, 또한 다른 사람에게도 아무 말 하지 않았어요. 그리고 며칠 후 제가 가진 가장 좋은 나들이옷을 입고 리폰의 톰슨 부인 집 뒷문으로 직접 찾아갔습니다.

헤스터는 네이선이 오크 지팡이로 톡톡 두드리는 경쾌한 노크 소리를 들으며 문 안쪽에 서 있었어요. 헤스터는 불빛을 환하게 받고 있었고, 네이선은 어둠 속에 서 있었죠. 한동안 침묵이 흘렀어요. 그는 20년 동안 보지 못한 옛 사랑의 얼굴과 자태를 눈에 담고 있었어요. 젊은 시절 어여쁘던 모습은 온데간데없었죠. 그녀는 수수하고 이목구비도 평범했어요. 하지만 피부는 맑았고 서글서글한 눈매에 정직한 인상이었어요. 몸매는 더 이상 부드러운 곡선이 아니었지만, 청색과 흰색 무늬 잠옷을 단정하게 차려입었죠. 허리에는 흰 앞치마 끈을 동여맸고, 짧고 붉은 솜털 속치마 아래로 작은 발과 발목이 보였어요. 그녀의 옛 연인은 재회의 환희에 빠지지 않았어요. 그저 혼잣말을 했죠.

"이 여자면 된 거지."

그리고 곧장 용무에 착수했습니다.

"헤스터, 나 기억하지? 당신 아버지가 예고도 없이 해고해버린 네이선이야. 돌아오는 성 미카엘 축일이면 20년 만이네. 당신에게 청혼할 생각으로 찾아왔어. 그때 이후로 결혼은 생각하지 않았는데, 벤 삼촌이 돌아가시면서 유산을 좀 남겨주셨거든. 그래서 내브 엔드 농장을 사고 가축을 좀 들여놨어. 함께 농장을 돌봐줄 여자가 있었으면 해. 나와 함께 가주겠어? 당신에게 거짓말은 하지 않을게. 평범한 낙농장이야. 경작지를 살 수도 있었는데, 경작을 하려면 말이 많이 필요하잖아. 게다가 꽤 많은 젖소 매매 제안을 받았거든. 그게 다야. 당신이 내 청혼을 받아준다면 건초를 들이고 나서 곧바로 데리러 올게."

헤스터는 이렇게 말할 뿐이었어요.

"일단 들어와 앉아."

네이선은 들어가 앉았어요. 그녀는 한동안 그의 지팡이 말고는 다른 건 눈여겨보지 못했어요. 자기가 모시는 가족을 위해 저녁 식사를 준비하느라 바빴거든요. 네이선은 그러는 사이 그녀의 분주하고 정확한 움직임을 관찰하고는 혼잣말을 되풀이했어요.

"저 여자면 됐어!"

그렇게 20분쯤 후에 그는 자리에서 일어나며 말했어요.

"음, 헤스터, 나 갈게. 언제 다시 오면 될까?"

"좋을 대로 해. 난 아무 때나 상관없어."

헤스터는 애써 아무렇지 않은 척 무심한 투로 말했어요. 그러나 네이선은 그녀의 얼굴이 빨개졌다 하얘졌다 하고, 또 분주한 중에서도 살짝 몸을 떠는 걸 알아차렸죠. 잠시 후 네이선이 헤스터에게 입을 맞추었을 때, 그녀는 중년의 농부 네이선을 책망하려고 고개를 돌렸지만, 그가 너무나 태연해 보여서 주저하지 않을 수 없었어요.

네이선이 말했어요.

"나는 기쁜데, 당신도 기뻤으면 좋겠네. 한 달 전에 사직 통보를 해야 한 달치 임금을 다 받을 수 있는 거지? 오늘이 8일이니까, 7월 8일이 우리 결혼식 날이네. 난 그때까지 구애를 위해 쓸 시간이 없고, 사실 결혼식도 길게 할 수 없어. 우리 나이엔 이틀이면 충분할 거야."

그건 꿈같은 일이었어요. 하지만 헤스터는 일이 끝날 때까지 그에 관해 더 이상 생각하지 않기로 작심했어요. 그리고 그날 밤 일이 모두 끝난 후에 안주인에게 자신의 인생사를 짧게 요약해 들려주었어요. 그리고 나서 한 달 후, 둘은 결혼식을 올렸답니다.

결혼하고 나서 아들 벤저민을 얻었어요. 그 애가 태어나고 나서 몇 년 후에 헤스터의 오라비가 열 명인가 열두 명의 아이들을 남기고 리즈에서 세상을 떠났습니다. 헤스터는 오라비가 죽자 매우 슬퍼했죠. 네이선은 아내에게 내색하진 않았지만 속으로 아내를 매우 측은하게 생각했어요. 물론 젊은 시절 뼈아팠던 사건 때 그녀의 오라비인 잭 로즈가 모욕을 더했던 사실은 기억하고 있었지만요. 그는 아내가 리즈에 갈 수 있도록 마차를 준비해주었어요. 떠날 준비를 마친 그녀는 집안일에 대한 걱정이 산더미 같았는데, 네이선은 별일 아니라며 아내의 걱정을 덜어주었어요. 그는 오라비의 가족이 당장 빠질 궁핍한 사정을 덜어줄 수 있도록 아내의 지갑까지 두둑이 채워주었죠. 그리고 나서 그녀가 길을 나설 때, 그는 마차를 쫓아갔어요.

"멈춰! 멈춰! 헤티(헤스터의 약칭)! 당신만 괜찮다면, 당신에게 너무 부담되는 부탁이 아니라면 말이야, 돌아올 때 당신 혼자 힘들 테니 잭의 딸내미 하나 데려올 수 있어? 우리도 충분하긴 하지만 사람들 말마따나 여자애가 있으면 집안이 밝아지잖아."

마차가 다시 움직이기 시작했어요. 헤스터는 마차 안에서 남편과 하느님 둘 다에게 감사한 마음이 부풀어 오르는 걸 느꼈습니다.

그렇게 어린 베시 로즈가 내브 엔드 농장의 가족이 되었어요. 이런 경우야말로 미덕은 미덕으로 보답받는다는 말이 실제로 이루어진 셈이죠. 그것도 매우 명백하게 눈에 보이는 보답이니, 사람들이 덕행의 보답이라는 게 다 그저 그런 거라며 조롱할 일은 없었지요. 베시는 밝고 다정하고 활동적인 아이로 자랐고, 고모와 고모부의 삶의 위안이 되었어요. 아이는 집안에서 아주 사랑스러운 존재였어요. 그들의 눈엔 완벽 그 자체인 외아들 벤저민과도 손색이 없을 짝이라는 생각이 들 정도였죠. 평범하기 짝이 없는 두 사람이 특출한 외모의 아이를 낳는 건 흔한 일이 아니지만, 간혹 그런 일이 벌어지기도 한답니다. 벤저민 헌트로이드는 그러한 예외에 해당했죠. 뼈 빠져라 일하며 노동에 찌든 농부 남자와 한창 전성기 때도 그냥 어지간히 봐줄 만한 정도를 넘어선 적이 없는 여자 사이에서, 품위와 외모 모두 백작의 아들이라고 할 만한 자식이 태어난 것이었죠. 심지어 인근 신사들이 사냥하러 왔다가 출입구를 열어주는 벤저민을 보면 경탄한 표정으로 고삐를 당겨 말을 세울 정도였습니다.

벤저민은 수줍음을 타지 않는 성격에 낯선 이로부터 경탄받는 것에도 아주 익숙했어요. 게다가 어린 시절부터 부모의 애정을 듬뿍 받았죠. 베시 로즈로 말할 것 같으면, 벤

저민과의 첫 만남부터 그에게 푹 빠져버렸어요. 그리고 성
장하면서 사랑을 더욱 키웠답니다. 고모 내외가 그렇게 사
랑해 마지않는 대상이라면 자기도 그 누구보다 많이 사랑
해야 하는 게 의무라고 스스로 확신했어요. 어린 여자애한
테 사촌을 사랑하는 마음이 무의식적으로 드러날 때마다
고모 내외는 웃으며 윙크를 했어요. 모든 게 내외의 바람대
로 진행되었어요. 벤저민의 아내감을 멀리서 찾을 필요가
없었던 거죠. 이 가정은 쭉 그렇게 나아갈 수도 있었어요.
네이선과 헤스터는 여생을 평온하게 살다가 가장의 권한과
농장을 사랑하는 이들에게 물려주고, 또 물려받은 이들은
사랑을 나눌 또 다른 아이를 맞이할 삶 말입니다.

그러나 벤저민은 그 모든 일을 매우 차가운 태도로 받아
들였어요. 그는 이웃 마을의 학교에 다녔습니다. 하이민스
터 공립 중등학교로 30년 전 학교들 대다수가 그렇듯 매우
방치된 상태였어요. 그의 아버지나 어머니 둘 다 교육에 대
해서는 아는 게 별로 없었습니다. 그들이 아는 거라곤 (그리
고 학교 선택에 있어 그들이 따른 것은) 절대로 사랑하는 아들
과 떨어져 살 수 없으므로 기숙학교에는 보낼 수 없고, 학
교 교육은 받아야 한다는 사실뿐이었어요. 거기다 신사인
폴라드의 아들이 이 공립 중등학교에 다닌다는 사실도 한
몫 거들었죠. 신사 계급인 폴라드의 아들과 부모의 마음을
아프게 할 운명을 가진 다른 집안의 많은 아들들이 이 학교
에 다녔습니다. 이곳이 교육기관으로서 아주 몹쓸 곳이었

다면, 순박한 농부와 그 아내가 모를 리 없었을 테죠. 그러나 이 학교 학생들이 학교에서 배운 건 비단 비행뿐만 아니라 사기도 있었습니다. 영리한 벤저민은 당연히 지진아로 머물지 않았어요. 그가 혹여나 지진아로 머물기로 작정했다면, 하이민스터 공립학교에서 그가 최우수 지진아가 되는 데 방해할 만한 것은 아무것도 없었습니다. 그러나 어느 모로 보나 그는 영리하고 신사답게 성장했어요. 그의 아버지와 어머니는 아들이 휴일에 집에 돌아와 부모 앞에서 자기의 세련미를 과시할 때조차, 그 태도와 품위를 자랑스러워했어요. 물론 그런 행동의 실질적 효과가 엉뚱하게도 자기 부모의 단순하고 소박한 삶을 대놓고 경멸하는 식으로 표현되긴 했지만 말이죠. 열여덟이 되자 벤저민은 하이민스터에 있는 한 변호사 사무실 견습생으로 일하게 되었는데, 그 이유가 "시골뜨기", 즉 자신의 아버지같이 성실하게 일하는 정직한 농부로 살지 않겠다는 결심 때문이었습니다. 베시 로즈만이 유일하게 벤저민에 대해 불만을 품었어요. 열네 살 여자애는 본능적으로 그가 무언가 잘못되고 있다는 것을 느꼈습니다.

아아! 하지만 두 해가 지나고, 열여섯 소녀는 그의 그림자마저 숭배했어요. 그래서 그렇게 부드럽게 말하고 그렇게 잘생기고 그렇게 친절한 사촌 벤저민이 무언가 잘못되어 간다고 생각하고 싶지 않았어요. 왜냐하면 벤저민은 부모에게 맘껏 쓸 돈을 얻어내려면 부모의 순진한 바람에 맞장구를 쳐주며 예쁜 사촌 베시 로즈에게 구애하는 척하는 게 최고라는 사실을 잘 알았거든요. 그는 그런 행동을 할 때 베시가 딱 불쾌하지 않을 정도로만 그녀에게 신경을 썼어요. 베시와 함께 있지 않을 때면 이런저런 그녀의 요구 사항에 대해 아주 귀찮아했죠. 주중에 하이민스터에 있는 동안 편지를 보내겠다는 약속이며, 자질구레한 헤스터의 당부를 모두 짐으로 여겼어요. 심지어 둘이 같이 있을 때도 이거 해라 저거 해라 자신에게 하는 말, 또 하이민스터에서는 어떤 여성들과 어울리는지 묻는 말 등 모든 걸 짜증스러워했어요.

벤저민은 수습 기간이 끝나자 런던으로 올라가 1~2년 머물겠다는 계획 말고는 아무 생각이 없었습니다. 가여운 농부 헌트로이드는 아들 벤저민을 신사로 만들겠다는 자신의 야망을 후회하기 시작했어요. 그러나 불평하기엔 이제 늦었답니다. 아버지와 어머니 둘 다 이미 늦었다는 사실을 깨닫고 나서는, 아들이 제 계획에 대해 처음 말을 꺼냈을 때 그에 대해 동의도 반대도 하지 않았어요. 너무나 슬펐지만 말이죠. 그러나 눈물이 고인 베시의 눈엔 고모 내외가 그날 밤 유난히 지쳐 보였어요. 서로 손을 잡고 난롯가 옆 의자에 앉아 환하게 불타오르는 불꽃을 바라보는데, 그 모습이 마치 불꽃 속에서 한때 자신들이 꿈꾸던 삶의 모습을 찾으려는 것처럼 보였거든요. 베시는 벤저민이 나간 후 저녁 설거지를 하면서 평소보다 더 큰 소리를 내며 부산을 떨었습니다. 그렇게 법석을 떨지 않으면 울음이 폭발해버릴 것 같았어요. 고모 내외 쪽으로 한번 눈길을 살짝 돌려 바라보았지만, 다시 그쪽으로 눈길을 돌리지 못했어요. 애처로운 그들의 모습을 보면 슬픔을 감당하지 못할 것만 같았죠.

"여기 앉아라. 여기 앉아봐. 난롯가로 의자 하나 가져오거라. 벤저민의 계획에 관해 이야기 좀 하자."

네이선이 마침내 상념에서 깨어나 입을 열었어요. 베시는 다가와 난로 앞에 앉고는 두 손으로 머리를 괴다가 앞치마로 얼굴을 덮었어요. 네이선은 두 여인이 누가 먼저 울음을 터뜨리는지 시합이라도 할 듯한 분위기를 느꼈죠. 그는 눈물이 전염되는 걸 막을 요량으로 먼저 말을 꺼냈습니다.

"베시야, 이 미친 계획에 대해 알고 있었니?"

"아뇨! 전혀요!"

베시의 목소리가 앞치마에 막혀 먹먹하게 들렸답니다.

헤스터는 질문하는 사람이나 답변하는 사람 모두 목소리에 비난이 묻어 있다고 느꼈고, 그걸 견딜 수 없었어요.

"수습생이 되었을 때부터 예견할 수 있었던 거잖아요. 그 아이라면 당연히 이렇게 나올 수 있지. 시험이다 문답 교육이다 그런 거 다 생각해봐요. 도대체 걔가 런던에 가는 게 뭐 그리 나쁜 일이라고 이러는지 모르겠네. 이건 걔 잘못이 아니에요."

"누가 잘못이래?"

네이선이 좀 신경질적으로 답했습니다.

"거기 가서 몇 주만 지나면 적응할 테고, 훌륭한 변호사가 될 수도 있겠지. 얼마 전에 변호사 로슨 영감하고 얘기해봤는데 그러더라고. 아니, 아니! 문제는 걔가 1년이고 2년이고 거기 가 있겠다고 하는 건 진지하게 변호사가 되려는 게 아니라 그저 런던을 동경해서 그런 거란 말이지!"

네이선은 고개를 가로저었습니다.

"벤저민이 런던을 동경해서 그런 거라면,"

베시는 앞치마를 내려놓고 발갛게 달아오른 얼굴을 드러내며 말을 이었어요.

"그게 뭐가 나쁜지 모르겠네요. 남자들은 여자들과 달리 저 갈고리처럼 집에 매어둘 수 없어요. 젊은 남자는 정착하기 전에 넓은 세상으로 나가서 경험을 쌓는 게 맞아요."

헤스터가 베시의 손을 잡았습니다. 두 여자는 지금 자리에 없는 벤저민에게 향한 그 어떤 비난이라도 막아내겠다는 의지를 보였죠.

네이선은 이렇게 말할 뿐이었습니다.

"이런, 흥분하지 마. 이미 벌어진 일은 어쩔 수 없다는 거 알아. 다 내 탓이야. 내가 아들을 신사로 만들고 싶어 했기 때문에 대가를 치르는 거야."

"고모부! 오빠한텐 이제 돈이 많이 들어갈 거예요. 제가 책임질게요. 제가 집안 살림을 아끼고 아껴 충당할게요."

"베시! 내가 말하는 건 단지 금전적 문제가 아니란다."

네이선이 근엄한 표정으로 말을 이었습니다.

"내가 말하는 건 마음의 문제야. 무거운 영혼의 대가를 치를지도 몰라. 런던이란 곳은 조지 왕뿐만 아니라 악마도 지배하는 곳이야. 게다가 가여운 우리 아들은 여기서도 악마의 꾐에 넘어갈 뻔한 적이 몇 번 있었단 말이야. 악마의 손아귀와 가까운 곳에 있다 보면 어떤 일이 벌어질지 몰라."

"그럼 못 가게 하세요, 고모부!"

베시가 처음으로 고모부의 의견을 받아들였어요. 지금까지 그녀는 그저 벤저민과 헤어져야 한다는 슬픔만 생각했거든요.

"고모부, 그렇게 생각하신다면 못 가게 붙드세요. 우리가 지켜볼 수 있는 곳에서 안전하게 지내도록 해주세요."

"아니야! 그 아인 이제 그럴 나이가 지났어. 지금도 걔가 어디 있는지 우리 중에 누가 아니? 나간 지 한 시간도 안 됐는데 말이야. 걘 이제 너무 커버려서 유모차에 집어넣을 수도, 방에 가둬놓을 수도 없어."

"나는 다시 그 아이가 내 품에 안긴 아기였으면 좋겠어요. 젖을 뗄 땐 참 힘들었는데, 이제 보니 걔가 성인으로 성장할수록 점점 더 힘든 것 같아요."

"자, 그런 식으로 말하지 마. 훤칠한 키에 흠잡을 데 없는 외모의 아들을 둔 걸 감사하라고. 그리고 베스(베시의 약칭)야, 그 아이가 제 뜻대로 하려는 걸 우리가 막아설 순 없어. 1년이면 돌아올 거야. 혹 그보다 조금 더 걸릴 수도 있겠지. 그래도 돌아오면 결혼하고 여기서 멀지 않으면서 우리 마을처럼 조용한 곳에 정착할 거야. 우리는 좀 더 나이 들면 농장을 정리하고 벤저민 변호사 근처에 자리 잡고 살면 되겠지."

선량한 네이선은 제 마음도 무겁기 짝이 없었지만 그렇게 아내와 조카를 달래려 노력했어요. 그러나 셋 중에서 잠드는 데 가장 오래 걸린 건 그였어요. 걱정이 가장 깊었거든요.

'내가 아들 일을 잘 처리하고 있는 건지 모르겠네. 정말 알 수가 없어.' 이런 생각으로 그는 새벽빛이 떠오를 때까지 잠을 이루지 못했어요. '이 녀석한텐 뭔가 문제가 있어. 안 그러면 사람들이 아들 이야기를 할 때, 날 그렇게 안타까운 눈빛으로 보진 않겠지. 나도 알긴 알아. 자존심 때문에 표는 못 냈지만. 그리고 로슨도 마찬가지야. 그자는 말을 삼갈 테지. 내가 우리 아들이 어떻게 잘하고 있는지, 어떤 변호사가 될지 물으면 잘한다고 대답할 수밖에 없을 테고. 하느님, 우리 아들이 떠나더라도 저와 헤스터에게 자비를 베푸소서. 이렇게 두려운 마음이 자꾸 드는 건 이 야심한 밤에 깨어 있기 때문일 거야. 나도 걔 나이 때는 벌기 무섭게 써댔잖아. 하지만 난 내가 직접 벌었는데. 그건 분명 다르다고. 아! 나이 들어 자식을 멀리 보내고 돌아오길 기다린

다는 건 정말 쉽지 않은 일이야.'

다음 날 아침 네이선은 자신의 말 모기를 타고 로슨을 만나러 하이민스터로 향했어요. 그가 집을 나서는 걸 본 사람이라면 누구든 돌아오는 그의 변한 모습을 보고 놀라지 않을 수 없었을 겁니다. 특별한 하루의 외출이 그 연배 남자에게 일으킨 변화라니! 그는 고삐를 붙들고 있지도 않은 것 같았어요. 모기가 머리를 한 번만 비틀어도 그의 손아귀에 있던 고삐가 떨어질 것 같았으니까요. 그는 고개를 앞으로 숙인 채 눈을 한 번도 깜박이지 않았어요. 무언가 알 수 없는 것을 응시하는 것 같았죠. 그러다가 점차 집이 가까워지자 애써 기운을 차리려고 노력했습니다.

"말해서 걱정만 시킬 게 뭐 있어. 젊은 애는 젊은 애지. 하지만 걔가 아무리 어리더라도 그렇게 생각 없을 줄은 몰랐네. 음, 뭐, 런던에서 정신 차릴 수도 있겠지. 어쨌든 윌 호커 일당 같은 나쁜 놈들한테서 걔를 떨어뜨려놓는 게 최우선이야. 우리 아들을 엇나간 길로 이끈 건 그놈들이야. 그놈들하고 어울리기 전엔 착한 애였다고. 정말 착했다고."

그는 집 안으로 들어서며 자신의 모든 걱정을 뒤로 물렸습니다. 베시와 아내는 둘 다 문간에서 그를 맞이하며 외투를 벗겨주려 했죠.

"자, 자! 내가 혼자 벗을 수 있어. 아이고, 잘못하다 칠 뻔했잖아."

그는 계속 말을 이어가면서 마음속에 담긴 이야기를 피

하려고 했어요. 그러나 영원히 피할 수는 없는 노릇이었죠. 게다가 아내의 계속되는 질문에 말려들면 필요 이상으로 많은 말을 할 것 같았어요. 결국 딱 할 말만 했지만 두 여자에게는 충분히 큰 고통이었답니다. 나이 든 네이선은 그나마 최악의 것은 털어놓지 않고 마음속에 남겨두었어요.

다음날 벤저민은 런던으로 떠나기 전에 한두 주 머무르기 위해 집으로 왔습니다. 아버지는 아들과 거리를 좀 두면서 근엄하고 진중한 태도를 보였어요. 처음에 화를 내며 날카로운 태도를 보였던 베시는 기세가 좀 누그러들었는데, 고모부가 말없이 차가운 태도를 그렇게 오래 유지하고, 벤저민은 어서 떠날 생각만 하는 것을 보고는 상처받고 슬펐기 때문이었죠. 고모는 몸을 떨면서도 옷장이나 서랍을 뒤지며 부산을 떨었죠. 그 모습이 마치 과거나 미래에 관한 생각을 떨쳐내려는 몸짓 같았어요. 그저 한두 번 아들 뒤로 다가가 고개 숙여 아들의 뺨에 입을 맞추고 머리를 쓰다듬곤 했어요. 나중에 오랜 세월이 지난 후에도 베시는 그 모습이 잊히지 않았는데, 그럴 때면 벤저민은 짜증 섞인 표정으로 머리를 홱 내두르며 못마땅한 투로 중얼거리곤 했어요. 고모는 듣지 못했지만 베시는 알아들었습니다.

"내가 어린애도 아니고, 그냥 좀 놔두세요!"

벤저민은 베시에게는 매너를 지키는 편이었어요. 달리 말로 속내를 드러내진 않았죠. 베시를 대하는 그의 태도는 따뜻하지도 부드럽지도 않았고 사촌 사이 같지도 않았어요. 그저 어리고 예쁜 여자에게 친절하게 대하는 정도였습니다. 하지만 상스러움이 배어 있었지요. 그러나 어머니 앞에서는 그런 친절함조차 없이 권위적인 태도로 투덜대기만 했고, 아버지에겐 뿌루퉁하게 침묵을 지켰어요. 그는 한두 번 베시에게 외모에 대한 칭찬을 늘어놓았어요. 베시는 놀라 얼어붙은 채 그를 빤히 쳐다보았죠.

"이제 와서 그런 식으로 내 눈에 대해 말하다니, 언제는 내 눈이 달랐어? 고모나 도와주러 가야겠네. 이젠 눈이 침침해서 떨어뜨린 뜨개질바늘도 잘 못 찾으셔."

그러나 베시는 벤저민이 자기가 그런 말을 한 것조차 잊어버릴 만큼 오랜 시간이 지난 후에도 그의 번드르르한 칭찬에 관해 혼자 상상하곤 했습니다. 어떻게 딱 꼬집어 자기 눈 색깔을 구분해냈는지 궁금했죠. 베시는 그가 떠나고 난 후 여러 날 동안 작은 침실 벽에 걸려 있는 작고 길쭉한 거울을 유심히 들여다보곤 했어요. 그러다가 벽에서 거울을 떼어내 손에 들고는, 그가 칭찬한 눈을 자세히 관찰하며 혼잣말을 했답니다.

"부드럽고 예쁜 회색 눈! 부드럽고 예쁜 회색 눈!"

그러다가 갑자기 웃음을 터뜨리고는 얼굴이 붉어지면 거울을 다시 벽에 걸곤 했죠.

벤저민이 어떤 곳인지, 얼마만큼 먼 곳인지조차 알 수 없는 런던이라는 곳으로 떠나고 없는 날에, 베시는 아들이라면 마땅히 부모에게 갚아야 하는 애정과 의무감에 어긋

난 벤저민의 행동을 잊으려고 노력했어요. 그러고 보니 잊어야 할 게 너무 많았어요. 자꾸 마음속에 갖가지 기억들이 밀려들었습니다. 예를 들어 벤저민이 어머니가 손수 짓고 아들에게 입혀줄 생각에 기뻐했던 셔츠를 탐탁지 않게 생각하지 않았으면 얼마나 좋았을까 같은 생각들이었어요. 물론 벤저민은 어머니가 얼마나 공을 들여 실을 자았는지 몰라서 그랬을 수도 있죠(벤저민에 대한 그녀의 사랑이 그렇게 생각하도록 부추겼습니다). 또 실을 햇살 좋은 초원에서 표백한 것도 모자라, 베 짜는 수공업자에게 가져온 리넨을 여름 풀밭에 다시 펼쳐서 뽀송하게 말리고, 이슬이 없는 날엔 저녁마다 세심한 손길로 물을 먹인 것을 몰라서 그랬을 수도 있어요. 그가 당연히 모르는 사실이 있는데, 왜냐하면 베시 말고는 아무도 모르는 일이었거든요. 그것은 바로 고모가 눈이 침침해 코를 잘못 끼우거나 한 코를 너무 크게 잡았을 때(고모는 눈이 침침해도 아주 공이 드는 부분일수록 뜨개질을 혼자 하고 싶어 했습니다) 베시가 야심한 밤에 자기 방에서 그걸 다시 풀어서는 그 앙증맞고 섬세한 손으로 다시 떴다는 것입니다. 벤저민은 그 모든 사실을 몰랐어요. 그렇지 않고서야 셔츠의 감이 거칠다, 모양이 구식이다 등등 투덜거리면서, 하이민스터에 가서 요즘 유행하는 리넨으로 만든 셔츠를 사겠다며 어머니가 달걀이며 버터를 팔아 모은 그 알량한 돈을 달라고 조르진 않았을 테죠.

어쨌든 고모가 알뜰하게 저축한 귀한 돈이 좀 있다는 것을 안 베시는 마음이 한결 편해졌어요. 그녀는 고모가 기니를 실링으로, 때론 실링을 기니로 착각해 동전을 얼마나 허술하게 세는지, 그래서 주둥이가 떨어져 나간 낡고 검은 찻주전자에 담긴 동전 총액이 매번 같지 않다는 건 알지 못했답니다. 그러나 이 아들, 이 집안의 희망, 집안의 보물은 아직 이 가정에 신기한 마력을 발휘했어요. 그가 떠나기 전날 저녁, 벤저민은 부모 사이에 앉아 한 손씩 부모의 손을 잡았고, 베시는 낡은 스툴에 기대앉아 머리를 고모의 무릎에 얹고는 그의 얼굴을 마음속에 새겨 넣으려는 듯 한 번씩 벤저민의 눈을 올려다보았습니다. 그러다 그와 눈이 마주치면 눈을 내리깔고 한숨만 지었어요.

그날 밤 벤저민은 여자들이 방으로 간 후에도 아버지와 밤늦게까지 앉아 있었어요. 여자들도 잠자리에 든 것은 아니었습니다. 장담하건대 머리가 센 어머니는 그 가을 아침까지 한숨도 자지 못했어요. 베시는 고모부가 무거운 발걸음으로 위층으로 올라간 후, 자신의 은행 격인 창고로 들어가 기니 금화를 헤아리는 소리를 들었어요. 돈을 세다가 한번 멈추고 다시 셌는데, 아들에게 줄 돈에 더 후하게 얹는 것 같은 낌새였죠. 다시 한번 꽤 오랫동안 잠잠한 시간이 흘렀습니다. 베시는 주의 깊게 귀를 기울였어요. 두런두런 이야기가 이어졌는데 무슨 말인지는 알 수 없었어요. 고모부의 말은 충고일 수도 있겠고 기도일지도 모르죠. 그러다가 부자는 마침내 각자 자신의 방으로 들어갔어요. 베시의 방은 벤저민의 방과 얇은 합판 하나로 나뉘어 있었는데, 베시가 울다 지쳐 잠들기 전 마지막으로 똑똑히 들은 소리는, 벤저민이 아버지가 준 선물로 동전 치기 놀이라도 하는 듯 동전이 규칙적으로 딸랑딸랑 부딪는 소리였어요.

벤저민이 떠난 후 베시는 그가 하이민스터까지 가는 길에 조금이라도 동행해달라고 청했으면 얼마나 좋았을까 생각했습니다. 베시는 침대에 필요한 물건을 펼쳐놓고 같이 갈 준비를 다 마친 상태였지만 청도 받지 않고 따라나설 수는 없는 노릇이었죠.

가족들은 벤저민이 떠난 빈자리를 채우려고 나름대로 애를 썼어요. 그들은 각별히 더 힘을 쏟으며 일상의 일에 매진하는 것 같았지만, 그래도 저녁이 되면 한 게 별로 없었습니다. 무거운 마음으로 하는 일이 가벼울 리 없었죠. 들에서, 이동 중에, 또 농장에서 남몰래 불안과 걱정을 한없이 억눌러야만 했거든요. 벤저민이 런던으로 떠나기 전에는 매주 토요일이면 그를 기다리곤 했어요. 물론 그가 오지 않는 때도 있었지만 아무튼 기다렸죠. 벤저민이 오면 이런저런 할 이야기들이 많았답니다. 그가 오는 게 그저 기뻤지요. 모든 게 다 잘되는 것 같았고, 그는 그 순박한 사람들에게 밝은 행복과 기쁨을 가져다주는 존재였어요. 그러나 지금 그는 떠나고 없고, 황량한 겨울이 찾아왔습니다. 두 노인은 눈이 침침해졌어요. 베시가 아무리 노력해도 밤은 길고 구슬펐죠. 게다가 벤저민은 기대만큼 편지도 자주 하지 않았어요. 모두가 그렇게 느꼈습니다. 물론 그렇다고 해도 가족들 각자는 혹시라도 누가 그런 점을 겉으로 드러내 표현하기라도 하면, 즉각 벤저민을 싸고돌려는 마음이었어요. 베시는 예배를 마치고 돌아오는 길에 "분명!" 하고 혼잣말을 하다가, 햇살 좋은 울타리 관목에서 앵초가 첫 꽃망울을 터뜨린 걸 보고는 꽃을 꺾었어요.

"분명 이번처럼 쓸쓸하고 비참한 겨울은 다시없을 거야."

네이선과 헤스터 헌트로이드에게는 지난해 동안 너무나 큰 변화가 있었습니다. 지난봄만 해도 벤저민은 아직 걱정이 아니라 희망의 대상이었고, 그의 부모는 초로의 중년이라 할 만했어요. 아직 원기 왕성하게 일할 수 있어 보였죠. 하지만 이제—벤저민이 떠난 게 변화의 유일한 이유는 아니지만— 그들은 나약한 늙은이로 보였습니다. 일상적인 일들이 버거워 보일 정도였죠. 네이선은 외동아들에 대한 안타까운 소식을 들었답니다. 믿을 수 없을 정도로 나쁜 소식이라 심각한 표정으로 아내에게도 말해주었어요. 그러면서 기도했죠.

"우리 아들이 그런 녀석이라니, 하느님 도와주소서!"

부부는 눈이 퀭해질 정도로 많은 눈물을 흘렸습니다. 둘은 함께 손을 잡고 자리에 앉아 몸을 떨고 한숨을 지었어요. 말을 할 수 없었고, 서로를 마주 볼 수조차 없었어요. 그러다가 헤스터가 먼저 입을 열었죠.

"베시에게는 말하지 말아야겠어요. 젊은 애들은 쉽게 상심하기 마련이니까요. 그 애도 그 소식이 사실이라고 생각할 거 아니에요?"

이때 헤스터의 목소리는 높게 갈라지면서 울음을 터뜨리는 것 같았어요. 하지만 가까스로 감정을 억누르고는 침착하게 말을 이었어요.

"말하지 말아야 해. 벤저민은 그 애를 다시 좋아하게 될 거예요. 베시가 벤저민에 대해 좋게 생각하면 그 아이 마음이 다시 돌아올 수 있을 거예요."

"하느님 도와주소서!"

네이선이 탄식하듯 기도했습니다.

"하느님이 도와주실 거예요."

헤스터는 감정이 복받쳤어요. 그러곤 다시 그 말을 되풀이했어요.

"아아!"

입을 다물고 있던 헤스터가 남편의 침묵을 못 견디겠다는 듯 다시 입을 열었습니다.

"하이민스터는 정말로 거짓이 판치는 곳이에요. 난 그따위 이야기를 꾸며 내는 곳을 본 적이 없어요. 하지만 베시는 아직 아무것도 모르잖아요. 당신이나 나도 믿지 않고. 그것만은 다행이에요."

그러나 그들이 마음속으로 진정 믿지 않았다면, 어찌 그리 슬프고 지쳐 보였을까요? 단순히 나이가 들어서 그런 걸까요?

그러다가 한 해가 지나고 또 겨울이 돌아왔습니다. 이전 겨울보다 더 비참한 겨울이었어요. 이해에는 앵초와 함께 벤저민이 돌아왔습니다. 매정하고 경망스럽고 못된 젊은이의 면모가 물씬 풍겼죠. 자유분방한 런던 하류층 젊은이의 모습이 어떤지 알지 못하는 이들에게는 그의 번드르르한 태도와 잘생긴 외모가 가히 눈에 띄었을 테죠. 그가 으스대며 반쯤은 꾸며 내고 반쯤은 진정 무심한 태도로 어슬렁거리며 걸어오는 모습을 보자, 처음에 그의 늙은 부모는 마치 아들이 아니라 진짜 신사를 보는 것처럼 일종의 경외심을 느꼈습니다. 하지만 그들의 순박한 성정에 깃든 예리한 본능은 몇 분 지나지 않아 아들이 진정한 신사가 아니라는 사실을 눈치 채도록 만들었죠.

헤스터는 둘만 있게 되자 조카에게 말했어요.

"저 차림하며 머리 모양, 수염, 저게 뭐라니? 그리고 말은 또 왜 저렇게 혀 짧은 소리를 내는 거야? 까치처럼 혀가 갈라지기라도 한 건가? 나 참! 런던이란 데는 살도 썩게 만드는 팔월의 뜨거운 더위처럼 몹쓸 곳인가 보다. 거기 가기 전에는 그렇게도 잘생겼었는데. 저거 봐라, 피부에 웬 치장을 저렇게 해댔는지. 무슨 연습장에 그림 그린 것도 아니고!"

"전 더 잘생겨 보이던데요, 고모. 요즘 유행하는 구레나룻이잖아요!"

베시는 벤저민이 자신에게 입을 맞춰 인사한 것을 떠올리며 얼굴이 붉어졌습니다. 가여운 베시는 그 입맞춤을 그가 편지를 안 한 지 오래되긴 했지만, 그럼에도 아직 자기를 결혼 상대로 여긴다는 맹세로 간주했어요. 벤저민에게는 가족 모두가 좋아하지 않는 부분이 여럿 있었지만 아무도 그에 관해 언급하지 않았죠. 그러나 그들이 좋아한 점도 있었는데, 그것은 그가 내브 엔드에 돌아온 후 조용히 지낸다는 사실이었습니다. 런던 생활 이전 같았으면 놀 거리를 찾아 호시탐탐 이웃 마을로 내빼려고 했을 텐데, 그러진 않았어요. 아버지는 벤저민이 런던으로 떠난 직후에 자기가 알고 있던 모든 빚을 청산해주었습니다. 따라서 부모가 아는 한 그가 겁이 나서 집에 처박혀 있게 만들 만한 빚은 없었죠. 게다가 그는 아침이면 아버지와 함께 들에 나가곤 했어요. 아버지가 힘겹지만 분주한 발걸음으로 농장 여기저기를 돌보러 다닐 때 옆에서 어슬렁거릴 뿐이었지만요. 네이선은 마침내 아들이 농장 일에 관심을 두기 시작한 것 같았기에 농장 돌아가는 모든 일에 온 신경을 쓰며 그에게 이것저것 알려주려 했답니다. 그가 자신의 작은 갤러웨이종 소와 저쪽 이웃 농장의 큰 쇼트혼종 소의 차이를 알려줄 때, 벤저민은 인내심을 가지고 곁을 지켰어요.

"너도 보다시피 저렇게 우유를 짜서 파는 건 정말 추잡한 짓이야. 사람들이 우유 품질에는 신경을 안 쓴단 말이지. 1파인트짜리 용기 가득 우유만 담아야 하는데, 정직하게 하지 않고 펌프를 이용해 물을 섞는단다. 하지만 베시가 만든 버터를 봐라. 어찌나 솜씨가 좋은지! 그 애 솜씨가 빼어나기도 하고, 소의 상태도 아주 최고잖아. 그 아이가 만든 바구니가 시장에 내놓기 좋게 완벽하게 포장된 걸 보는 건 참 기분 좋은 일이야. 또 저 짐승들에게 주는 푸른 녹말물이 가득한 양동이를 보는 것도 못지않게 기분 좋지. 내 생각엔 저놈들이 얼마 전부터 이종교배까지 하는 것 같단다. 나 원 참! 아무튼 우리 베시는 아주 똑똑한 아이야! 난 가끔 네가 법조계 일을 그만두고 베시와 결혼해 함께 농장 일을 하면 좋겠다는 생각을 한단다."

아버지의 이야기는 벤저민이 변호사를 그만두고 자신의 가업을 이어받으면 좋겠다는 자신의 꿈과 기도가 가망 있는 일인지 나름대로 교묘하게 확인한답시고 한 말이었어요. 네이선은 아들이 제 말대로 법조계에 연줄이 없어서 이룬 게 없다고 하니, 농장과 가축, 야무진 아내까지 모두 준비된 지금 자신의 희망을 피력한 거죠. 게다가 네이선은 마음의 긴장이 풀어진 순간에도 아들의 교육에 들어간 피땀 흘려 모은 수백 파운드의 돈에 관해서는 한 번도 아들을 탓한 적이 없었어요. 네이선은 아들이 힘겹게 꺼내려고 하는 대답에 고통스러울 정도로 관심을 기울이며 귀를 기울였어요. 벤저민은 헛기침도 하고 코도 풀며 한껏 애를 태운 다음에야 입을 열었습니다.

"저, 아버지. 법조계에서 살아남는 건 어렵고 힘든 일이에요. 이 업계에서 살아남으려면 판사들이며 일류 변호사들과 연줄이 있어야 해요. 그렇지 않으면 가망이 없어요. 아버지도 아시다시피 아버지나 어머니는 그런 쪽으로 전혀 인맥이 없잖아요. 하지만 운 좋게도 제가 어떤 사람을 알게 되었는데, 뭐, 친구가 되었다고 할 수 있어요. 그 사람은 정말 일류인 데다, 대법관부터 아랫사람들까지 모르는 사람이 없어요. 그 사람이 저한테 사업 제안을 했는데……, 말하자면 동업을…….'

그는 조금 망설였어요.

"분명 그 사람은 흔치 않은 신사임이 틀림없겠지?"

네이선이 말을 이었어요.

"나라도 찾아가 그 신사분께 감사를 드리고 싶구나. 시골에서 올라온 젊은이를 대단한 사람 취급해주시다니. '자네에게 내 행운의 반을 나눠주겠네'라고 말할 사람은 흔치 않거든. 대부분 사람은 행운을 좀 얻으면 혼자 챙겨서 아무도 없는 데로 내빼고는 게걸스럽게 먹어치우는 법이야. 그분 이름이 어떻게 된다니, 내가 알 수 있을까?"

"제 말을 잘 이해하지 못하셨어요, 아버지. 아버지가 하신 말씀은 거의 다 진실이에요. 사람들은 아버지 말씀대로 자기 행운을 나눠 가지려고 하지 않죠."

"그러니 진짜 그렇게 하는 사람이야말로 얼마나 훌륭한 분이니?"

"아, 하지만 아버지, 제 친구 캐번디시가 아무리 세련된 신사라도 잘나가는 자기 사업의 절반을 공짜로 내주지는 않아요. 응당한 대가를 치러야 한다고요."

"응당한 대가라."

네이선의 목소리가 한 음 내려갔습니다.

"대가라면 뭘 말할까? 대단한 제안에는 대가가 있기 마련인 건 나도 안단다. 하지만 난 못 배워서 그게 어떤 건진 잘 모르겠구나."

"이번 경우엔 그 사람이 저를 동업자로 받아들이고 나서 나중에는 제게 사업체 전체를 양도할 건데, 그가 요구하는 대가는 투자금 300파운드예요."

벤저민은 아버지가 그 제안에 대해 어떻게 반응하는지 살피기 위해 곁눈질을 했습니다. 아버지는 지팡이를 땅바닥에 거세게 내리꽂고는 한 손으로 기대며 아들을 쳐다보았습니다.

"그럼 네 친구란 그 작자는 벼락을 맞을 거다. 300파운드라니! 그런 큰돈을 어디 가서 구해! 만약에라도 그 돈 구해서 너와 내가 바보가 된다면 난 벼락을 맞을 게다!"

이때쯤 그는 숨이 찼습니다. 아들은 처음엔 아버지의 말을 인내심을 갖고 들었지만, 아버지가 놀랄 거라고 진즉 예상했기에 더 이상 참고만 있지 않았어요. 계속 입 다물고 있을 벤저민이 아니었죠.

"선생님, 저는⋯⋯."

"선생님? 네가 날 선생님이라고 불러? 그게 런던에서

배운 예의범절이더냐? 나는 분명 네이선 헌트로이드이고, 신사가 되려고 한 적은 한 번도 없다. 하지만 이제까지 빚은 안 지고 살아왔어. 그런데 아들놈이란 게 갑자기 집에 와서는 300파운드를 내놓으라니! 그것도 오래 못 가겠지. 내가 무슨 다가와서 주무르면 젖 주는 일밖에 할 줄 모르는 암소더냐?"

"저, 아버지."

벤저민은 솔직한 태도를 꾸며 내며 말했어요.

"그럼 저로서는 예전에 계획했던 대로 할 수밖에 선택의 여지가 없겠네요. 이민이나 갈 수밖에요."

"뭘 한다고?"

아버지가 아들에게 날카로운 시선을 고정하며 물었어요.

"이민이요. 미국으로 가려고요, 아니면 인도나 다른 식민지로 가든지. 혈기왕성한 젊은이에게 기회가 열린 곳이라면 어디든 상관없어요."

벤저민은 완벽하게 성공할 수밖에 없는 비장의 카드를 간직하고 있었던 거죠. 그러나 놀랍게도 아버지는 그렇게 굳세게 땅바닥에 쑤셔 넣은 지팡이를 뽑아내더니, 아무 말없이 너덧 발짝 앞으로 나아갔어요. 그러다가 다시 걸음을 멈추고 그대로 몇 분간 침묵을 지켰습니다.

"그게 너로서는 최선의 선택일지도 모르겠다."

아버지는 다시 걷기 시작했어요. 벤저민은 욕지거리가 나오려는 걸 참기 위해 이를 악물었어요. 가여운 네이선이 뒤를 돌아 아들의 표정을 보지 않은 게 천만다행이었죠.

"하지만 우리에겐, 헤스터와 내겐 그건 고통이란다. 네가 좋은 아이든 아니든 넌 우리의 피와 살로 된 우리 자식, 우리 아들이니까. 네가 부모가 바란 대로 되지 않더라도 그건 네게 품었던 우리의 자만심 때문이야. 그렇지만 그 애가 떠나면 아내가 죽을지도 몰라. 베시는 어떻고, 그렇게나 그 애를 좋아하는데."

처음에는 아들에게 향한 말이 어느덧 혼잣말이 되었습니다. 어쨌든 벤저민은 아버지가 자기 들으라고 하는 말이라고 생각하며 주의 깊게 들었어요. 아버지는 의식적으로 한동안 가만히 있다가 뒤를 돌아보았습니다.

"그 사람, 네게 그런 어마어마한 돈을 요구하는 걸 보면 친구로는 안 보이는구나, 그 사람만 있는 건 아니지? 널 법조계에 입문시킬 다른 사람도 있겠지? 돈 좀 덜 들이고 널 도와줄 사람 말이야?"

"그래도 그 친구처럼 제가 덕 볼 수 있는 사람은 아무도 없어요."

아들은 아버지가 좀 누그러진 걸 알아채고는 그렇게 답했습니다.

"그럼, 그 사람한테 가서 전하거라. 그자가 되었든 네가 되었든 내 주머니에서 300파운드가 나오는 건 못 볼 거라고. 어려운 때를 대비해서 좀 모아놓은 게 있다는 건 내 인정하마. 하나 그게 다 네 돈은 아니야. 그중 일부는 베시 거야. 우리에겐 딸이나 마찬가지니까."

"하지만 베시는 언젠가 아버지의 진짜 자식이 될 거잖아요. 제가 집으로 돌아와서 그 애를 신부로 맞으면요."

벤저민은 베시와의 결혼까지 이용하기 위해 막 내질렀어요. 자기 마음속에서조차 그런 식이었죠. 베시와 함께 있을 때는 그녀가 밝고 아주 예뻐 보여 혼인을 앞둔 연인처럼 행동했어요. 그러나 베시와 함께 있지 않을 때는 자기 좋을 대로 부모를 조종할 지렛대로 생각할 뿐이었죠. 지금 베시를 자기 아내로 삼을 듯이 말한 것이 완전히 거짓이라고는 할 수 없어요. 물론 아버지의 마음을 흔들기 위해 이용한 것이지만, 그 생각 자체는 자기 마음속에서 나왔기 때문이었죠.

"참, 애처롭구나. 그때쯤이면…… 우리는 하느님 곁에 있겠지. 베시는 참 착한 아이야. 내브 엔드에서 우리를 잘 돌보고 있고. 그렇지만 그때쯤이면 베시가 아니라 하느님이 우리를 돌보고 있을 테지. 그 아이의 마음도 너한테 가 있어. 하지만 난 300파운드는 없다. 집 안에 현금을 보관하지만, 너도 알다시피 50파운드가 되면 리폰 은행에 맡긴단다. 지금 여기저기 다 끌어 모아봤자 200파운드가 전부야. 집에는 15파운드밖에 없고. 100파운드하고 송아지 한 마리는 베스에게 줘야 해. 베스가 그 송아지를 얼마나 애지중지하는데."

벤저민은 그 말이 진실인지 판단하기 위해 아버지를 날

카로운 시선으로 훑었습니다. 아버지에 대한 의심이 아들의 머릿속에 자리한다는 사실 자체가 그 사람의 인격을 말해주기에 충분한 셈이죠.

"난 할 수 없어. 그럼, 그렇게는 못 하지. 물론 나도 너희들 결혼 때까지 살아 있고야 싶지. 검은 암송아지도 팔 수야 있겠지. 그럼 그 애는 10파운드는 받을 거고. 하지만 종자용 씨앗을 사려면 그만큼 돈이 필요해. 작년 작황이 너무 안 좋았거든. 들어봐라. 나도 해보는 데까진 해볼 테니. 베스가 자신의 몫 100파운드를 네게 빌려주는 식으로 처리할 수도 있겠지. 그러면 넌 베스에게 차용증을 써줘야 해. 그렇게 한다면 넌 리폰 은행에 있는 돈 전부를 갖게 되는 거란다. 하지만 네 몫으로 정해놓은 게 있는데, 너한테 그걸 다 줄 수 있는지 변호사한테 알아봐야 해. 난 그 사람을 부당하게 이용할 생각은 없다. 어쨌든 넌 정당한 네 몫을 받게 될 거야. 내가 보기에 넌 가끔 사람들에게 이용당하는 것 같아. 내 분명 얘기하건대, 네가 다른 사람한테 사기 치는 것도 결단코 안 되고, 동시에 네가 너무 물러 터져서 사기를 당하는 것도 용납할 수 없어."

네이선의 이 말에는 사연이 있습니다. 바로 벤저민이 지급해야 할 금액이라며 아버지에게 내민 각종 청구서 때문이었죠. 벤저민은 각종 청구서 내용을 이리저리 손봐서 가격을 올리고 좀 수상한 비용 지출 내역을 덧붙였습니다. 그러면 여전히 아들에 대한 믿음이 큰 순박한 늙은 농부 아버지는 자기가 아들에게 주는 돈이 실제 그가 샀다는 품목의 일반적인 가격보다 더 비싸다는 걸 감지하곤 했거든요.

벤저민은 좀 망설이다가 이 200파운드를 받아들이기로 했습니다. 그 돈으로 법조계에 진출하기 위해 최선을 다하겠다고 약속했어요. 그럼에도 그는 집 안에 저축하고 있다는 15파운드에 관해 이상하리만치 집착했답니다. 그는 자기가 아버지의 상속자이니 그 돈이 자기 돈이라고 생각했어요. 그러다 보니 베시에게 할당된 돈이 아무리 생각해도 아깝다는 마음이 들었죠. 그래서 그날 저녁에는 평소 베시에게 보였던 정중한 태도마저 잃고 말았습니다. 그는 자신이 결국 갖게 된, 부모님이 힘들게 벌고 어렵게 모은 그 200파운드보다 자신이 가질 수 없는 15파운드에 더 집착했습니다.

한편 네이선은 그날 저녁 평소와는 다른 기분이었어요. 그는 자신이 아들에게 크나큰 애정을 보여주고 너그럽게 처신했다고 느꼈죠. 재산을 크게 희생해서 사랑하는 두 사람을 행복에 이르는 길로 인도했다는 사실에 자기도 모르게 흡족했습니다. 아들을 그렇게까지 크게 신뢰했다는 사실 자체가 벤저민을 더 신뢰 가는 인물로 만드는 것만 같았죠. 그가 지워버리고 싶은 단 한 가지 생각은 모든 게 바라는 대로 풀리면 벤저민과 베시 둘 다 내브 엔드에서 멀리 떨어진 곳에 정착하지 않을까 하는 것뿐이었어요. 그는 아이 같은 순박한 믿음을 품었답니다. '어찌 되었든 하느님께

서 아들 내외를 잘 보살펴주실 거야. 아주 먼 미래에 대해 걱정하는 건 소용없는 짓이야.'

베시는 그날 밤 고모부로부터 알아들을 수 없는 농담을 들어야만 했어요. 네이선은 아들이 당연히 그날 있었던 모든 일을 베시에게 이야기했을 거라 믿었죠. 그러나 벤저민은 베시에게 단 한마디도 하지 않았습니다.

나이 든 부부가 침실로 들었을 때, 네이선은 아들에게 200파운드를 주기로 한 약속과 그것이 불러올 인생 계획에 대해 아내에게 전했어요. 가여운 헤스터는 갑작스러운 재산 변동에 적잖이 놀랐습니다. 그녀는 오랫동안 남몰래 '은행 저축'에 대해 뿌듯한 마음을 가졌거든요. 그러나 그녀는 벤저민을 위해서라면 기꺼이 그 돈을 전부 내어주고도 남았죠. 단지 왜 그렇게 큰돈이 필요한지 알 수 없을 뿐이었답니다. 그렇게 황당한 마음도 쉽사리 풀렸습니다. "우리 벤(벤저민의 약칭)"이 결국 런던에 터를 잡게 되었고, 거기다 베시와 결혼해 함께 떠난다는 사실을 생각하니 돈에 대해선 한결 마음이 편해졌죠. 이 큰 변화가 돈에 대한 모든 걱정을 덮어버렸습니다. 그래도 헤스터는 밤새 스트레스로 몸을 떨었습니다. 아침에 베시가 빵 반죽을 치대고 있을 때, 고모는 분주하게 움직이던 평소와는 달리 불 주변에 앉아 있다가 말을 걸었어요.

"이제 빵 가게에서 빵을 사다 먹어야겠네. 살면서 그럴 날이 올 거라고는 생각해본 적이 없었는데."

베시는 반죽을 치대다가 놀라서 올려다보았어요.

"밖에서 파는 너저분한 걸 어떻게 먹어요? 갑자기 왜 빵가게 빵을 사다 먹을 생각을 하세요, 고모? 제가 만든 빵은 남풍에 뜬 연처럼 높게 부풀어 오를 거예요."

"나도 이제 예전처럼 반죽을 잘 치대지 못 한단다. 그러다 허리 부러질 거야. 그러니 네가 런던으로 떠나면 빵을 사서 먹어야지, 어쩌겠니? 내 인생 처음으로다."

"저 런던 안 가요."

베시는 마음을 새로 다지듯 반죽을 치댔어요. 그러면서 얼굴이 빨개졌는데, 그 생각 때문인지 반죽에 힘을 써서 그런지 알 수 없었습니다.

"하지만 우리 벤이 런던에서 대단한 변호사와 동업을 한다잖니. 그리고 너도 알다시피 걔가 금방 널 데려가지 않겠니?"

"고모!"

베시는 팔에 묻은 반죽을 떼어내며 시선을 고모와 맞추지 않고 말했어요.

"그런 이유라면 걱정하지 마세요. 벤의 머릿속엔 동시에 수십 가지 생각이 있다고요. 사업이든 결혼 문제든 마찬가지예요. 저는 가끔 이런 생각이 들어요."

그녀는 점점 더 열을 띠며 말을 이었습니다.

"제가 왜 계속 벤저민 생각을 하나 싶다니까요. 왜냐하면 벤저민은 저와 같이 있지 않을 때는 제 생각 따위 안 하는 것 같거든요. 저는 이번에 벤저민이 떠나면 싹 잊을 거예요. 진짜예요!"

"그게 무슨 말이냐? 그 애가 다 너를 위해 계획하고 움직이는 건데! 걔가 자신의 영리한 계획을 네 고모부한테 말한 게 겨우 어제야. 너도 알겠지만, 너희 둘 다 떠나고 없으면 우리로선 얼마나 힘겹고 무료한 세월이겠니."

여인은 노인 특유의 눈물 없는 울음을 터뜨렸어요. 베시는 서둘러 고모를 위로했죠. 둘은 이야기를 나누며 슬퍼하다가 희망을 품다가 앞날에 대해 계획을 세우기도 했답니다. 그러다 한 명은 위로를 받고, 다른 한 명은 속으로 행복을 느꼈어요.

네이선과 아들은 그날 저녁 하이민스터에서 돌아왔어요. 아들을 위해 필요한 일을 해결하고 온 길이었어요. 네이선은 일 처리에 아주 만족했습니다. 그가 만일 런던으로 돈을 송금하는 가장 안전한 방법을 찾기 위해 들인 공의 반만큼이라도 아들이 받았다는 동업 제안의 내막을 파악하는 데 쏟았더라면 참으로 좋았을 겁니다. 그러나 그는 그 제안에 대해 아는 바가 전혀 없었고, 단지 자신의 불안을 잠재우는 방식으로 일을 처리한 셈이었죠. 그는 피곤하지만 만족한 상태로 집에 돌아왔어요. 그렇다고 전날 밤처럼 기운이 치솟을 정도는 아니었어요. 아들이 런던으로 떠나기 전날이라는 걸 감안할 때 가질 수 있는 최대한의 느긋한 마음 정도였죠.

베시는 벤저민이 진정으로 자신을 사랑한다는 이야기
―오래도록 우리도 진실이기를 열렬히 바라마지않던 이야
기―와, 또 결국 결혼으로 끝맺음을 할 ―적어도 여자인
그녀에게는 끝맺음이 될― 계획을 고모로부터 들었기에
기분이 좋았어요. 밝은 표정에 볼은 붉게 물들어 정말 예뻐
보였답니다. 그리고 벤저민은 그녀가 부엌에서 농장으로
오가는 길에 두어 번 그녀를 자기 쪽으로 이끌어 입을 맞추
었어요. 부부는 그 모든 일을 못 본 척 눈감았습니다. 밤이
오자 모두는 이별이 있을 다음 날 생각에 슬픔을 느끼며 침
묵했어요. 시간이 갈수록 베시도 무겁게 가라앉았습니다.
그러다가 그녀는 자신만큼이나 아들에게 애틋한 고모를 생
각하고는 영리한 감각을 발휘해 벤저민을 어머니 옆에 앉
혔어요. 헤스터는 아들이 옆에 앉자 손을 잡고 계속 쓰다듬
었어요. 그러면서 아들에게 어린 시절 후로 오랫동안 말하
지 않았던 애정이 담긴 말을 노래처럼 웅얼거렸습니다. 그
러나 이 모든 일이 벤저민에게는 더없이 견디기 힘들었어
요. 그는 베시에게 장난처럼 치근덕대는 동안은 졸리지 않
았으나, 그 순간엔 보란 듯이 하품만 해댔어요. 베시는 벤
저민이 대놓고 하품을 하자 귓가를 찰싹 쳤어요. 그 상황에
서 그러면 안 되는 거였죠. 그렇게 보란 듯 무신경한 태도
로 말입니다. 그의 어머니는 처량함을 느꼈어요.

"피곤하구나, 아들?"

어머니는 그렇게 말하면서 아들의 어깨에 살포시 손을

었었어요. 하지만 그가 갑자기 홱 자리에서 일어서자 뗄 수밖에 없었습니다.

"네, 엄청 피곤해요! 이제 자야겠어요."

그러고는 식구들에게 무성의하게 대충 밤 인사를 건넸어요. 심지어 베시에게도 똑같이 대했는데, 마치 애인 노릇하는 것도 "엄청 피곤하다"는 듯한 모습이었죠. 그가 올라가고 나자 남은 셋은 천천히 정신을 차리고 그를 따라 위층으로 올라갔어요.

그는 다음 날 아침 자기를 배웅하기 위해 일찍 일어난 가족들에게 오히려 짜증을 내며 작별 인사랍시고 이렇게 말했어요.

"음, 다음에 볼 때는 인상 좀 폈으면 좋겠어요. 무슨 상갓집에 가는 표정 짓지 말고요. 멀쩡한 사람도 무서워서 도망가겠네. 베스, 어젯밤에 그 난리 치더니 하룻밤 새 얼굴이 못생겨졌다, 야."

그가 떠나고 남은 식구들은 일상으로 돌아왔습니다. 떠난 이에 대해서는 많은 말을 하지 않았어요. 사실 불필요한 이야기를 할 시간도 없었죠. 벤저민이 잠깐 와 있는 바람에 원래 해야 하는 일을 제대로 못 한 상황이라서 평소보다 두 배로 일해야 했어요. 정신없이 일하는 게 길고 긴 기다림의 날들에 차라리 위로가 되었죠.

한동안 벤저민의 편지는 자주 오지는 않더라도 잘 지내고 있다는 내용으로 의기양양했습니다. 어떻게 잘 지내고 있는지 내용이 다소 모호하긴 했지만, 어쨌든 두루뭉술하게나마 잘 지낸다는 편지를 보냈습니다. 그러고 나서는 편지가 오지 않는 기간이 길어졌어요. 오는 편지마저도 내용이 짧고 어투도 바뀌었어요. 그가 떠난 지 1년쯤 지났을 때 네이선은 편지 한 통을 받았는데, 그 편지 때문에 매우 당황하고 화가 났어요. 무언가 잘못되었던 거죠. 벤저민의 편지는 무엇이 잘못되었는지 밝히지 않은 채 부탁으로, 아니 거의 요구로 끝맺었어요. 아버지가 저축한 돈을 은행이 되었건 집 안에 있는 돈이건 모두 보내라는 고압적인 내용이었어요. 그해는 네이선의 농장이 좋지 않았습니다. 가축 전염병이 돌아 이웃들처럼 그 역시 손해를 입은 데다, 잃은 가축을 보전하기 위해 다시 사야 하는 소 가격이 그 어느 때보다도 비쌌죠. 집 안에 간직하고 있던 15파운드마저 줄고 줄어 3파운드 남짓으로 줄었는데, 그 돈을 맡겨놓은 것처럼 고압적으로 요구하다니! 네이선은 편지 내용을 전하기도 전에 (베시와 고모는 그날 이웃의 마차를 얻어 타고 시장에 나갔습니다) 펜과 잉크와 종이를 챙겨 답장을 썼어요. 맞춤법은 틀렸지만 매우 단호하게 절대적으로 안 된다는 답장이었어요. 벤저민은 자기 몫을 이미 다 받았으며, 그것으로 안 된다면 할 수 없다, 이제 더는 줄 것이 없다는 내용이었어요.

그렇게 쓴 편지를 봉투에 봉하고 나서, 당일치 우편물 배달과 수거를 마치고 하이민스터로 돌아가는 지역 집배원에게 전했습니다. 헤스터와 베시가 시장에서 돌아오기 전에 일을 마쳤죠. 시장에 갔던 둘에겐 이웃과 만나 즐거운 날이었어요. 이런저런 소소한 소식을 나눈 즐거운 하루였습니다. 게다가 판매할 상품 가격이 올라 기분이 좋았어요. 기분 좋게 피곤한 상태였죠. 그들은 그날 집에 머물렀던 네이선이 그 모든 이야기를 얼마나 심드렁하게 건성으로 듣는지 곧 깨달았습니다. 두 사람은 네이선의 기분이 우울한 게 일상의 걱정거리를 넘어 그들로서는 알 수 없는 다른 원인이 있다는 것을 감지하고는, 그에게 뭐가 문제인지 말해 달라고 청했어요. 그는 그때까지 화가 누그러지지 않았어요. 오히려 골똘히 몰두하다 보니 화가 증폭된 상태였죠. 그는 단호한 어조로 편지 이야기를 꺼냈습니다. 그가 말을 모두 마치기도 전에, 두 여인은 네이선만큼 화가 나진 않았지만 네이선만큼 슬픔을 느꼈어요. 그들이 화도 슬픔도 가라앉히는 데는 며칠이나 걸렸답니다.

베시가 가장 빨리 슬픔을 털고 일어났어요. 왜냐하면 그녀는 슬픔을 털어버릴 탈출구를 행동에서 찾았기 때문이었죠. 그 행동이란 반은 벤저민이 마지막으로 집에 왔을 때 그가 못마땅한 행동을 보이자 자신이 날카롭게 쏘아붙인 것에 대한 보상으로 취한 행동이었고, 나머지 반은 그가 돈이 얼마나 절박하고 급했으면 아버지에게 그런 편지를 보냈을까 하는 생각으로 취한 행동이었어요. 물론 그렇게 큰 돈을 가져간 지 얼마 되지도 않아 또다시 돈을 요구하는 게 이해되지는 않았지만요. 어쨌든 베시는 어린 시절부터 받은 용돈을 모아온 6펜스짜리 은화와 실링, 또 자기 몫의 두 마리 암탉이 낳은 달걀로 모은 돈까지 모두 모았어요. 다 합쳐 2파운드가 조금 넘었는데, 정확히 말하자면 2.5파운드에 7펜스였습니다. 거기서 7펜스는 앞으로의 밑천으로 남기고, 나머지 전부를 메모와 함께 작은 소포 꾸러미에 담아 벤저민의 런던 주소로 보냈어요.

행복을 비는 사람으로부터.

벤저민, 고모부는 암소 두 마리와 많은 돈을 잃었어. 고모부는 꽤 화가 났지만, 그보다 큰 어려움에 빠져 있어. 그러니 현재로서는 이게 전부임. 어렵게 번 돈을 모두 보내는 것이니 요긴하게 쓰기 바람. 눈에서 멀어져도 추억은 소중하네. 상환할 필요 없음.

친애하는 사촌,
엘리자베스 로즈

베시는 소포를 보내고 나서 다시 노래를 부르며 일을 시작했답니다. 그녀는 도착 통지를 받지 못했어요. 사실 베시는 배달원(소포를 요크로 가져가고, 그러면 소포는 거기서 다시 우편마차로 런던으로 전송됩니다)에 대한 믿음이 아주 커서 혹시라도 우편물을 제대로 보내기 어려운 상황이라면, 그 사람이 직접 런던으로 배달할 거라고 믿었어요. 따라서 그녀는 우편물 도착 통지를 받지 못한 것에 대해 걱정하지 않았어요.

'직접 사람에게 물건을 주는 건 속을 한 번도 보지 못한 상자에 구멍을 뚫어 물건을 밀어 넣는 것과는 질적으로 다른 거야. 이렇든 저렇든 편지는 안전하게 도착하잖아.'

그녀는 이렇게 혼잣말을 했어요(우편 서비스에 대한 절대적 믿음은 조만간 충격을 맛보게 될 것입니다). 그러나 베시는 한편으로 벤저민의 감사 편지, 또 들어본 지 오래된 사랑의 속삭임을 남몰래 갈망하고 있었어요. 아니, 그녀는 심지어 —소식 한 자 없이 하루하루 지나고 일주일 또 일주일이 지나자— 그가 그 돈 잡아먹는 힘겨운 런던 생활을 정리하고 내브 엔드로 돌아와 자신에게 직접 감사를 표할 거라는 생각까지 했답니다.

어느 날 —고모는 위층에서 여름 치즈의 상태를 살피고, 고모부는 들에 나가 있을 때— 집배원이 부엌에 있던 베시에게 편지를 전달했어요. 시골 집배원은 심지어 지금도 시간에 구애를 받지 않는 편입니다. 게다가 당시에는 배달할 편지도 별로 없었죠. 그들은 하이민스터에서 일주일에 한 번 내브 엔드 지역을 방문했는데, 그럴 때면 보통 편지를 배달할 많은 집에 이른 아침 방문했습니다. 집배원은 찬장 옆에 반은 서고 반은 앉은 자세로 가방을 뒤졌어요.

"이번에 네이선 씨에게 온 편지가 좀 이상해. 좀 나쁜 소

식이지 않나 걱정이야. '배달 불능 우편물' 소인이 찍혀 있
더라고."

"하느님 부디!"

베시는 얼굴이 백지장처럼 창백해지며 가까이 있던 의
자에 주저앉았다가 즉시 다시 일어나 남자의 손에 들린 불
길한 편지를 낚아채고는 그를 집 밖으로 내보내며 말했어
요.

"고모가 오시기 전에 얼른 가세요."

그러고는 그를 지나쳐 부리나케 고모부가 있는 들로 달
려갔어요.

"고모부, 이 편지 대체 뭐예요? 오, 고모부 말해주세요!
벤저민이 죽었다는 거예요?"

네이선은 손이 떨리고 눈이 휘둥그레졌어요.

"자, 진정해라, 얘야. 네가 보고 말해보렴."

"고모부가 벤저민한테 보낸 편지네요. 맞아요. 그리고
'주소 불명'이라고 쓰여 있어요. 그래서 발송인에게 다시 돌
아온 거래요. 바로 고모부에게요. 어머, 놀래라! 이게 무슨
일이래!"

네이선은 편지를 받아 살펴보며 눈치 빠른 베시가 단번
에 알아본 것이 무엇인지 이해하려 애썼어요. 그러다가 섣
부른 결론에 다다랐습니다.

"벤저민이 죽은 거야? 아! 내 아들이 죽었다고? 아이고!
걔는 내가 저한테 그렇게 차갑게 편지를 써 보내고 나서 얼

마나 후회했는지 알지도 못하잖아. 아이고, 내 아들! 내 아들!"

네이선은 서 있던 자리에서 그대로 주저앉고는 쭈글쭈글 늙은 손으로 얼굴을 감쌌습니다. 반송된 편지는 그가 한없이 큰 고통을 느끼며 쓴 글로, 군데군데 평소의 그답지 않게 길고 장황하게 아들이 요구한 돈을 왜 부칠 수 없는지 그 이유를 따뜻한 말로 설명한 편지였어요. 그런데 이제 벤저민이 죽은 것입니다! 아니, 네이선은 자기 아들이 거칠고 드넓은 낯선 곳에서 돈이 없어 굶어 죽고 말았다는 성급한 결론을 내렸어요. 그는 이렇게 말할 수밖에 없었죠.

"베스, 가슴이, 가슴이 터질 것 같구나!"

그는 한 손을 옆구리에 갖다 대고, 마치 다시는 밝은 햇빛을 볼 수 없다는 듯 나머지 한 손으로 눈을 가렸어요. 베시는 곧바로 고모부 옆에 앉아 감싸 안고는 다독였어요.

"그런 게 아니에요, 고모부. 벤저민은 죽지 않았어요. 편지에 그렇게 쓰인 것도 아니잖아요. 그런 생각 마세요. 그냥 원래 있던 숙소에서 딴 곳으로 이사 간 걸 거예요. 게을러빠진 배달부가 어디서 그를 찾을지 모르니까 그냥 돌려보낸 걸 거예요. 우리 마크 벤슨 같았으면 집집마다 찾아다니며 알아봤을 텐데. 남쪽 지방 사람들이 게으르다는 이야기는 아주 흔하잖아요. 벤저민은 안 죽었어요. 그냥 이사 간 거예요. 어디로 갔는지 곧 소식을 알릴 거예요. 아마 더 싼 곳으로 옮겼을지도 모르죠. 그 변호사란 사람이 사기를 쳐서 그랬을 수도 있잖아요. 그래서 비용을 줄이려고요. 맞아요. 고모부, 그럴 거예요. 죽었다는 소식이 아니에요. 그렇게 생각하지 마세요."

이쯤 되자 베시 역시 불안에 못 이겨 울기 시작했습니다. 물론 그녀는 자기가 한 말을 굳게 믿었고, 또 그 꺼림칙한 편지를 개봉한 것이 다행이다 싶었어요. 그녀는 이내 말과 행동으로 고모부에게 더 이상 축축한 풀밭에 앉아 있으면 안 된다고 타일렀어요. 그녀는 고모부를 부축해 일으켜 세웠어요. 고모부는 몸이 매우 뻣뻣한 상태로 "사시나무처럼 떨고" 있었죠. 베시는 고모부를 부축해 걸으며 자신의 추론을 반복해 말하고 또 말했어요. 그러곤 다시 처음부터 되풀이하는 식이었죠.

"죽지 않았어요. 그냥 이사 간 거예요."

네이선은 고개를 가로저으면서도 베시의 말을 받아들이려 애썼어요. 그럼에도 마음속에서는 불안이 가시지 않았고, 아들이 죽었다고 믿었습니다. 베시와 함께 집으로 돌아온 남편이 (베시는 고모부가 다시 일하는 걸 허락하지 않았어요) 너무도 창백해 보여서, 아내는 그가 감기에 걸린 게 확실하다고 생각했어요. 그는 한없이 지치고 무기력이 몰려와 꺼지듯 침대에 몸을 뉘었어요. 실제로 몸이 아팠습니다. 베시도 네이선도 오랫동안 다시는 편지 이야기를 꺼내지 않았어요. 둘만 있을 때도 마찬가지였고요. 그리고 베시는 마크 벤슨의 입을 막을 방법도 찾아냈어요. 베시는 자신의 긍정적인 추론을 그럴듯하게 포장해 선의를 보이는 그의 호기심을 채워주었습니다.

네이선은 일주일 동안 몸져눕고 난 후, 다시 10년은 더 늙어 보였습니다. 그의 아내는 피곤하다고 젖은 들판에서 그렇게 분별력 없이 앉아 있었던 것에 대해 잔소리를 늘어놓았어요. 그즈음 헤스터도 벤저민이 그렇게 오랫동안 소식이 없자 불안해하기 시작했습니다. 그녀는 편지를 쓸 수 없어서 남편에게 몇 번이나 아들의 안부를 묻는 편지를 써 보라고 종용했어요. 그는 아내의 말에 한동안 아무런 대답을 하지 않았어요. 그러다가 마침내 다음 일요일 오후에 편지를 쓰겠다고 답했습니다. 일요일은 보통 그가 편지를 쓰는 시간이었죠. 이번 주 일요일은 몸져누운 이후 처음으로 교회에 가려고 했어요. 그는 토요일에 하이민스터 시장에 가지 말라는 아내의 만류(베시도 마찬가지로 강하게 만류했어요)를 강하게 거절했어요. 바람을 쐬면 한결 나아질 거라고 했죠. 외출했다 돌아온 그는 지친 표정으로 무언가 감추는 듯했어요. 그가 밤늦은 시각 베시에게 축사에 함께 가자며 랜턴을 들었어요. 병든 암소를 살피러 가자는 거였죠. 집까지 소리가 들리지 않을 만큼 꽤 멀어졌을 때, 그는 베시에게 작은 꾸러미를 내밀며 말했어요.

"이거 내가 일요일에 쓸 모자에 달아줄래? 조금이나마 위로가 될 거야. 아들이 죽고 없다는 걸 알아도 네 고모와 네가 슬퍼할 걸 생각해 말은 안 하고 있다만."

"달아드릴게요, 고모부. 만일……, 그렇지만 벤저민……
안 죽었어요(베시는 흐느꼈어요)."

"알아, 알아. 나도 다른 사람들이 나처럼 생각하는 건 원
치 않아. 하지만 나라도 아들을 위해 검은 상장喪章을 두르
고 싶구나. 검정색 코트가 있었더라면 좋았을 텐데. 하지만
네 고모가 일요일이면 내가 웨딩 코트를 입나 안 입나 확인
하거든. 그래도 가엾게도 눈이 침침해져서 상장 정도는 못
알아볼 거야. 네가 최대한 티 안 나게 깔끔하게 달아줘."

그리하여 베시는 상장을 최대한 가늘게 만들어 고모부
가 교회에 쓰고 갈 모자에 둘렀어요. 인간의 본성은 모순되
어, 그는 아들이 죽었다는 자신의 믿음을 아내가 알까 봐
불안해하면서도, 한편으로 이웃 사람 중에 자기가 검은 상
장을 두른 것을 알아채고 누구를 애도하는지 묻는 사람이
아무도 없다는 사실에 상처받았답니다.

그러나 얼마 후 가족들이 벤저민에게서 편지도 못 받고
또 그에 관한 소식도 못 들어서 궁금한 마음이 커지다 못
해 고통스러울 지경에 이르자, 네이선은 더 이상 제 생각을
혼자 담아둘 수가 없었어요. 가여운 헤스터는 온 마음으로,
영혼을 걸고 그 생각을 부정했어요. 그녀는 믿을 수도 없었
고, 믿지도 않으려 했습니다. 그 무엇으로도 자신의 하나뿐
인 아들 벤저민이 일말의 작별 인사나 사랑의 표시도 없이
세상을 떠났다고 믿을 수 없었어요. 무슨 이야기를 해도 마
찬가지였어요. 그녀는 자신과 아들 사이에 모든 소통의 수

단이 마지막 순간에 모두 끊겼다 할지라도 —죽음이 예기치 않은 상황에 순식간에 찾아왔다 하더라도— 자신의 크나큰 사랑이 그 최종적 단절의 순간을 초자연적으로 인지했을 거라고 굳게 믿었습니다.

네이선은 가끔 아내가 아직도 아들을 볼 수 있다는 믿음을 간직한 것이 기분이 좋으면서도, 또 다른 때엔 아내가 슬퍼하는 자신의 마음을 알아주기를 바랐습니다. 그의 슬픔, 자기 비난, 도대체 자기가 무얼 어떻게 잘못했기에 아들이 이다지도 큰 걱정과 슬픔을 안기는 건지 같이 공감해 주었으면 하고 바랐죠. 베시는 처음에는 고모에게, 그러고 나서는 고모부에게 설득되었어요. 솔직히 둘 모두의 주장에 설득되었어요. 그래서 두 사람 모두에게 공감했습니다. 어쨌든 그녀 역시 불과 몇 달 만에 젊음을 잃고 말았어요. 그녀는 아직 창창한 나이인데도 딱딱한 중년 여인처럼 보였어요. 웃지도 않고, 노래도 부르지 않았습니다.

그들이 받은 비참한 충격으로 인해 내브 엔드의 가정은 모든 힘을 잃었어요. 온갖 종류의 새로운 대책과 정비가 불가피했죠. 네이선은 더 이상 바쁜 시기에 두 명의 일꾼을 부리며 농장을 관리할 수 없었습니다. 헤스터는 농장 일에 관심을 잃었을 뿐만 아니라 점점 나빠지는 시력 때문에 아예 일을 할 수도 없었어요. 베시는 들일을 하거나 축사에서 가축을 돌보거나 교유기로 버터를 만들거나 치즈 만드는 일을 했습니다. 그 모든 일을 척척 해냈지만, 전혀 즐겁지 않았어요. 그저 일머리 좋게 악착같이 처리할 뿐이었죠. 그리고 그녀는 고모부가 어느 날 저녁 고모와 자신에게 이웃 농부 잡 커크비가 농장을 사고 싶다는 제의를 해왔다고 말했을 때 서운하지 않았어요. 암소 두 마리를 키울 수 있는 초지만 남기고, 경작지를 포함해 나머지 모두를 넘긴다는 조건이었습니다. 그들의 집은 내버려 두고 육우를 기르기 위해 별채 일부만 쓴다는 조건이었죠.

"호키와 데이지 두 마리면 충분해. 그거면 여름에 시장에 내놓을 버터가 8~10파운드가량 나올 거야. 그러면 골아플 일도 없겠지. 그 이상은 나도 나이 들어 이제 감당할 수 없어."

"아아! 당신은 이제 농장이 모두 자기 손에 달린 것처럼 들에 나가지 않아도 되겠네요. 그리고 베스는 그 솜씨 좋던 치즈 만드는 일을 포기하고 크림버터나 만들어야겠고. 나도 항상 크림버터를 만들어보면 좋겠다고 생각은 해왔는데, 그걸 만들려면 유장*을 써야 해. 내 고향에서는 유장버터를 쳐다보지도 않았는데 말이야."

헤스터는 베시와 둘만 남았을 때 변화된 사정에 대해 이렇게 말했어요.

"하느님께 감사할 일이야. 난 항상 네이선이 집과 농장

---

*

젖 성분에서 단백질과 지방 성분을 빼고 남은 맑은 액체.

을 모두 팔아치울까 봐 걱정이었단다. 그러면 우리 아들이 아메리카에서 돌아와 우릴 찾을 길이 없을 거 아니니? 걘 돈을 벌러 외국에 갔을 거야, 확실해. 마음 단단히 먹어라. 젊어 방탕한 생활을 했지만, 언젠간 다 접고 집으로 돌아올 거야. 뭐, 그건 성경에 나오는 것처럼 돌아온 탕자가 한때는 돼지 먹이를 먹으며 고생하다가, 마침내 아버지의 집으로 돌아와 편하게 살았다는 이야기와 비슷한 일이지. 남편도 결국 벤저민을 용서할 거야. 진심으로 사랑하고 애지중지하잖아? 아마 나보다 더 소중히 여길걸. 그 앤 죽었을 리없어. 그 애가 돌아오면 남편에겐 부활한 거나 마찬가지일거야.”

농부 커크비는 내브 엔드 농장에 속한 땅 대부분을 사들이고 농장 사업을 넘겨받았습니다. 남은 두 마리 암소로 하는 일은 셋이 수월하게 할 수 있었습니다. 이따금 필요할 때만 잠시 일손을 빌리면 되었죠. 커크비 집안과의 거래는 기분 좋게 이루어졌어요. 그 집엔 완고하고 진중한 총각 아들이 있었는데, 그는 까다롭고 꼼꼼하게 일했으며 말수가 적었어요. 네이선은 존 커크비가 베시를 잘 돌봐줄 수 있을 거라고 머릿속으로 생각했습니다. 그러자 마음이 뒤숭숭했어요. 아들이 죽었다는 믿음의 여파가 처음으로 드러났기 때문이었죠. 그러면서 사실 자신이 마음속 깊은 곳에서는 그렇게 믿지 않는다는 사실을 깨닫고 스스로 놀랐어요. 한편으로 베시가 어렸을 때부터 정혼한 자기 아들이 아닌, 다른 남자의 아내가 될 수 있다는 사실을 마음으로 받아들이기 어려웠어요. 존 커크비가 베시에게 자신의 마음을 서둘러 드러내지 않았기 때문에(있긴 하다면), 아들 때문에 생긴 네이선의 그러한 마음은 아주 가끔 들 뿐이었죠.

그러나 사람이란 늙고 가망 없는 깊은 슬픔에 빠지면 아무리 그러지 말자고 자책하고 노력해도 짜증이 자주 나기 마련이지요. 베시에게는 고모부 때문에 참아야 하는 날들이 늘어갔습니다. 그래도 고모부를 깊이 사랑하고 존경했기 때문에 한 번도 거친 말로 응대하거나 인내심을 잃은 적이 없었어요. 자신의 성격도 누구 못지않게 세긴 했지만요. 그리하여 그녀는 고모부의 변치 않는 진실한 애정으로 보답을 받았고, 고모 또한 그녀를 깊이 사랑했을 뿐만 아니라 전적으로 그녀에게 의지했습니다.

그러던 어느 날 —11월 말 즈음이었어요— 베시는 고모부가 평상시보다 더 심하게 짜증 내는 것을 참아내야 했어요. 그날 커크비네 암소 한 마리가 병이 나서 존 커크비는 매우 바빴습니다. 아픈 소가 신경 쓰였던 베시는 소에게 따뜻한 먹이를 주기 위해 집에서 곡물 사료를 삶고 있었어요. 평상시라면 그런 일에 네이선만큼 신경 쓸 사람이 없었을 겁니다. 그는 천성적으로 마음이 착해 이웃을 잘 도와주었기 때문이었죠. 그뿐만 아니라 가축의 질병에 관해 그만큼 잘 아는 사람이 없다는 평판에 자부심 또한 대단했고요. 그러나 존이 나서서 일하고 있었고, 베시도 자기가 할 수 있는 일을 하며 도왔기 때문에 그는 나서지 않고 이렇게 말할 뿐이었어요.

"짐승 아픈 거 갖고 신경 쓸 게 뭐 있다고, 어린애들처럼 맨날 뭔 일 생긴 것처럼 겁을 먹고 그래."

존은 마흔이 넘었고, 베시도 거의 스물여덟에 가까웠어요. 어린애란 말은 그들에게 맞지 않는 말이었죠.

5시 반 가까이에 베시가 자기 집 암소에게서 짠 우유를 가지고 들어왔을 때, 네이선은 그녀에게 문단속하라고 이르며, 어둡고 추운 밤에 남의 일 한답시고 밖으로 나돌아다니지 말라고 말했어요. 베시는 고모부의 짜증 섞인 말에 놀라기도 하고 기분도 언짢았으나 불평하지 않고 저녁 식사 자리에 앉았습니다. 네이선은 밤중에 한 번씩 "날이 어떤가 한번 볼까" 하고 날씨를 살피러 밖으로 나가보는 게 오랜 습관이었는데, 그날도 8시 반쯤 지팡이를 들고 거실에 난 문으로 두세 발자국 밖으로 나갔어요. 헤스터는 조카의 어깨에 손을 얹으며 말했어요.

"고모부가 관절염이 도졌나 보다. 찌릿찌릿 아픈가 봐. 그래서 짜증이 난 게지. 고모부 앞에서는 말을 못 꺼냈는데, 그래, 그 가여운 짐승은 상태가 어떠니?"

"엄청 심하게 아픈 것 같아요. 제가 집으로 들어올 때 존 커크비가 수의사를 부르러 갔거든요. 아마 밤새 고생 좀 할 것 같아요."

그들이 슬픔에 빠진 이래로 고모부는 밤늦게 성경을 한

장씩 소리 내어 읽는 습관을 들였습니다. 그는 유창하게 읽지는 못하고 자주 특정 글자에 막혀 헤매다가, 결국 엉뚱하게 읽곤 했죠. 그래도 성경을 펼치는 일 자체가 아들을 잃은 늙은 부모에게 위안이 되었어요. 하느님의 존재 안에서 고요함과 안전함을 느꼈기 때문이었죠. 또 이승의 걱정과 고통에서 벗어나, 아무리 희미하고 모호하긴 해도 신실한 그들의 마음속에서는 확실하고 분명한 안식으로 인식되는 하늘나라로 이끄는 것 같았기 때문이었죠. 이렇게 소박하고 고요한 시간에 네이선이 뿔테 안경을 쓰고 성경을 읽으면, 촛불은 경건하고 진지한 그의 얼굴을 비췄어요. 난로를 사이에 두고 맞은편에 앉은 헤스터는 집중해서 듣다가 한 번씩 고개를 끄덕이기도 하고 신음을 내뱉기도 했어요. 가끔 약속이 이루어지는 대목이나 기쁜 소식이 들리는 부분에서는 열정적으로 "아멘"을 외치기도 했죠.

베시는 고모 옆에 앉아 있었는데, 그녀의 마음은 아마도 집안일에 가 있기도 하고, 또 어쩌면 곁에 없는 사람 생각을 하는 것 같기도 했어요. 이 소박하고 고요한 시간은 이 집안사람들에게는 감사한 일이자, 지친 아이를 위한 자장가처럼 위안이 되는 시간이었어요. 그러나 그날 밤 베시는 —창턱에 제라늄 화분 몇 개가 놓인 낮은 창 옆에 앉아 있었는데, 그 창 옆에는 문이 나란히 있었습니다. 그 문으로 고모부가 들어온 지 15분쯤 지난 시각이었죠— 문의 나무 빗장이 소리도 내지 않고 살며시 올라가는 것을 보았습니다. 누군가 밖에서 들어 올리는 것 같았어요.

베시는 깜짝 놀라 집중해서 다시 들여다보았는데 그때는 전혀 움직임이 없었어요. 그녀는 고모부가 들어오고 나서 문을 잠글 때 문짝이 제자리에 제대로 놓이지 않은 게 아니었을까 생각했어요. 그렇게 생각해도 왠지 마음이 불편해서 자기가 헛것을 보았다고 스스로를 다독였어요. 그녀는 위층 방으로 올라가기 전에 창가로 가서 어두운 바깥을 살폈습니다. 모든 게 조용했죠. 아무것도 보이지 않았고, 아무 소리도 들리지 않았어요. 그리하여 세 사람은 조용히 잠자리에 들었습니다.

그 집은 오두막보다 조금 나은 정도였어요. 현관문을 열면 거실이 바로 나왔고, 위층엔 노부부의 침실이 있었어요. 거실로 들어서 왼쪽으로 돌면 바로 오른쪽으로 문이 하나 있었고, 이 문을 통해 들어가면 거실만큼 안락하진 않았지만 헤스터와 베시의 자랑거리인 작은 응접실이 나왔어요. 둘은 어떤 경우에도 이곳을 접빈실로 쓰지 않았어요. 난롯가엔 조개껍데기와 말린 꽃들이 있었고, 이 집에서 가장 좋은 서랍장과 반짝반짝 빛나는 접시 세트까지 있었어요. 또 바닥엔 밝은색 카펫이 깔려 있었지만, 사실 전반적으로 아늑하고 섬세하고 깔끔한 응접실 느낌은 아니었답니다. 이 응접실 위로 벤저민이 어린 시절 쓰던 침실이 있었어요. 그 방은 언제라도 벤저민이 쓸 수 있도록 그대로 두었습니다. 침대도 그대로였는데, 8~9년 전부터 아무도 쓰지 않았어요. 어머니가 이따금씩 조용히 숯불 다리미로 침대를 데우고 환기도 완벽하게 시켰죠. 그러나 그런 일은 남편이 없을 때만 했고 아무에게도 말하지 않았어요. 베시도 고모가 그렇게 소용없는 일을 하는 것을 보며 눈물이 그렁그렁 차올라 선뜻 나서서 도와주겠다고 하지 못했습니다. 어쨌든 그 방은 사용하지 않는 물건들을 쌓아놓는 장소가 되었고, 한쪽 구석은 항상 겨울에 먹을 사과를 보관하는 공간이 되었어요.

벽난로를 마주한 상태에서 거실의 왼쪽으로, 그러니까 창문과 바깥 출입문 맞은편으로는 문 두 개가 있었어요. 그 중 오른쪽 문은 부섭지붕이 달린 부엌으로 이어져 있었고, 그곳에는 농장 뒷마당으로 나가는 문이 있었어요. 왼쪽 문을 열면 층계로 이어졌는데, 그 계단 아래엔 각종 물건을 보관하는 수납공간이 있었고, 그 너머로는 착유실이 있었지요. 그리고 그 위는 베시의 침실이었습니다. 베시의 작은 방 창문을 열면 부엌의 지붕 경사가 보였어요. 위층이건 아래층이건 창에는 블라인드도 셔터도 없었습니다. 돌로 지은 이 집은 작은 여닫이 창문틀까지도 돌로 만든 것이었어요. 거실의 길고 낮은 창문은 일반 저택이라면 중간문설주라 부를 만한 기둥으로 나뉘어 있었습니다.

내가 지금 말하고 있는 이날 밤 9시, 모두 잠자리에 든 때였습니다. 평소보다 더 늦은 시각이었어요. 이 집안사람들은 양초를 켜두는 것을 굉장한 낭비로 생각했기 때문에 시골치고도 일찍 잠자리에 들었답니다. 그러나 이날 밤 베시는 웬일인지 잠을 이루지 못했어요. 평소엔 베개에 머리를 대기만 하면 5분도 지나지 않아 깊은 잠에 빠졌거든요. 그녀의 생각은 존 커크비의 암소에 이르렀고, 혹시라도 전염병이 아닌지, 그래서 자기 집 소들에게 옮기지나 않을지 걱정이 들었어요. 이런 집안일 걱정 사이로 좀 전의 불편한 기억이 생생하게 떠올랐어요. 바로 빗장이 저절로 오르내리던 걸 본 기억이었죠. 그녀는 자기가 헛것을 본 게 아니라 진짜 일어난 일이었다고, 그걸 본 순간보다 지금 더 확신이 들었어요. 그녀는 그 일이 고모부가 성경을 읽고 있을 때가 아니었으면 좋았을 거라고 생각했습니다. 그러면 바로 문을 열어 확인했을 테죠. 그러다 보니 어느덧 불안하게도 초자연적인 현상으로 생각이 뻗쳤고, 그러다가 자연스럽게 사촌이자 어린 시절 친구이자 첫사랑인 벤저민에 대해 생각했어요.

베시는 벤저민이 실제로 죽은 게 아니더라도 영원히 잃어버린 사람이라고 포기한 지 오래였습니다. 그러나 그렇게 영원히 포기하는 건 그가 자신에게 저지른 모든 잘못을 완전히 용서해야 가능한 일이었습니다. 그녀는 아직까지도 그를 애정 어린 마음으로 기억했어요. 커서는 비뚤어진 길을 갔을지 모르나, 그녀의 기억 속에서는 순진무구한 아이, 기운찬 소년, 잘생기고 씩씩한 젊은이였으니까요. 베시를 향한 존 커크비의 조용한 관심, 그 속마음이 내비치기라도 했다면 —그가 사실 베시에게 마음이 있는지조차 명확하진 않지만, 정말 있다면— 그녀의 첫 번째 반응은 자신도 모르게 풍파에 찌든 그 중년 남성의 풍모와, 자신의 기억 속에 또렷이 살아 있지만 이제 이승에서는 더 이상 볼 수 없을 것 같은 벤저민의 얼굴을 비교하는 것이었겠지요. 그녀는 이런저런 생각에 빠져 잠을 못 이루고 침대에서 이리저리 몸을 뒤척였어요. 마침내 도저히 잠을 못 잘 것 같다고 느꼈을 때, 갑작스럽게 깊은 잠에 빠지고 말았죠.

그러다가 그녀는 갑자기 완벽하게 잠에서 깼습니다. 그리고 일어나 앉아 자신을 깨운 소리를 들어보았어요. 그 소리는 한동안 다시 나지 않았어요. 분명 고모부 방에서 난 소리였습니다. 고모부는 깨어 있는 게 분명했어요. 그런데 1~2분 동안 귀를 기울여보아도 아무 소리도 들리지 않았어요. 잠시 후 고모부가 방문을 열고 휘청거리는 발걸음으로 급하게 아래층으로 내려가는 소리가 들렸어요. 베시는 고모가 아픈 게 틀림없다는 생각이 들었어요. 그래서 다급하게 침대에서 일어나 덜덜 손을 떨며 서둘러 옷을 챙겨 입었죠. 그러고 나서 방문을 열었을 때, 현관문 열리는 소리가 나더니 여러 사람이 드잡이하는 것 같은 소리가 났어요. 헐떡거리며 거친 말을 마구 쏟아내는 소리였죠. 그녀는 재빨리 상황을 이해할 수 있었습니다. —이 집은 호젓한 곳에 있는 데다, 고모부는 넉넉하게 산다는 평이 나 있었습니다— 도둑들이 이 늦은 시간에 길을 묻는 척하며 쳐들어온 것이었습니다. 존 커크비의 소가 병이 났기 때문에 옆집 남자들을 부를 수 있는 게 얼마나 다행인지. 그녀는 이렇게 생각하면서 자기 방으로 돌아와 창문을 비집고 나가 지붕을 미끄러져 내려갔어요. 그러고는 맨발로 헐레벌떡 뛰어 축사로 향했습니다.

"존, 존! 제발 빨리 와봐요. 우리 집에 도둑이 들었어요. 고모부와 고모가 살해당할지도 몰라요!"

그녀는 빗장을 지른 축사 문틈에 대고 겁에 질린 목소리로 다급히 속삭였어요. 즉시 문이 열렸죠. 존과 수의사는 베시의 말을 제대로 알아들은 건지 어리둥절한 표정이었죠. 그래도 바로 움직일 태세였어요. 베시는 자기도 아직 확실치 않은 일을 설명하기 위해 잘 알아들을 수 없는 말투로 더듬더듬 말을 이었어요.

"현관문이 열렸다고 했어?"

존은 쇠스랑을 들었고, 수의사는 다른 농기구를 들었습니다.

"그럼 우리도 거기로 들어가 놈들을 잡아야 해."

"빨리요! 빨리!"

베시는 커크비의 팔을 붙잡아 끌며 그 말밖에는 할 수 없었습니다. 세 사람은 재빨리 집으로 가서는 모퉁이를 돌아 열린 현관으로 들어섰습니다. 두 남자는 축사에서 쓰던 랜턴을 들고 왔는데, 여기저기 비추던 길쭉한 랜턴 불빛에 베시가 걱정하던 모습이 비쳤어요. 고모부가 정신을 잃은 채 부엌 바닥에 쓰러져 있었죠. 베시는 신경이 온통 고모부에게 가 있어서, 위층에서 발걸음 소리와 함께 사나운 목소리가 먹먹하게 들렸을 때도 고모가 급박한 위험에 빠졌다는 생각을 곧바로 하진 못했어요.

"일단 문 닫아, 베시! 놈들이 도망가지 못하게 막아야해!"

위층에 침입자가 몇 명인지도 모르는 위급한 상황에도 커크비는 용감하게 말했습니다.

수의사가 현관문을 걸어 잠그고 열쇠를 자기 주머니에 집어넣었어요.

"자, 어서!"

사느냐 죽느냐의 문제였어요. 아니, 어찌 되었건 확실하게 잡느냐 아니면 필사적으로 도망치느냐의 문제였죠. 베시는 고모부 옆에 무릎을 꿇고 살펴보았어요. 고모부는 말도 못 하고 의식도 없는 것 같았어요. 베시는 나무 의자에 있던 베개를 집어다가 고모부 목 밑에 괴었어요. 그녀는 부엌에 가서 물을 가져오고 싶었지만, 거칠게 몸싸움하는 소리, 둔탁하게 때리는 소리, 이를 앙다물고 내지르는 거친 욕지거리, 몸싸움에 숨이 차는 듯 힘겹게 내뱉는 사나운 말소리 때문에 움직일 엄두가 나지 않아 그저 부엌 바닥에 앉아 고모부 곁을 지킬 수밖에 없었어요. 어둠이 꼭 만질 수 있는 무언가처럼 두텁고 깊었습니다. 순간 갑작스러운 공포에 뛰는 심장이 덜컥 멈췄어요. 공포가 그녀를 사로잡았죠. 그녀는 살아 있는 생명체가 암흑 속에서 존재감을 드러내듯, 누군가가 자기처럼 숨죽이며 가까이 있다는 사실을 느꼈어요. 그 느낌은 가여운 고모부의 숨소리도 아니었고, 비현실적인 존재가 내뿜는 기운도 아니었어요. 분명 다른 누군가가 부엌에 함께 있었습니다. 어쩌면 고모부가 의식을 되찾을 때를 대비해 지키고 있던 사악한 강도 일당 중한 놈일 수도 있었어요.

베시는 자신과 함께 부엌에 있는 도둑이 숨죽이고 있는 것은 자기방어를 위해서라는 사실을 알 수 있었어요. 아직 정체를 들키지 않은 데다 현관문이 잠긴 것을 알고 있을 테니 몰래 도망가기 위해 굳이 자신을 드러낼 이유가 없었던 거죠. 도망가려는 시도는 불가능했습니다. 그러나 그자가 거기 그녀 가까이 무덤처럼 고요히 어둠 속에 도사리고 있다는 사실, 마음속에 드는 무시무시한 느낌, 어쩌면 치명적인 행동을 할지 모른다는 사실, 또 분명 그녀보다 어둠에 익숙해진 지 오래이기에 시야가 확보된 상태라는 사실이 베시를 압도했어요. 베시의 모습을 분간하는 상태에서, 여차하면 들짐승처럼 그녀에게 달려들 수 있는 상황인 거죠. 베시는 공포가 만들어내는 상상의 그림 속에서 움츠러들지 않을 수 없었어요. 위층에서는 여전히 몸싸움이 벌어지고 있었어요. 발이 미끄러지는 소리, 서로 때리는 소리, 분명 상대를 향해 스패너 같은 걸 던지는 소리, 몸싸움하다가 잠깐 멈춰선 순간 거칠게 숨을 헐떡거리는 소리까지 들려왔습니다.

그렇게 잠깐 싸움이 멈췄을 때, 베시는 누군가 자신을 향해 살금살금 다가오는 것을 느꼈어요. 싸움 소리가 멈추면 그 움직임이 멈췄고, 위층에서 다시 소리가 나기 시작하면 다시 움직이는 식이었어요. 그녀는 그 사실을 청각이나 시각이 아니라 미묘한 공기의 진동을 통해 감지했어요. 순간 베시는 같은 공간에 있던 남자가 계단으로 난 문 쪽으로 살금살금 다가가는 것을 느꼈습니다. 베시는 그자가 공범들에게 힘을 보태기 위해 계단을 올라가는 거라고 생각했어요. 그 순간 그녀는 꺅 소리를 내지르며 그자의 뒤를 쫓았습니다. 그녀가 문간에 다다르자, 문틈에서 새어 나오는 희미한 불빛 사이로 위층에서 한 남자가 강한 충격을 받고 굴러떨어지는 모습이 보였습니다. 남자는 그녀의 발치에 멈췄어요. 그러는 사이 어둠에 몸을 숨기고 살금살금 움직이던 그자가 갑자기 왼쪽으로 쓱 몸을 틀더니 잽싸게 계단 아래 벽장으로 들어가 버렸어요. 베시는 저자가 왜 저러는지, 애초에 공범을 도와주려 움직인 건지, 아니면 도망치려고 저러는 건지 궁리할 새가 없었어요. 그자는 물리쳐야 할 강도 일당일 뿐이었죠. 그녀는 다른 건 신경 쓰지 않고 재빨리 벽장문을 밖에서 잠가버렸습니다. 그러고 나서 그 어두운 구석에서 숨을 헐떡거리며 자기 앞에 굴러떨어져 뻗은 남자가 혹시 존 커크비나 수의사가 아닐까 겁에 질려 서 있었어요. 만일 둘 중 하나라면 나머지는 어떻게 된 것일까? 고모부는? 고모는? 그럼 또 나는 어떻게 되나? 이런 궁금증은 금방 해결되었어요. 그 두 남자가 천천히 무거운 발걸음으로 계단을 내려오고 있었죠. 그들은 한 남자를 끌고 내려오고 있었는데, 그자는 앙심으로 사납게 일그러지고 절망에 빠진 얼굴로, 심하게 맞아 꼼짝 못 하고 끌려왔어요. 얼굴은 피범벅이 된 채 퉁퉁 부어 있었죠. 존과 수의사 또한 남자에 비해 그다지 나아 보이지 않았어요. 남자를 끌고 오는 데 힘을 쏟느라 한 명은 랜턴을 입에 물고 있었어요.

"조심하세요. 발아래 한 사람이 더 있어요. 죽었는지 살았는지 모르겠어요. 고모부는 저쪽에 누워 있고요."

베시가 말했습니다. 그들은 여전히 계단에 서 있었어요. 그때 위층에서 굴러떨어진 강도가 몸을 움찔거리며 신음했어요.

"베시, 마구간으로 가서 이놈들 묶을 밧줄 좀 가져와. 그러고 나서 우리가 이놈들을 치울 테니, 당신은 가서 어른들부터 돌봐드려야겠어. 상태가 말이 아니야."

베시는 밧줄을 가지고 서둘러 돌아왔어요. 그녀가 돌아왔을 때는 빛이 훨씬 밝아졌어요. 누군가 갈퀴로 잔불을 그러모아 난롯불을 더 키웠거든요.

"저놈 보아하니 다리가 부러졌나 봐."

존이 아직 바닥에 누워 있는 남자를 가리키며 말했어요. 베시는 존과 수의사가 아직 정신이 온전히 돌아오지 않은 그자를 거칠게 결박하는 모습을 보면서 안됐다는 생각이 들 뻔했어요. 둘은 끌고 내려온 험악한 범인에게 한 것처럼 그자 역시 아주 세게 결박하고는 몸뚱이를 마구 굴렸어요. 그자는 고통에 몸부림쳤습니다. 그러자 베시는 안쓰러운 생각이 들어 그자의 입술이라도 축여주기 위해 물 한 컵을 가져다주었습니다.

"베시, 당신을 저놈과 단둘이 두는 게 꺼림칙하긴 하지만, 저놈은 다리가 부러진 게 분명하고, 또 정신이 들더라도 움직이지 못하기 때문에 절대 해코지 못 할 거야. 우린 이놈부터 처리해야 하거든. 그러고 나서 나나 수의사 중 한 명이 당신한테 곧바로 돌아올게. 그다음 집 밖에 저놈을 가둘 곳을 찾아보면 될 거야. 그럼 안전할 거야."

존이 침입자를 쳐다보며 말했어요.

그자는 피범벅에 시퍼렇게 멍이 든 상태로 무시무시한 표정을 짓고 있었습니다. 그자의 눈이 베시의 눈과 마주쳤어요. 베시의 눈이 공포에 사로잡힌 게 고스란히 드러나자, 그자가 쓴웃음을 지었어요. 그 웃는 표정 때문에 베시는 하려던 말이 쑥 들어가고 말았습니다. 베시는 차마 그자가 눈앞에 있는 상황에서 멀쩡한 공범 한 명이 아직 집 안에 머물고 있다는 말을 꺼낼 수 없었어요. 갇혀 있는 벽장문을 부수고 나와 무서운 육박전이 또다시 시작될까 두려웠거든요. 그래서 그녀는 자리를 뜨는 존에게 겨우 이렇게 답하고 말았습니다.

"멀리 가지 않을 거죠? 이 남자와 단둘이 남는 게 너무 무서워요."

"이놈은 아무 짓 못할 거야."

"그래요! 그래도 이 사람이 죽을까 봐 겁나요. 고모부와 고모도 있잖아요. 빨리 돌아와요, 존!"

"아이고, 알았어! 금방 올 테니 겁내지 마."

존은 안심하라는 듯 기분 좋게 대꾸했습니다.

베시는 그들이 자리를 뜬 뒤 문을 닫았어요. 그래도 혹시나 집 안에서 무슨 일이 일어날 걸 대비해 잠그진 않았습니다. 그러고 나서 고모부를 살펴보았는데, 존과 수의사와 함께 들어와서 처음 쓰러진 걸 봤을 때보다 숨소리가 한결 나아진 듯했어요. 불빛 아래 보니 고모부는 머리에 구타를 당한 상처가 있었어요. 아마도 그 상처 때문에 정신을 잃은 것 같았어요. 베시는 피가 줄줄 나는 상처 부위에 차가운 물로 적신 천을 대고 나서, 양초를 밝히고 고모를 보러 위층으로 향했습니다. 결박당해 꼼짝 못 하고 있던 침입자를 지나칠 때, 누군가 낮지만 다급한 목소리로 베시의 이름을 부르는 소리가 들렸어요.

"베시, 베시!"

목소리가 아주 가까이에서 들렸기 때문에 처음에는 자기 발치에 누워 있는 침입자가 부르는 소리라고 생각했어요. 그러나 다시 한번 목소리가 들렸어요.

"베시, 베시! 제발 날 꺼내줘!"

그녀는 층계참 아래 벽장문으로 가서 입을 열려고 했으나, 심장이 너무나도 거세게 뛰어 말을 할 수조차 없었어요. 다시 목소리가 들렸어요.

"베시, 베시! 그자들이 바로 올 거야. 나 좀 꺼내줘. 제발, 날 꺼내줘!"

그러더니 벽장 안의 사람이 문짝을 세게 걷어차기 시작했어요.

"쉬, 쉬!"

그녀는 엄청나게 겁에 질렸어요. '설마 아닐 거야, 설마.' 두려운 마음으로 물었어요.

"누구세요?"

베시가 잘, 너무나 잘 아는 목소리였습니다.

"나야, 벤저민."

그러고 나서 욕설이 이어졌죠.

"꺼내줘. 그러면 곧바로 사라질게. 내일 밤 영국을 떠나 다시는 돌아오지 않을게. 아버지 돈은 네가 다 가지면 되잖아."

"내가 돈 따위 신경 쓸 것 같아?"

베시는 단호한 태도로 말하고는 떨리는 손으로 자물쇠를 더듬거렸어요.

"난 이 세상에 돈 같은 건 없었으면 좋겠어. 오빠가 이 세상에 태어나기 전부터 말이야. 자, 이제 풀려났으니, 가. 다시는 오빠 얼굴 보고 싶지 않아. 오빠를 풀어주면 안 되는 거 아는데, 고모부와 고모 마음이 갈기갈기 찢어질 거 같아서, 그래서 풀어주는 거야. 오빠가 벌써 부모님을 죽인 게 아니라면 말이야."

그러나 벤저민은 베시가 미처 말을 마치기도 전에 어둠 속으로 사라졌습니다. 문은 활짝 열려 있었어요. 베시는 마음속에 새로운 공포가 들어차서 문을 다시 닫고 아예 걸어 잠갔어요. 그러고 나서 의자에 앉아 답답한 속을 가눌 수 없어 엉엉 울음을 토했습니다. 한동안 그러다가 지금은 그럴 때가 아니라는 걸 깨닫고 자리에서 일어섰어요. 팔다리에 무거운 추가 매달린 것처럼 힘들었기에 먼저 부엌으로 들어가 찬물을 한 잔 들이켰습니다. 놀랍게도 희미하게 고모부 목소리가 들렸어요.

"나 좀 일으켜줘. 고모 곁에 앉혀다오."

베시는 힘에 부쳤지만, 간신히 고모부를 일으켜 세워 위층으로 올라가도록 부축했습니다. 힘겹게 올라가서 헐떡거리는 고모부를 의자에 앉히고 나자, 존 커크비와 수의사 앳킨스 씨가 돌아왔어요. 존이 올라와 그녀를 도와주었죠. 고모는 기절한 상태로 침대에 누워 있었고, 고모부는 기력이 완전히 소진된 상태로 무력하게 앉아 있었어요. 베시는 두 분이 금방이라도 돌아가실까 봐 두려웠어요. 존이 그녀를 다독이고는 고모부를 부축해 침대에 뉘었어요. 베시가 가여운 고모를 보살피는 동안, 존은 아래층으로 내려가 위급할 때를 대비해 모퉁이 찬장에 보관해둔 진과 따뜻한 물을 가져왔습니다.

"두 분이 엄청난 충격을 받으셨어."

존은 고개를 가로저으며 티스푼으로 따뜻한 물에 탄 진을 두 분의 입에 떠 넣어주었어요. 그러는 동안 베시는 그들의 차가운 발을 주물렀지요.

"거기다가 이렇게 추운 곳에 방치되어 있었으니, 아, 이렇게 가여울 데가!"

존은 애틋한 눈길로 바라보았어요. 베시는 마음속으로 그를 축복했어요. 애처로운 표정을 짓는 존을 마음속 깊이 축복했습니다.

"난 가봐야겠어. 아까 앳킨스 씨를 농장에 보내 밥을 불러오라고 했거든. 잭이 밥과 함께 다른 놈을 지키러 축사로 왔어. 그놈이 우리에게 악다구니를 쓰기 시작해서, 일단 밥과 잭이 그놈한테 재갈을 물리는 걸 보고 왔거든."

"그 사람이 하는 말에 신경 쓰지 마세요!"

가여운 베시는 새로운 공포에 사로잡혀 외쳤어요.

"그런 사람들은 자기들 범죄에 꼭 다른 사람을 끌어들이려 하거든요. 재갈을 물렸다니 다행이에요."

"음, 난 먼저 앳킨스 씨와 함께 저기 묶어놓은 놈을 축사로 데려갈게. 저놈은 아직 잠잠한 상태야. 이놈들 처리에다 암소까지 돌봐야 하니 보통 일이 아니네. 어쨌든 내가 나귀를 타고 하이민스터에 가서 경찰과 의사를 불러올게. 우선 프레스턴 박사를 불러서 고모부 내외를 치료하고, 아래층에 있는 저 다리 부러진 놈도 살펴보게 해야지. 아무리 큰 죄를 지은 놈이라도 말이야."

"그래요. 어쨌든 빨리 의사를 불러주세요. 두 분이 누워 있는 모습이 꼭 교회에 있는 돌 조각상 같아요. 슬픈 얼굴이 뻣뻣하게 굳었어요."

"그래도 아까 물에 탄 진을 드시고 나서 얼굴에 핏기가 좀 돌아왔어. 적신 수건으로 이마를 닦아드리고 물과 미음을 드리는 게 좋겠어, 베시."

베시는 불을 들고 아래층으로 내려가 그들을 배웅했어요. 그녀는 그들이 침입자를 떠메고 집 모퉁이를 돌 때 차마 빛을 비출 수가 없었어요. 벤저민이 근처 어둠 속에 숨어 있다가 집 안으로 다시 들어올까 봐 두려웠기 때문이었죠. 그녀는 서둘러 부엌으로 들어가 출입문에 걸쇠를 걸어 잠그고 나서 서랍장을 끌고 와 문에 괴었습니다. 커튼이 없는 창을 지날 때는 유리 뒤에 혹시라도 하얀 얼굴이 자신을 노려보고 있는 게 아닐까 겁나서 아예 눈을 감았어요. 가여운 고모부 내외는 조용히 누워 있었어요. 고모의 자세는 조금 바뀌어 남편을 향한 채 한 팔로 그의 목을 감싸고 있었죠. 그러나 고모부는 아까 보았던 그대로였어요. 젖은 수건을 이마에 두른 채 눈빛이 완전히 생기를 잃진 않았으나, 죽은 사람처럼 앞을 지나치는 모든 것에 반응이 없었어요.

헤스터는 이따금 말문을 조금 열었어요. 무언가 감사의 표시를 하는 듯했죠. 그러나 네이선의 상태는 전혀 달랐습니다. 베시는 밤새도록 가여운 노인 내외를 한시도 놓치지 않고 살뜰히 보살폈어요. 그녀 역시 커다란 충격을 받아 가슴에 피멍이 든 상태였지만, 꿈결 같은 상태에서도 온 정성을 다해 제 할 일을 했어요.

베시가 파악하는 한 그 비정상적인 인물의 범행 가담 사실은 알려지지 않은 것 같았어요. 다행이다 싶었죠. 그 사실이 알려질까 봐 그녀는 밤새 공포에 시달렸어요. 생각만 해도 역겹고 혐오스러워 토할 것 같아서 아예 생각 자체를 마비시켰어요. 이제 그녀는 아주 예리하게, 또한 아주 뜨거울 정도로 생생하게 느끼고 생각할 수 있었어요. 밤새 잠을 못 자서 신경이 곤두선 점도 있었고요.

베시는 고모부가 (어쩌면 고모도 마찬가지로) 벤저민을 알아차렸을 거라고 생각했어요. 그러나 그러지 않았을 수도 있다는 실낱같은 가능성 또한 있었죠. 그리고 자신은 절대 비밀을 누설하지 않을 것이며, 무의식중에라도 그가 가담했다는 사실을 내비치지 않을 거라고 다짐했어요. 네이선의 경우 한마디도 내뱉지 않았어요. 베시는 고모의 침묵이 두려웠어요. 혹시라도 아들이 관여한 것을 고모가 알고 있지 않을까 싶었거든요.

의사는 그들을 면밀히 진찰했어요. 그는 네이선의 머리에 난 상처를 유심히 들여다보며 질문을 던졌어요. 그 질문에 헤스터가 대신 대답했는데, 답이 짧고 마지못해 답하는 느낌이었어요. 네이선은 계속해서 입을 꾹 다물고 눈도 감고 있었어요. 낯선 이를 보는 것 자체가 고통스러운 것 같았지요. 베시는 그들의 상태에 관해 자신이 할 수 있는 모든 답을 한 후, 떨리는 가슴을 안고 의사를 따라 아래층으로 내려갔어요. 그들이 아래층 거실로 내려왔을 때, 존이 현관문을 열어 환기를 시키고, 벽난로 주변을 쓸고 불을 지폈으며, 탁자와 의자까지 제자리에 정리해놓은 상태였어요. 그는 베시가 자신의 퉁퉁 붓고 상처 난 얼굴을 들여다보자 살짝 얼굴을 붉혔으나, 아무렇지 않다는 듯 웃어넘겼죠.

"나야 뭐 노총각이잖아. 일단 집 정리나 좀 해놓을까 해서. 선생님, 두 분은 좀 어떠신가요?"

"음, 내외분이 심각한 충격을 받으셨습니다. 심장을 안정시키도록 안정제와 남편분 머리에 바를 연고를 보내드리죠. 그나마 피를 흘린 게 다행이에요. 안 그랬으면 염증이 심했을 겁니다."

의사는 베시에게 노인 내외가 종일 자리에 누워 몸조리하도록 당부했습니다. 베시는 의사의 말을 듣고 밤새 두려워했던 것처럼 고모부 내외가 죽음을 목전에 둔 것은 아니라는 생각에 조금이나마 안도했어요. 의사가 세심한 간병이 필요하겠지만 어쨌든 회복되리라고 했으니까요. 그러나 베시는 잠시나마 차라리 그 반대였으면 하는 생각도 들었어요. 차라리 교회 뜰에 묻혀 안식을 얻는 게 낫다는 생각, 삶이 참으로 잔인하다는 생각, 숨어 있는 침입자의 억누른 목소리가 너무나 두렵다는 생각.

이 시각 존은 아침 식사 준비로 분주했어요. 솜씨 좋은 여성의 손길 같았습니다. 베시는 프레스턴 박사에게 요기 좀 하라고 권하는 존의 오지랖에 약간 짜증이 났어요. 그녀는 의사가 어서 자리를 떴으면 싶었거든요. 혼자 있고 싶었죠. 베시는 그 모든 행동이 존이 자신을 사랑하기 때문이라는 사실을 몰랐어요. 그 험상궂고 말수 적은 존이 이 사태를 겪는 내내 그녀가 얼마나 아프고 비참해 보이는지 걱정하면서, 프레스턴 박사의 식사까지 챙기는 모습이 손님을 대접하는 그녀의 일을 대신 맡고 있는 것임을 알지 못했습니다.

"소젖 짜는 걸 보고 왔어. 당신 집 소, 우리 집 소 모두 말이야. 앳킨스 씨가 아픈 소를 잘 치료해주었어. 때마침 그 녀석이 아팠던 게 얼마나 다행인지! 당신이 우릴 부르러 오지 않았다면 저 두 놈이 금방 일을 해치우고 떠났을 거 아냐. 드잡이를 해서라도 저놈들을 잡았으니 다행이지. 다리 부러진 놈은 죽을 때까지 상처를 떠안고 살겠죠, 선생님?"

"요크에서 열릴 순회 재판소의 피고석에 제대로 서 있지도 못할 겁니다. 재판은 2주 후면 열릴 테니까요."

"아! 그 말씀 들으니 생각나는데, 베시, 당신이 로이즈 판사 앞에서 증언해야 할 거야. 경찰이 당신한테 전해달라더군. 자, 여기 소환장도. 걱정할 거 없어. 오래 걸리지 않을 거야. 물론 기분 좋은 일은 아니겠지만. 그냥 무슨 일이 벌어졌는지 묻는 질문에 답하기만 하면 돼. 그리고 제인(존의 누이)이 노인 양반들하고 같이 갈 거야. 당신은 내가 마차로 태워다줄게."

베시의 얼굴이 왜 창백해지는지, 눈은 왜 또 흐려지는지 아무도 몰랐습니다. 그녀가 벤저민이 일당 중 하나였다는 사실을 증언해야 할까 봐 얼마나 두려워하는지 아무도 알지 못했습니다. 그나마 그것도 아직 경찰에서 그를 체포하지 못했다고 가정했을 때의 이야기죠.

다행히 베시는 최악의 재판은 모면하게 되었어요. 존은 그녀에게 질문에 답하되, 초점을 흐릴 수도 있으나 필요 이상의 말은 하지 말라고 당부했어요. 그리고 로이즈 판사와 법정 직원은 베시의 성품을 익히 알고 있는 바, 심문은 최대한 위압적이지 않게 진행되었습니다.

모든 게 끝나고 존이 베시를 태우고 집으로 돌아왔어요. 그는 돌아오면서 피고들을 식별하기 위해 네이선과 헤스터를 소환하지 않아도 될 정도로 증거가 충분하다는 사실에 기뻐했어요. 베시는 너무나 피곤해서 그게 왜 다행인지 잘 이해할 수 없었어요. 존이 생각하는 것보다 얼마나 더 큰 일을 모면한 건지 말이죠.

제인 커크비가 일주일 조금 넘게 그녀와 함께 머물렀습니다. 그건 베시에게 커다란 위안이었어요. 그렇지 않았다면 베시는 종종 자신이 미쳐버렸을 거라고 생각했어요. 고통으로 굳어버린 고모부의 얼굴을 볼 때마다 그 끔찍한 밤이 떠올랐죠. 고모는 슬픔이 다소 누그러지면서 원래의 신실하고 경건한 본성을 조금씩 되찾았어요. 그러나 속으로는 피를 흘리고 있다는 사실을 베시는 뻔히 알 수 있었습니다. 고모는 남편보다 빨리 원기를 회복했습니다. 그러나 의사는 그녀가 회복하는 와중에 시력 손실이 아주 빠르게 진행되고 있음을 감지했어요. 매일, 아니 매 시각 베시는 자기가 알고 있는 사실을 고모 내외에게 말해주었어요. 오히려 의혹을 자극하는 건 아닐까 하는 두려움 없이, 맨 처음부터 불안한 마음으로 그들에게 말했던 것처럼, 단 두 남자만이, 그것도 완전히 모르는 둘만이 사건을 일으킨 것이라고요. 베시가 모든 사실을 털어놓지 않았지만, 고모부는 사건에 관해 한마디도 묻지 않았어요. 그러나 베시는 혹시라도 벤저민이 혐의를 받고 있거나 붙잡힌 건 아닌지 정보를 알 수 있을 만한 사람, 혹은 그럴 만한 장소를 방문했다가 돌아와서는 서둘러 고모부의 불안을 해소해주기 위해, 생각하기도 싫은 사태가 벌어질 위험이 나날이 줄고 있다는 사실에 감사하며 자신이 들은 이야기를 전부 전해주었어요. 베시는 그럴 때마다 고모부의 눈빛이 주변을 살피며 어서 말해달라는 표정을 띠는 것을 간파했습니다.

베시는 날이 갈수록 고모 역시 자기가 처음에 두려워했던 것보다 더 많은 사실을 알고 있다고 생각하게 되었어요. 눈이 보이지 않게 된 헤스터가 남편, 굳은 표정에 수심 가득 찬 네이선의 손길을 더듬어 찾고는 깊은 고통에 빠진 그를 아무 말 없이 위로하려고 애쓰는 모습에는 무언가 겸허한 감동을 주는 마음이 느껴졌습니다. 베시는 애처로운 사랑의 손길을 보며 고모가 인지하고 있는 고모부의 고통이 얼마나 깊은지 느낄 수 있었어요. 고모가 초점 잃은 눈으로 남편을 바라보면, 눈물이 고모의 뺨을 타고 천천히 흘러내렸습니다. 그러면서 이따금 남편 이외에 아무도 듣는 사람이 없다고 생각하고는 행복했던 시절 교회에서 들었던 이야기를 속삭였어요. 신실하고 진실한 그녀는 그런 이야기가 남편을 위로해줄 거라고 생각했습니다. 그런 와중에도 고모는 날이 갈수록 점점 더 슬픔에 빠져들었어요.

순회 재판이 열리기 3~4일 전, 요크에서 열릴 재판에 출두하라는 소환장 두 장이 노인 내외에게 전달되었습니다. 베시도 존도 제인도 갑작스런 소환을 이해할 수 없었어요. 그들에게는 참석하지 않아도 된다는 통보가 온 지 오래고, 또 범죄자들의 유죄를 입증할 증거도 충분하다고 들었기 때문이었죠.

그러나 아아! 피고인들을 변호하기 위해 고용된 변호사가 그들로부터 제삼자가 연루되었고, 또 그 제삼자가 누구인지 이야기를 들은 것이었습니다. 그에 따라 피고 측 변호사는 피고인들이 단지 범행의 도구에 지나지 않으며, 집 안팎을 잘 알고 거주민들의 일상 동선까지 파악해 범행을 계획하고 지시한 범행의 총책임자가 따로 있다는 사실을 증명함으로써, 가능하다면 자기 의뢰인들의 형량을 줄이려고 했어요. 그렇게 하려면 피고들이 말한 대로 분명히 그 남자, 즉 아들의 목소리를 알아챘을 부모의 증언이 필요한 상황이었던 거죠. 게다가 벤저민이 이미 영국을 뜬 것으로 추정되니, 공범들로서는 배신도 아니었습니다. 베시 또한 벤저민이 현장에 있는 것을 목격했다는 사실은 아무도 몰랐습니다.

노인 내외는 어찌된 영문인지 몰라 당혹스럽고 지친 상태로 재판 전날 밤 요크에 도착했어요. 존과 베시가 동행했죠. 네이선은 여전히 속을 내비치지 않아, 마음속에 어떤 생각이 오가는지 베시는 알 수 없었어요. 그는 자신을 보듬는 늙은 아내의 떨리는 손길에 자신을 가만히 내맡기고 있을 뿐이었어요. 주변 사람을 의식하는 것 같지도 않고, 그저 무표정하게 굳어 있었습니다.

베시는 고모가 점점 더 아이처럼 변하는 것 같아 걱정되었어요. 남편에 대한 사랑이 크고, 따라서 불안도 큰 고모는 남편의 굳은 태도를 풀어주겠다는 일념으로 기억이 뒷걸음질 치는 것 같았어요. 그러다 보니 남편을 이전의 모습으로 되돌려놓겠다는 생각에 몰두한 채, 이따금 그가 왜 그렇게 변했는지 그 이유를 잊어버리는 것 같았어요.

"법정에서 우리 고모부 내외가 얼마나 힘없는 노인들인지 보면 괴롭히진 않겠죠?"

재판 당일 아침 마음속에 공포가 스멀스멀 피어오르는 것을 느끼며 베시가 존에게 물었어요.

"분명 그렇게 잔인하게 굴진 않겠죠?"

그러나 "분명"한 건 이런 것이었어요. 법정 변호사는 증언을 위해 증인석에 선 머리가 다 세고 비참한 몰골의 네이선 헌트로이드를 보고는 거의 사과하는 듯한 표정을 지으며 판사를 올려다보았습니다. 피고 측 변호인도 자리를 잡았고요.

"존경하는 재판장님, 제 의뢰인을 대신하여 저도 개탄해 마지않는 변론을 하지 않을 수 없습니다."

"계속하세요! 법적으로 마땅히 해야 할 일입니다."

판사가 단호히 명령했어요. 그러나 늙은 판사마저도 머리가 세고 표정은 굳어 있고 우묵한 눈에 근엄한 빛을 띤 네이선이 증인석 양편을 손으로 부여잡고 분명 자신에게 던져질 질문들을 예견한 듯 진실에서 움츠러들지 않겠다는 태도로 자신에게 이 말을 던졌을 때, 떨리는 제 입을 손으로 틀어막을 수밖에 없었습니다.

"돌들이여, 죄인을 향해 일어나라." (그는 영원한 정의에 관한 감각이 저절로 발현하는 것처럼 혼잣말을 했습니다)

"이름이 네이선 헌트로이드죠?"

"맞습니다."

"내브 엔드 농장에 사시죠?"

"그렇습니다."

"11월 12일 밤 기억하십니까?"

"예."

"그날 밤 소음이 들려 잠에서 깬 것으로 알고 있습니다. 그게 무슨 소리였죠?"

노인은 궁지에 몰린 짐승의 표정으로 질문한 변호사의 얼굴에 눈을 고정했어요. 법정 변호사는 그 표정을 결코 잊을 수 없을 겁니다. 죽는 날까지 그의 머릿속에서 떠나지 못할 거예요.

"제 방 창문에 돌멩이를 던지는 소리였습니다."

"처음부터 알아들었나요?"

"아닙니다."

"그럼, 잠에서 깬 건 무엇 때문이죠?"

"아내가 깨웠습니다."

"그렇다면 두 분 다 돌멩이 던지는 소리를 들은 거군요. 다른 소리는 들은 거 없습니까?"

긴 침묵. 그러고 나서 낮고 명확한 목소리가 울렸습니다.

"있습니다."

"무슨 소리였죠?"

"우리 벤저민이 문 좀 열어달라고 하는 소리였습니다. 확실히는 몰라도, 아내가 벤저민이라고 말했습니다."

"그리고 당신도 아들이라고 생각했죠, 그렇지 않습니까?"

"(이번에는 좀 더 큰 소리로) 제가 아내에게 다시 자라고 했습니다. 술 취해 헤매는 주정뱅이가 우리 아들일 리 없다고 말입니다. 우리 아들은 죽고 없다고 말했습니다."

"그때 아내는요?"

"아내는 잠에서 완전히 깨기 전부터 벤저민의 목소리를 들었다고 말했습니다. 아들이 문을 열어달라고 했다고요. 하지만 저는 꿈을 꾼 것이니 신경 쓰지 말고 다시 누워 자라고 했습니다."

"그래서 아내가 잠자리에 들었나요?"

긴 침묵. 판사, 배심원, 변호사, 방청객 모두 숨을 죽였습니다. 마침내 네이선이 입을 열었어요.

"아닙니다!"

"그럼 무엇을 했나요?" (주여, 저는 고통스러운 이 질문들을 어쩔 수 없이 해야만 합니다)

"아내가 가만히 있지 않을 것 같았죠. 아내는 항상 아들이 돌아올 거라고, 성서에 나오는 탕자처럼 돌아올 거라고 믿었습니다." (그는 목소리가 잠겼으나 진정하려 애썼고, 잠시 후 다시 말을 이었습니다)

"아내는 제가 일어나지 않으면 자기가 일어나 살피겠다고 했는데, 마침 그때 다시 목소리가 들렸어요. 저는 그때 온정신이 아니었습니다. 병이 나서 몸져누운 지 꽤 오래되었거든요. 소리가 나자 덜덜 떨렸습니다. 누군가 '아버지, 어머니. 저예요. 춥고 배고파요. 일어나서 문 좀 열어주세요'라고 하더군요."

"그럼 그 목소리의 정체는?"

"우리 아들 벤저민 같았어요. 선생님이 무슨 생각을 하시는지 알겠지만, 전 진실만을 말하고 있습니다. 물론 이런 말을 하는 게 너무나 고통스럽지만요. 저는 우리 벤저민의 목소리라고 말하지 않았습니다. 전 그냥 그런 것 같다고 말했을 뿐……."

"그거면 됐습니다. 그러고 나서 그 간청 소리를 듣고 아래층으로 내려가 문을 열고 저기 피고석에 앉아 있는 두 명의 피고인을 본 것이죠. 그리고 제삼자도?"

네이선은 동의의 표시로 고개를 끄덕였어요. 심지어 변호인도 너무나 딱한 마음에 그에게 더 이상 억지로 말을 시킬 수 없었습니다.

"헤스터 헌트로이드를 부르시오."

판사의 명령에 늙은 여인이 명백히 눈이 먼 장님의 모습으로, 또 선량하고 다정하지만 근심 걱정으로 찌든 얼굴로 증인석에 들어섰어요. 그러고는 존경심을 표하라고 배워왔던 사람들의 존재를 느끼고는 살짝 고개를 숙였습니다. 자신은 볼 수 없는 사람들에게로.

곧 자기에게 벌어질 일—가여운 그녀의 괴로운 마음으로는 도저히 알 수 없는 일—을 기다리며 서 있는 그녀의 겸허하고 눈먼 태도에서는 무언가 감동이 느껴졌어요. 그 모습은 그녀를 본 사람들 모두에게 말로 표현할 수 없는 감동을 불러일으켰어요. 변호인은 질문을 던지기 전 다시 사과했고, 판사는 조금 전처럼 단호하게 명령할 수 없었어요. 판사의 얼굴마저 온통 떨리고 있었죠. 배심원들은 피고 측 변호인을 불안한 눈빛으로 바라보았습니다. 피고 측 변호인은 판사가 선을 넘고, 배심원들이 상대편에 동정심을 표할 것 같다고 생각했습니다. 그에겐 증인에게 반드시 물어야 할 한두 가지 질문이 있었죠. 그리하여 그는 네이선으로부터 들은 사실들을 요약해 물었습니다.

"당신은 그 소리가 아들이 문을 열어달라는 소리라고 믿었습니까?"

"아! 우리 벤저민이 집에 왔어요. 확실해요. 어디로 갔는지는 누가 알겠어요?"

그녀는 숨죽인 법정에서 마치 아들의 목소리를 찾으려는 듯 이리저리 두리번거렸어요.

"그래요. 아들이 그날 밤 집에 왔고, 당신의 남편은 그를 들이려고 아래층으로 내려간 거죠?"

"아! 그런 거 같아요. 아래층에서 사람들이 시끄럽게 떠드는 소리가 들렸어요."

"그리고 당신은 그 목소리 중에서 아들 벤저민의 목소리를 알아들었습니까?"

"그게 우리 아들에게 해가 되는 건가요?"

표정으로 보아 그녀는 점점 이성을 찾으면서 상황을 파악하는 것 같았어요.

"질문의 요지는 그게 아닙니다. 그가 이미 영국을 떠난 것 같으니, 당신이 어떤 말을 해도 아들에게 해가 되진 않을 겁니다. 아들의 목소리를 알아들은 거죠?"

"예, 그래요. 확실합니다."

"그리고 사람들이 위층 당신의 방으로 들어왔습니다. 그자들이 뭐라고 하던가요?"

"남편이 어디에 돈을 숨겨두었는지 물었습니다."

"그래서 그들에게 대답해주었나요?"

"아니오. 왜냐하면 남편이 싫어할 걸 알기 때문이었어요."

"그럼 어떻게 했습니까?"

머뭇거리는 표정이 보였어요. 인과관계를 파악하는 것 같았죠.

"그냥 베시 들으라고 소리를 질렀어요. 제 조카딸 말입니다."

"그러고는 누가 아래층에서 고함치는 걸 들으셨죠?"

그녀는 처량한 눈먼 눈길로 변호인을 바라볼 뿐, 대답은 하지 않았습니다.

"배심원단 여러분, 여러분은 특히 이 사실에 주목해주시기 바랍니다. 그녀는 누군가 제삼자가 고함을 치는 소리를 들었다고 인정했습니다. 위층에 있는 두 남자를 향해 고함쳤다는 것이죠. 그가 뭐라고 했을까요? 그게 바로 여러분에게 던지는 제 마지막 질문입니다. 아래층에 남아 있던 제삼자가 뭐라고 했을까요?"

그녀의 얼굴이 씰룩거렸어요. 말을 꺼내려는 듯 입을 두세 번 벌렸다 닫았다 하며 간청하듯 두 팔을 뻗었으나, 말을 꺼내지 못했습니다. 그러고 나서 털썩 쓰러지고 말았어요. 가까이 있는 사람들이 그녀를 부축했습니다. 네이선이 다시 증인석에 앉았어요.

"존경하는 판사님. 판사님도 어머님이 계시겠죠? 자기 어머니에게 그런 모진 말을 하는 건 절대 해서는 안 되는 짓입니다. 문을 열어달라고 소리쳤던 건 제 아들, 제 독자가 맞습니다. 그리고 늙은 년이 소리 지르는 걸 멈추지 않으면 목을 베라고 시킨 것도 제 아들 맞습니다. 아내는 조카딸에게 도와달라고 소리를 질렀고요. 자, 이제 판사님은 진실을 들으셨습니다. 모든 진실을요. 이제 판사님이 신의 뜻에 따라 정의로운 판결을 내리시면 됩니다."

그날 밤이 찾아오기 전 어머니는 경기를 일으켰고, 결국 임종에 들었습니다. 그렇게 마음이 무너진 사람들은 집으로 돌아갔습니다. 그 자리에는 하느님의 위안만이 남았을 뿐이죠.

# 인형

버넌 리

나는 이게 내 인생에서 마지막으로 산 골동품이라고 믿어(그녀는 르네상스 시대 장식함을 닫으면서 말했다). 이거하고 우리가 방금 사용한 중국 디저트 식기 세트가 마지막이란 말이야. 난 완전히 열정이 식은 것 같아. 그리고 그 이유를 알 것 같아. 식기 세트와 작은 장식함을 살 때 물건 하나를 같이 샀는데—그걸 물건이라고 부르는 게 맞는지도 모르겠네— 그거 때문에 죽은 사람의 재산을 뒤져서 골동품 구하는 일에 완전히 질려버렸거든. 나는 네게 그 이야기를 하고 싶은 마음이 자주 들었어. 하지만 바보같이 보일까 봐 계속 포기했었지. 어떨 땐 그게 마치 비밀처럼 내 마음을 짓눌러. 그래서 바보같이 보이나 마나 아무래도 난 네게 그 이야기를 해야 할 것 같아. 자, 땔감 좀 더 가져오라고 시키게 벨을 눌러. 그리고 램프 앞에 저 가림막을 쳐줘.

✳ ✳ ✳

2년 전 가을 움브리아주 폴리뇨에서 있었던 일이야. 나는 여관에 혼자 있었지. 너도 알다시피 내 남편은 골동품 사러 다니는 여행에 동행하기에는 너무 바빴어. 그리고 만나기로 한 친구는 병이 나서 나중에 오기로 했거든. 폴리뇨는 사람들이 흥미진진하게 여기는 곳은 아니지만 나는 어쨌든 그곳이 좋았어. 폴리뇨 주변에는 그림 같은 작은 마을이 여기저기 많았어. 그리고 분홍빛이 도는 거칠고 거대한 돌산에는 호랑가시나무가 자라고 있었는데, 사람들은 그곳에서 배수로를 따라 차도까지 땔나무 섶을 굴려서 옮기곤 했어. 담쟁이덩굴이 덮인 돌산 측면을 따라서는 작은 강이 흘렀어. 또한 15세기 프레스코화에서나 보던 풍경이 펼쳐져 있었는데, 분명 네가 잘 아는 풍경일 거야. 그래도 내가 가장 좋아하는 것은 물론 고풍스러운 멋진 궁전이야. 그 분홍색 돌로 장식된 출입구며 기둥들이 늘어선 안뜰과 아름다운 격자 창살은 대부분 관리가 잘된 상태였어. 왜냐하면 폴리뇨는 장이 서는 길목으로 골짜기에 자리한 일종의 중심지였기 때문이지.

내가 폴리뇨을 좋아하는 주된 이유는 따로 있었다. 그것은 바로 폴리뇨에서 유쾌한 골동품상을 찾아냈기 때문이었다. 유쾌한 골동품점이라고 하지 않은 건, 그에게 20프랑

이상 값어치가 나가는 물건은 아무것도 없기 때문이었다. 어쨌든 그는 유쾌하고 매력적인 나이 든 남자였다. 그의 세례명은 오레스테스였는데, 나는 그것마저도 좋았다. 그는 흰 턱수염을 길게 길렀고, 갈색 눈에는 친절함이 묻어났으며, 손이 아름다웠다. 그는 언제나 망토 속에 토기 화로를 지니고 다녔다. 그는 석공 우두머리로 일하다가 아름다운 물건과 고향의 과거에 대한 열정으로 골동품 사업에 뛰어들었다. 그는 옛이야기를 모두 알고 있었고, 내게 마타라조의 연대기를 빌려주었으며, 지난 600년 동안 모든 일이 어디서 일어났는지 정확히 알고 있었다. 그는 그 지역 독재자였던 트린시 가문에 관한 이야기와 지역 성인이었던 성 안젤라에 관한 이야기도 해주었다. 또한 마치 개인적으로 아는 사람이라도 되는 것처럼 발리오니 가문과 체자레 보르자와 율리오 2세 이야기도 들려주었다. 그는 성 프란치스코가 새들에게 설교한 장소를 보여주었으며, 프로페르티우스—그게 프로페르티우스였나? 아니면 티불루스였나?—의 농장이 있었던 곳도 보여주었다. 그리고 내가 골동품을 구하러 그와 동행해 여기저기 다닐 때면 구석구석마다, 아치길마다 발을 멈추고 이런 식으로 이야기했다.

"자, 여기가 제가 말한 그 수녀들을 데리고 갔던 곳이에요."

"추기경이 칼을 맞은 장소가 바로 저곳이죠."

"대학살 후 궁궐을 파괴한 자리에 쟁기로 땅을 간 후 소금을 뿌린 곳이 여기예요."

그런 이야기를 할 때마다 오레스테스는 마치 현재가 아니라 그 시절을 사는 것처럼 모호하고 아득하고 울적한 표정을 짓곤 했다. 그는 또한 쇠 걸쇠가 달린 저 작은 벨벳 장식함을 사는 걸 도와주었다. 그건 정말 우리 집안에 있는 최고의 물건이다. 그렇게 나는 폴리뇨에서 온종일 여기저기 헤매기도 했고, 저녁이면 오레스테스가 빌려준 연대기를 읽으며 행복한 나날을 보냈다. 그래서 오지 않는 친구를 그토록 오래 기다려도 그다지 신경 쓰이지 않았다. 달리 말해 나는 떠나기 마지막 3일 전까지는 완벽할 정도로 행복했다. 그리고 이제 드디어 내가 구입한 그 이상한 물건에 관한 이야기를 할 차례다.

오레스테스는 어느 날 아침 연신 어깨를 으쓱대며 폴리뇨의 어떤 귀족 한 명이 내게 중국 자기 세트를 팔고 싶어 한다는 정보를 건넸다.

"그중 일부는 금이 갔지만 어쨌거나 부인은 우리 지역에서 가장 훌륭한 궁궐 한 곳을 볼 수 있을 겁니다. 그 모든 방이 한때…… 뭐, 값비싼 건 아무것도 없지만요. 그래도 시뇨라*께서는 과거의 가치를 아시는 분이니까요."

궁궐은 드물게 보는 17세기 후반 건축물이었다. 깔끔하

---

*

여성에 대한 이탈리아어 호칭으로 프랑스어의 마담(madam)에 해당한다.

게 건설된 작은 르네상스 건물들 사이에서 마치 거대한 막사처럼 보였다. 모든 창문마다 거대한 사자 두상이 장식되어 있었고, 사륜마차 두 대가 거뜬히 지날 수 있는 커다란 대문과 백 명이라도 수용할 것 같은 너른 안마당이 있었다. 스투코*로 천사상이 새겨진 거대한 계단이 있었고, 지붕은 돔 형태였다. 문지기가 살았던 집에는 구두장이가 살고 있었고, 궁궐 1층에는 비누 공장이 있었으며, 주랑이 늘어선 안뜰 끝에는 멋대로 자란 노란 덩굴식물과 죽은 해바라기가 있는 정원이 있었다.

"웅장하면서도 아주 조악하죠. 거의 18세기풍이랄까요."

오레스테스가 단이 낮고 쿵쿵 소리가 울리는 계단을 오르며 말했다. 거대한 가문家紋 방패가 있는 대기실의 커다란 황금색 콘솔 위에 내가 살펴볼 수 있도록 디저트 식기 세트 일부가 펼쳐져 있었다. 나는 그 물건을 살펴보고 난 후 다음 날 나머지도 볼 수 있게 준비해달라고 말했다. 소유주는 신분이 매우 높은 사람이었으나 반쯤 망한—나는 이 저택의 상태로 보아 완전히 망했다고 생각했다— 상태로 시골에 거주하고 있었다. 이 궁궐의 유일한 거주자는 늙은 여인으로, 교회 문간에서 커튼을 올리고 손님을 맞는 사

---

*

14세기 이탈리아에서 개발되어 로마와 르네상스 시대에 많이 쓰였던
회반죽을 말한다.

람 같은 분위기가 났다.

궁궐은 매우 웅대했다. 그곳엔 교회만 한 크기의 연회실이 있었고, 접견실도 많았다. 하지만 모두 바닥이 더러웠다. 18세기 가구는 모두 변색된 누더기 같은 상태였다. 또 황제가 잠을 자던 온통 노란 새틴과 황금색으로 치장된 연회실이 있었는데, 보기 흉한 벽 선반에 놓인 색바랜 사진들이며 싸구려 칸막이와 소모사 쿠션들이 좀 더 현대의 거주인이 이곳에 살고 있음을 증명하고 있었다.

나는 늙은 여인이 페인트칠이 된 도금 셔터 하나하나의 빗장을 풀고 녹색이 도는 유리가 끼워진 창을 하나씩 여는 모습을 바라보았다. 그리고 그녀를 뒤따르면서 꽤 만족한 마음이 들었다. 내가 죽은 이들의 혼령 사이를 헤매고 있는 듯한 느낌이 들었기 때문이었다.

"이쪽 끝에 서재가 있어요. 시뇨라께서 제 방과 다림질실을 지나는 게 괜찮으시다면, 오시지요. 대연회실로 가는 길보다 더 빠른 길이거든요."

늙은 여인이 말했다. 나는 고개를 끄덕이고는 어수선해 보이는 하인들의 방을 통해 최대한 빨리 지나치려던 참이었다. 그 순간 나는 갑자기 걸음을 멈추고 뒷걸음질 쳤다. 맞은편에 1820년대 의상을 입은 여인이 앉아 있었는데, 전혀 움직임이 없었다. 다시 보니 그것은 커다란 인형이었다. 그녀는 마담 파스타와 레이디 블레싱턴의 그림처럼 카노바식의 고전적 얼굴을 하고 무릎에 두 손을 포갠 채 시선은 고정된 모습이었다.

"그 인형은 백작님 할아버지의 첫 번째 부인이십니다. 오늘 아침 우리가 옷장에서 꺼내놓았어요. 먼지 좀 털려고요."

늙은 여인이 설명했다. 인형의 옷차림은 최대한도로 세세한 곳까지 신경 써서 꾸민 상태였다. 그녀는 속이 비치는 실크 스타킹에 샌들을 신었고, 자수가 놓인 실크 벙어리장갑을 끼고 있었다. 염색한 머리는 헤어밴드로 앞머리를 삼각형으로 모은 상태였다. 뒤통수에는 커다란 구멍이 있어서 마분지로 만든 인형이라는 걸 알 수 있었다.

"아,"

오레스테스가 생각에 잠긴 모습으로 바라보다 입을 열었다.

"아름다운 백작 부인의 조상彫像이군요! 저는 완전히 잊고 있었네요. 젊은 시절에 본 이후로 한 번도 못 봤거든요."

그는 자신의 붉은 손수건으로 그녀의 포갠 손에 내려앉은 거미줄을 한없이 부드럽게 닦아내며 말했다.

"예전에는 원래 자기 방에 있었죠."

"그건 제가 오기 전이었어요."

늙은 여인이 말했다.

"제가 이곳에서 일한 지 30년이나 되었는데 언제나 옷장 안에 있었죠. 그럼 이제 백작님의 메달 컬렉션을 보러 가실까요?"

오레스테스는 나와 함께 숙소로 돌아오며 깊은 생각에 잠긴 모습이었다.

"매우 아름다운 숙녀셨죠."

내 숙소가 시야에 들어오자 그가 수줍게 입을 열었다.

"그러니까 제 말은, 현재 백작님 조부의 첫째 부인 말입니다. 그분은 결혼하고 나서 2년 후에 돌아가셨어요. 당시 백작님은 반쯤 미쳐버렸다고들 하더군요. 그분은 초상화를 토대로 그 인형을 만든 다음 가여운 백작 부인의 방에 놓았어요. 그러고는 매일 그곳에서 인형과 함께 몇 시간씩이나 보내셨답니다. 그러다가 저택에서 일하던 여자, 그러니까 세탁부와 결혼하고 나서야 그 일을 그만두었답니다. 새로 결혼한 부인 사이에서는 딸을 하나 보았고요."

"정말 기이한 이야기군요!"

나는 그렇게 대꾸하고는 더 이상 그에 관해 생각하지 않았다.

그러나 인형만은 다시 내 머릿속으로 들어왔다. 그녀와 그녀의 포갠 두 손, 크게 뜬 두 눈과 남편이 결국 세탁부와 결혼하면서 끝났다는 이야기.

다음 날 우리가 옛 중국 디저트 식기 세트 일체를 보러 궁궐에 다시 갔을 때, 나는 갑자기 인형을 다시 한번 보고 싶은 기이한 마음이 들었다. 내 하녀가 접시 하나를 들다가 놓치는 바람에 생긴 것 같은 빠진 이가 원래 있었던 흠인지 아닌지 오레스테스와 늙은 여인과 백작의 변호사가 따져보며 정신 팔린 틈에, 나는 살짝 그곳을 빠져나와 다림질실로 향했다.

인형은 그곳에 그대로 있었다. 하인들이 아직 먼지를 털지 못한 것 같았다. 가두리에 작은 주름 장식이 달린 그녀의 흰 새틴 원피스와 짧은 보디스*는 때에 찌들어 회색으로 변색되어 있었다. 그리고 술 장식이 달린 검은 머릿수건은 거의 붉은색으로 변색되어 있었다. 반면 처량 맞은 흰색 실크 벙어리장갑과 실크 스타킹이 거무스름해 보였다. 옆에 있던 테이블에서 떨어진 것 같은 신문이 그녀의 무릎에 놓여 있었다. 아니면 누군가 거기에 던져놓았으리라. 그녀는 마치 신문을 들고 있는 것처럼 보였다. 그때 나는 문득 그녀가 입은 옷이 실제 죽은 백작 부인이 입던 옷이라는 생각이 떠올랐다. 그리고 테이블 위에서 먼지가 잔뜩 끼고 텁수룩한 가발, 그러니까 앞쪽에는 머리밴드를 둘렀고 뒤쪽에는 정성 들인 굵은 컬이 진 가발을 보았을 때, 즉각 그게 그 가여운 숙녀의 진짜 머리로 만든 것임을 알아차렸다.

"아주 잘 만들었네요."

아니나 다를까 내 뒤를 쫓아온 늙은 여인에게 나는 수줍게 말했다.

그녀는 팁을 받을 수 있다면 상대가 어떤 마음이건 그

---

*

목에서 허리까지 드레스의 상체 부분을 덮는 전통의상이다.

저 비위를 맞추면 그만이라는 생각 같았다. 그녀는 오싹할 정도로 능글맞은 웃음을 보이더니, 이 조상이 내가 진짜 관심을 가질 만한 물건임을 증명하겠다는 듯 소름 끼치는 태도로 인형의 팔 관절을 구부리고 또 다리 관절을 구부려 흰 새틴 치마 아래 두 다리를 꼬아놓았다.

"아, 아, 제발. 그러지 마요!"

나는 늙은 마녀에게 소리 질렀다. 발끝에 샌들 하나가 오싹하게 대롱대롱 매달린 채 계속 흔들렸다.

나는 내 하녀가 인형을 응시하는 나를 볼까 봐 두려웠다. 어쩐지 내 하녀가 그녀에 관해 어떤 말을 하건 견디지 못할 것 같았다. 그리하여 나는 카노바식 여신 또는 앵그르식 성모의 얼굴이랄까, 그 얼굴의 고정된 검은 시선에 완전히 매료되긴 했지만, 억지로 시선을 거두고 다시 디저트 식기 세트를 보러 돌아갔다.

나는 그 인형이 내게 무슨 일을 벌였는지 모른다. 그러나 어느새 그녀 생각만 온종일 하고 있는 게 아닌가. 마치 고통스러울 정도로 큰 관심이 가는 새로운 사람을 만나 단박에 정을 주었는데, 우연히 그 여인의 비밀을 알아버린 느낌이었다. 나는 어찌 된 일인지 그녀에 관하여 모든 걸 알고 있었다. 오레스테스가 알려준 첫 번째 정보—나는 그녀에 관한 이야기를 나누고 싶은 마음을 억누를 수 없었다고 고백한다—는 내게 새로운 정보가 아니었다. 그저 내가 인지하고 있는 사실을 확인한 것뿐이었다.

인형—이렇게 표현하는 이유는 내가 조상과 실제 인물을 구분하지 못했기 때문이다—은 교육을 받은 수녀원에서 나오자마자 결혼했다. 그리고 짧은 결혼생활 동안 그녀를 향한 남편의 미친 사랑 때문에 세상과 격리된 채 살아야만 했다. 그녀는 그저 수줍음 많고 자긍심 강하며 경험이 없는 아이에 불과했다.

　그녀가 남편을 사랑했을까? 그녀는 그 질문에 즉각 대답하지 않았다. 그러나 나는 점차 그녀가 말로 표현할 수 없는 깊은 방식으로 진정 남편을 사랑했음을, 남편이 자신을 사랑하는 것보다 더 크게 사랑했음을 알게 되었다. 그녀는 남편의 태평스럽게 흘러넘치는 애정, 그 수다스럽고 노골적으로 드러내는 애정에 어떻게 응대해야 할지 잘 몰랐다. 남편은 잠시도 그녀를 향한 사랑을 표현하지 않을 수 없었다. 침묵을 몰랐다. 그녀는 간절히, 고통스러울 정도로 자신의 감정을 표현할 말을 찾고 싶었지만, 찾을 수 없었다. 남편이 그걸 바랐다는 건 아니다. 그는 의지가 약했지만 성격이 밝고 감상적인 성향을 지닌 사람이었다. 남의 감정에 관해서는 아무것도 신경 쓰지 않으며 오로지 자신의 감정에 빠져 몰두할 뿐이었다. 그 무아경 같던 수다스럽고 모든 걸 빨아들이는 사랑을 나누던 2년 동안, 남편은 모든 사교활동을 저버렸을 뿐 아니라 자신의 업무도 완전히 방치했다. 그러면서도 이 다듬어지지 않은 젊은 여인을 가르쳐 진정한 동반자로 만들려고 하지도 않았다. 또한 자신의 인형(우상)에게 마음이 있는지, 저 자신만의 인격이 있는지 호기심을 보이지도 않았다. 그녀는 이러한 무관심이 스스로 표현할 수 없는 저 자신의 어리석음, 생각조차 하기 힘들 정도의 무능력 때문이라고 설명했다. 그러니까 자신이 그를 얼마나 사랑하는지 제대로 말도 못 하는데, 어떻게 남편이 자신이 알고 싶고 이해하고 싶은 마음이 있는지 알겠는가?

그러다가 마침내 주문呪文이 풀렸다. 할 말과 말을 할 수 있는 힘이 찾아왔다. 그러나 그건 죽음의 자리에서였다. 그 가여운 젊은 여인은 저 자신도 아이보다 더 나을 것 없는 상황에서 아기를 출산하다 죽었다.


거봐! 나는 너조차 이 모든 게 다 얼토당토않다고 생각할 줄 알았어. 나는 사람들이 어떤지, 우리가 모두 어떤지 알아. 그러니까 무언가에 관해 내가 느끼는 걸 다른 사람이 똑같이 느끼도록 만드는 게 불가능하다는 사실을 잘 안단 말이야. 넌 인형에 관한 이 모든 이야기를 내가 남편에게 했다고 생각해? 나는 나 자신에 관한 일은 뭐든지 남편에게 다 말하는 편이야. 그러면 남편은 매우 친절하게 응대하고 날 존중해줘. 하지만 그 누구에게도 인형 이야기를 꺼내는 건 어리석은 일이야. 그건 나와 오레스테스 사이에 비밀로 남았어야만 했어. 나는 오레스테스가 분명 가여운 숙녀의 감정을 모두 이해했을 거라 믿어. 어쩌면 벌써 나만큼이나 이해하고 있을지도 몰라. 어쨌든 일단 시작했으니까. 계속 이어나갈게.

나는 인형이—그러니까 내 말은, 그 여인이— 살아생전 어땠는지 모든 것을 알아. 그리고 똑같은 방식으로 그녀가 죽은 후에 관해서도 알게 되었지. 그저 너에게 말하지 않았을 뿐이야. 남편이 인형을 만들게 한 다음 그녀의 옷을 입혀 그녀의 내실에 놓았으며, 그 방은 그녀가 죽은 후로 그 어떤 것도 치우지 않고 그대로 있었다는 사실을 이야기하는 것만으로도 충분할 거야. 그런 다음 남편은 그곳에 아무도 들어가지 못하게 하고는 자신이 직접 청소하고 먼지를 털곤 했어. 그리고 매일 인형 앞에서 몇 시간씩 신음하고 울며 지냈지.

남편은 그렇게 세월을 보내다가 차츰 자신의 메달 컬렉션을 돌아보고 승마도 시작했다. 그러나 사교활동은 절대 하지 않았고, 인형이 있는 내실에서 한 시간씩 지내는 일도 소홀하지 않았다. 그러다가 어느 날부턴가 세탁부와 관계가 벌어졌다. 그때 그가 인형을 옷장에 집어넣었느냐고? 오, 절대 아니야. 그는 그런 식의 사람이 아니었다. 그는 감상적이고 그저 무언가를 이상화하는 걸 좋아하는 여린 마음의 소유자였다. 어쨌든 세탁부와의 연애는 아내에 대한 위로할 길 없는 열정 뒤편에서 차츰 커져갔다. 그는 절대 자신의 신분에 걸맞은 여자와 재혼해 아들에게 의붓어머니를 선사할 사람이 아니었다(먼 곳에 있는 학교로 보낸 아들은 타락하기 시작했다). 세탁부와 정식으로 결혼한 것도 그가 거의 노망이 든 상태인 데다, 그 상태에서 그녀와 사제들이 또 다른 자식을 법적으로 인정하도록 아주 강하게 몰아세웠기 때문이었다. 그는 세탁부와의 연애가 평화롭게 이어지는 동안에도 오랫동안 인형의 방에 방문했다. 그러다가 차츰 늙고 게을러지면서 횟수가 줄어들었다. 인형의 먼지를 터는 일을 다른 사람들에게 시키기 시작하다가 마침내 먼지 터는 일 자체가 사라지고 말았다. 그는 아들과 말다툼을 벌이고 나서 힘없는 시골뜨기 영감처럼 부엌에서 대부분의 여생을 보내다가 죽음을 맞이했다.

타락한 아들—인형의 아들—은 부유한 과부와 결혼했다. 바로 그 과부가 내실을 개조하고는 인형을 치워버렸다. 그러나 세탁부의 딸, 그러니까 서출은 배다른 오빠의 궁궐에서 일종의 가정부 역할을 했는데, 그녀에겐 인형에 대한 경의가 아직 남아 있었다. 그 이유는 한편으로 죽은 백작이 그토록 유난을 떨었기 때문이었고, 또 한편으로는 그게 분명 돈이 많이 들어간 것이기 때문이었다. 또한 그 인형이 진짜 숙녀였기 때문이기도 했다. 그리하여 내실을 개조한 후 옷장을 하나 비우고 그곳에서 인형이 살도록 했다. 그리고 그녀는 가끔 그곳에서 인형을 꺼내 먼지를 털었다.

음, 이 모든 일이 내게 자각되었을 때, 내 친구가 폴리뇨로 오지 않을 것이며 나더러 페루자로 오라는 전보가 도착했다. 작은 르네상스 시대 장식함은 런던으로 보냈다. 오레스테스와 내 하녀와 나는 중국 식기 세트와 과일 접시 하나하나를 조심스럽게 건초 바구니에 포장했다. 나는 친애하는 오레스테스를 위한 작별의 선물로 「아치비오 스토리코」* 한 질을 주문했다. 나는 절대 그에게 현금이나 넥타이핀 같은 것을 준다는 건 꿈도 꾸지 않았다. 그러고 나니 단한 시간도 폴리뇨에 머물 이유가 없었다. 게다가 나는 요즘기분이 아주 침체했고—우리 같은 가여운 여자들은 여관에서 홀로 6일을 머물 수 없다고 생각한다. 골동품과 연대기와 헌신을 다하는 하녀가 있더라도 마찬가지다— 이곳을 떠나기 전에는 기분이 나아질 수 없다는 사실을 잘 알고있었다. 그렇지만 나는 떠나기 어려웠다. 아니, 불가능했다. 허심탄회하게 털어놓겠다. 나는 인형을 저버릴 수 없었다. 가여운 마분지 머리에 구멍이 뻥 뚫린 그녀를 여기에 그대로 두고 떠날 수가 없었다. 앵그르 성모의 모습을 한 그녀를 그 늙은 여인의 더러운 다림질실 안에서 먼지를 뒤집어쓰도록 놔둔 채 떠날 수가 없었다. 그건 말 그대로 불가능한 일이었다. 그렇지만 나는 떠나야만 했다. 그리하여 나는오레스테스를 불렀다. 나는 내가 원하는 게 무엇인지 정확히 알았다. 그러나 그건 불가능해 보였고, 왜 그런지 그에

---

*

1842년부터 발행되기 시작한 이탈리아 역사 저널이다.

게 부탁하는 게 두려웠다. 나는 용기를 그러모은 다음 그게 이 세상에서 가장 자연스러운 일인 것처럼 입을 열었다.

"친애하는 시뇨레* 오레스테스, 제가 부탁드릴 마지막 한 가지 구매 건이 있어요. 저는 백작이 그…… 그분 할머니의 조상을 저에게 팔았으면 좋겠어요. 그러니까, 그 인형 말이에요."

나는 오레스테스가 지난 시절의 원본 의상을 그렇게 완벽하게 차려입은 실물 크기의 형상이 아주 귀중한 역사적 가치를 지니고 있음을 쉽사리 이해할 수 있도록 일장 연설을 준비해둔 상태였다. 그러나 그 자리에서 그런 말을 늘어놓을 필요도 없고, 그런 말을 할 엄두도 나지 않음을 잘 알 수 있었다. 테이블 맞은편에 앉아 있던 오레스테스는—그는 내가 호텔에서 저녁 식사를 함께하자고 권했음에도 그저 와인 한 잔과 빵 한 조각만 받아들였다— 천천히 고개를 끄덕이더니 눈을 크게 뜨고 내 전신을 자신의 시선에 담는 것 같았다. 그가 놀란 건 절대 아니었다. 그는 나를, 아니 내 제안을 가늠해보고 있었다.

"불가능한 일일까요?"

내가 물었다.

"제 생각엔 백작이……"

<hr>

*

이탈리아어로 남성에 대한 존칭이다.

"백작은 말 한 필 가격만 주면 자기 영혼이라도 팔 겁니다. 그러니까 영혼이 있다고 치면 말이죠. 자기 할머니 파는 일은 차치하고라도 말이지요."

그 순간 나는 이해했다. 그리고 친애하는 노인의 시선 안에서 아이가 된 기분이 들었다.

"시뇨레 오레스테스, 우리가 서로 안 지는 그리 오래되지 않았지요. 그래서 저는 당신이 저를 완전히 믿어주시기를 바랄 수는 없습니다. 어쩌면 죽은 이의 집에서 가구 같은 걸 사들여 제집에 놓는 일 또한 사람의 인격을 대단히 돋보이게 하는 건 아니겠지요. 하지만 저는 제 나름대로 정직한 여성이라고 말씀드리고 싶어요. 또한 이 일에 관해서는 꼭 저를 믿어달라고 당부드리고 싶네요."

오레스테스는 고개를 숙이며 예를 표했다.

"제가 백작에게 말해 인형을 부인께 팔도록 해보겠습니다."

나는 인형을 밀폐된 마차에 태워 오레스테스의 집으로 보냈다. 그의 가게 뒤에는 정원이 있었는데, 그 정원은 작은 포도밭으로 이어져 있었다. 그곳은 움브리아의 거대한 산들이 둥글게 감싸 안은 듯한 장소였다. 나는 그곳을 눈독에 들였다.

"시뇨레 오레스테스, 포도밭으로 땔나무를 좀 가져다주실 수 있을까요? 저는 당신의 부엌에서 아름다운 도금양과 월계수 땔나무를 본 적이 있어요. 그리고 국화를 몇 송이만 좀 꺾어도 될까요?"

우리는 포도밭 끝에서 함께 장작을 쌓고는 그 한가운데 인형을 얹었다. 그리고 그녀의 무릎에 국화꽃을 올려놓았다. 그녀는 제정 시대 스타일의 흰 새틴 드레스 차림으로 그곳에 앉았다. 밝은 11월의 햇살 아래 옷이 더욱 하얗게 반짝이는 듯했다. 그녀의 고정된 검은 눈은 경탄에 빠진 시선으로, 사방이 푸른 안개에 쌓인 원형극장처럼 산이 포근하게 감싸고 있는 이곳, 푸른 아침 햇빛을 받아 노란 포도덩굴과 붉어가고 있는 복숭아나무, 반짝이는 이슬 맺힌 풀밭을 응시하고 있었다.

오레스테스는 성냥을 그어 천천히 솔방울 하나에 불을 붙였다. 솔방울이 벌겋게 달아오르자 그는 조용히 그것을 내게 건넸다. 건조한 월계수와 도금양 가지들에 타닥거리며 불이 붙자 신선한 송진 냄새가 풍기기 시작했다. 인형은 화염과 연기의 베일을 썼다. 몇 초 지나지 않아 화염이 가라앉고 연기를 내뿜는 나뭇가지들이 타닥거리며 부서졌다. 인형은 사라졌다. 그저, 그녀가 있던 자리 깜부기불 속에 아주 작고 빛나는 무언가가 남았다. 그것은 고풍스러운 결혼반지였다. 실크 장갑 속에 숨어 보이지 않던 물건이었다.

"이거 가지세요, 시뇨라. 당신이 그녀의 슬픔을 끝냈습니다."

오레스테스가 나를 바라보며 말했다.

과
거

엘런 글래스고

나는 그 집에 들어서자마자 무언가가 잘못되었다는 사실을 알아차렸다. 이전에 한 번도 그처럼 화려한 저택—5번가 가까이 있는 큰 저택 중 하나—에 가본 적이 없었으나 처음부터 이 웅장한 저택에 무언가 불안한 비밀이 숨겨져 있다는 인상을 받았다. 나는 늘 인상을 간파하는 일에 민감한 편이었는데, 내가 저택에 들어서고 난 후 검은 철문이 닫힐 때 마치 감옥에 들어선 듯한 기분이 들었다.

내 이름을 밝히고 새로 온 비서라고 말하자 이 집안 안주인의 나이 든 하녀가 나를 맞아주었다. 그녀는 울다가 온 것 같은 인상을 풍겼다. 그녀는 친절하게 고개를 끄덕였으나 아무 말도 하지 않은 채 나를 이끌고 홀로 간 후, 다시 저택 후면 계단을 따라 3층에 있는 산뜻한 침실로 안내했다. 햇빛이 잘 들고, 벽이 부드러운 노란색으로 칠해져 있는 방은 매우 쾌적한 느낌이었다. 슬픈 표정의 하녀가 외투와 모자를 벗는 내 모습을 바라보고 있을 때, 나는 이 방이 참 안락한 공간이라고 생각했다.

"혹시 피곤하신 게 아니라면, 밴더브리지 부인이 편지 몇 통 쓰는 걸 받아쓰게 하고 싶어 하세요."

하녀는 이내 안주인의 말을 전했다. 그녀가 처음으로 내뱉은 말이었다.

"예, 전혀 피곤하지 않습니다. 부인의 방으로 안내해주시겠어요?"

내가 알기로 밴더브리지 부인이 나를 고용한 이유 중 하나는 우리의 필체가 놀랍도록 비슷하다는 점이었다. 우리는 둘 다 남부 출신이었다. 그녀는 지금 두 대륙에서 미모로 유명한 여자가 되었지만, 나는 그녀가 어린 시절에 프레더릭스버그의 작은 여학교를 다녔다는 사실을 잊을 수가 없었다. 적어도 그게 내 생각 속 공감의 연결고리였다. 나는 하녀를 따라 좁은 계단을 내려간 다음 드넓은 홀을 지나 저택의 앞쪽으로 향할 때 그 사실을 떠올렸다.

1년이 지난 후 되돌아보면서도 나는 그 첫 만남의 세세한 내용을 하나하나 모두 떠올릴 수 있다. 4시가 채 되지 않은 시각이었지만 홀에는 이미 전등이 켜져 있었다. 나는 아직도 계단 위와 또 핑크색 러그 위에 둥글게 빛나는 그 감미로운 빛을 생생히 기억한다. 발에 닿는 러그는 매우 부드럽고 감촉이 좋아 마치 꽃을 밟는 듯한 느낌이 들었다. 또한 2층 어느 방에서 들리는 음악 소리도 기억나며, 온실에서 풍기는 백합과 히아신스 향도 온전히 기억난다. 나는 그 모든 것을 잊지 않았다. 음악 한 소절 한 소절, 온갖 향기 모두를. 그중에서 가장 생생한 기억은 바로 밴더브리지 부인이었다. 문이 열리고 벽난로의 장작불을 응시하던 그녀가 자세를 돌려 나를 바라보았을 때의 그 모습을.

그녀는 우선 나와 시선이 마주쳤다. 그녀의 눈이 너무나 아름다워서 한순간 다른 그 무엇도 눈에 들어오지 않았다. 잠시 후 나는 짙은 붉은색 머리와 맑고 창백한 피부, 그리고 푸른색 실크 다회복茶會服을 입은 키 크고 유연한 몸매를 천천히 눈에 담았다.

그녀의 발아래에는 백곰 모피 러그가 깔려 있었다. 그렇게 장작불 앞에 서 있던 그녀는 마치 크리스털 화병이 빛을 흡수하듯 집의 아름다움과 색조를 온통 빨아들인 듯한 모습이었다. 그녀가 내게 말을 걸며 가까이 다가오고 나서야 나는 그녀의 시선에서 슬픔을 감지했고, 또 그녀의 입이 양쪽으로 약간 처지면서 긴장한 듯 떨리는 모습을 감지했다. 지치고 피곤해 보이긴 했지만 이후 그 어떤 때—오페라를 관람하기 위해 화려하게 차려입었을 때조차—와 견주어 보아도 그날 오후처럼 그녀가 마치 절묘한 한 송이 꽃같이 사랑스러워 보인 적이 없었다. 그녀를 더 잘 알게 된 후에야 나는 그녀가 기복이 있는 미인이라는 사실을 깨달았다. 그 모든 화사한 색채가 다 빠져나간 것처럼 보이는 때도 있었고, 때로 활기 없고 수척해 보인 적도 있었다. 그러나 컨디션이 좋을 때의 그녀는 그 누구와도 비교조차 할 수 없을 정도로 아름다웠다.

그녀는 내게 몇 가지 질문을 던졌다. 그녀는 상냥하고 친절해 보였지만, 나는 그녀가 내 대답에 거의 귀를 기울이지 않는다는 사실을 느꼈다. 내가 책상에 앉아 잉크에 펜을 담글 때 그녀는 벽난로 앞 소파에 털썩 주저앉았는데, 그 동작이 내게는 절망적으로 보였다. 그녀는 발로 흰 모피 러그를 톡톡 두드리며 손으로는 황금색 소파 쿠션에 달린 레이스를 불안하게 잡아 뜯었다. 그 순간 나는 그녀가 어떤 약물을 복용하고 있는 게 아닌가 싶은 생각이 들었다. 그리하여 그 효과가 이제 드러나고 있다는 생각. 그때 그녀는 나를 똑바로 바라보았는데, 마치 내 생각을 읽은 것 같았다. 그러자 나는 내 생각이 틀렸다는 사실을 곧바로 깨달았다. 반짝반짝 빛나는 그 커다란 눈은 어린아이의 눈만큼이나 순진무구했다.

그녀는 몇 가지 소소한 편지를 쓰게 했다. 모두 초대를 거절하는 내용이었다. 그런 후 내가 여전히 펜을 들고 기다리고 있을 때 재빠른 동작으로 소파에서 똑바로 자세를 고치더니 낮은 목소리로 말했다.

"나 오늘 밤 외식하러 나가지 않겠어요, 미스 렌. 컨디션이 안 좋네요."

"아, 유감이네요."

그녀가 내게 왜 그런 말을 하는지 이해하지 못했기 때문에 나는 그렇게 답할 수밖에 없었다.

"괜찮으시다면, 저녁 식사 함께하지 않겠어요? 나하고 밴더브리지 씨만 함께할 거예요."

"부인께서 원하신다면, 물론 좋습니다."

나는 그녀가 내게 무언가를 청하면 쉽사리 거절할 수가 없었다. 그렇지만 그렇게 대답하면서도 만일 그녀가 내게 자기 가족처럼 생활하기를 기대하는 것이라면 절대, 설령 봉급을 두 배로 올려준다 하더라도 절대 이 일을 맡지 않았을 것이라고 생각했다. 내가 지닌 몇 안 되는 옷가지는 선택의 폭이 거의 없었다. 나는 입을 만한 것이 하나도 없다는 사실을 깨달았다.

"아, 별로 내키지 않는 것 같네요."

잠시 후 그녀가 덧붙였다. 거의 염원이 묻어날 듯한 호소 같았다.

"하지만 이런 일이 자주 있진 않을 거예요. 우리끼리 있을 때만이니까요."

그때 나는 이게 부탁인지, 명령인지 아무튼 이상하다고 생각했다. 그녀의 말투에는 명백하게 남편과 단둘이 식사하고 싶지 않다는 느낌이 묻어났기 때문이었다.

"저는 어떤 식이 되었건 부인을 도울 준비가 되어 있습니다. 제가 할 수 있는 일이라면 뭐든지요."

나는 그녀의 호소에 너무 깊이 마음이 흔들려 티를 내지 않으려고 애를 썼지만 목소리가 떨리고 말았다. 나는 일생을 외롭게 살아온 터라 내가 필요한 사람이라면 누구에게라도 애정을 쏟을 준비가 되어 있었고, 밴더브리지 부인의 표정에 묻어나는 호소를 읽은 처음 그 순간부터 그녀를 위해 뼈 빠지게 일해도 좋다고 느꼈다. 그녀가 내게 무엇을 요구하건 그런 목소리라면, 그런 표정이라면, 나로서는 그 무엇도 못 할 게 없었다.

"이렇게 친절하시니, 정말 좋아요."

그녀는 그렇게 말하며 처음으로 미소를 보였다. 살짝 짓궂은 표정이 서린 소녀같이 매력적인 미소였다.

"우린 서로 잘 지낼 것 같아요. 당신에겐 편히 이야기를 할 수 있으니까요. 지난번 비서는 영국인이었는데, 내가 말을 걸 때마다 죽도록 놀라더라고요."

그때 그녀의 목소리가 심각해졌다.

"남편과 식사하는 거 괜찮은 거죠? 로저, 그러니까 밴더브리지 씨는 이 세상에서 가장 매력적인 남자예요."

"저게 그분 사진인가요?"

"예, 피렌체 액자에 있는 사진이요. 그 옆에 있는 건 내 오빠예요. 우리가 닮았나요?"

"그렇게 말씀하시니, 닮은 부분이 있어 보이네요."

나는 이미 탁자에서 피렌체 액자를 집어 들고 밴더브리지 씨의 이목구비를 열심히 살피고 있었다. 이목을 끄는 얼굴이었다. 생각이 깊은 표정에 가무잡잡한 얼굴, 이상하게도 사람의 마음을 끄는 그림 같은 얼굴. 물론 그건 사진사의 기술 덕분이겠지만. 들여다볼수록 기묘하게도 어디서 본 듯한 익숙한 느낌이 들었다. 이전에 그 사진을 본 적이 있다는 인상이 무엇 때문에 들었는지 여전히 기억을 더듬고 있던 다음날이 되어서야 깨달았다. 내 기억 속에 문득 지난겨울 특별전에서 보았던 피렌체 귀족 남성의 옛 초상화가 떠오른 덕분이었다. 화가의 이름은 기억나지 않았다. 유명한 화가였는지도 모르겠다. 어쩌면 그 사진은 초상화와 똑같은 것인지도 모른다. 두 얼굴 다 상상력을 자극하는 똑같은 슬픔이 묻어났고, 이목구비가 잊히지 않을 만큼 아름다웠으며, 누구라도 둘 다 어두운 색채가 풍성하다고 느낄 만했다. 딱 한 가지 드러나는 차이점은 사진 속 남자가 초상화보다 훨씬 더 나이 들어 보인다는 점뿐이었다. 그리고 나는 나를 고용한 숙녀가 밴더브리지 씨의 두 번째 부인이며 남편보다 열 살에서 열다섯 살 정도 더 어리다는 사실을 떠올렸다.

"그이보다 더 잘생긴 얼굴을 본 적이 있나요? 티치아노가 그린 그림처럼 보이지 않나요?"

밴더브리지 부인이 물었다.

"그분이 정말 이렇게 잘생기셨나요?"

"지금은 좀 더 나이 들고 약간 더 슬퍼 보여요. 하지만 딱 그 차이예요. 우리가 결혼할 땐 정말 그 사진과 완벽히 똑같았어요."

그 순간 그녀는 망설이는 태도를 보였다. 그러다가 거의 씁쓸한 말투로 불쑥 내뱉었다.

"어떤 여자라도 사랑에 빠질 만한 얼굴 아닌가요? 어떤 여자라도, 그러니까 살아 있는 사람이건 죽은 사람이건 포기 못 할 얼굴 아닌가요?"

가여운 여인! 나는 그녀가 잔뜩 긴장했다는 사실을, 누군가 이야기를 나눌 사람이 필요하다는 사실을 깨달았다. 그러면서도 처음 본 낯선 이에게 그토록 솔직하게 터놓고 이야기를 하는 게 이상하게 느껴졌다. 나는 그토록 부유하고 그토록 아름다운 사람이 왜 그토록 불행해 보이는지 의아했다. 나는 평생을 가난하게 살았기에 돈이 행복의 첫 번째 필수조건이라고 생각했다. 그런데 그녀가 불행하다는 것은 그녀의 아름다움, 또는 그녀를 감싸는 호화로움만큼이나 명백했다. 그 순간 나는 내가 밴더브리지 씨를 증오한다고 느꼈다. 그들의 결혼에 숨은 비극적 비밀이 무엇이건 간에 본능적으로 잘못이 아내에게 있는 게 아니라고 느꼈다. 그녀는 여전히 여학교를 대표하는 미의 여왕처럼 다정하고 매력적이었다. 나는 그녀 탓이 아니라는 믿음을 넘어 사실이라고 굳게 확신했다. 그리고 그녀 탓이 아니라면 도대체 남편 말고 누구의 잘못이란 말인가?

몇 분 후 부인의 한 친구가 차를 마시러 왔다. 나는 위층 내 방으로 올라가 여동생 결혼식을 위해 샀던 푸른색 호박단 드레스를 꺼냈다. 드레스를 보며 여전히 갈등하고 있을 때, 누군가 방문을 두드렸다. 슬픈 얼굴의 하녀가 찻주전자를 들고 들어왔다. 그녀는 테이블에 쟁반을 내려놓고는 내가 짐을 푸는 일을 마치고 램프 아래 안락의자에 앉을 때까지 긴장한 듯 손에 든 냅킨을 비비 꼬며 기다렸다.

"밴더브리지 부인은 어떤 것 같으세요?"

하녀는 불안하고 긴장한 것처럼 숨을 헐떡이다가 갑자기 질문을 던졌다. 나를 쳐다보는 초조한 눈길이 이상하게 날카로웠다. 이 집안의 안주인부터 하인들까지 모든 이가 내게 질문하고 싶어 하는 것 같았다. 말수 없어 보이는 하녀가 힘겹게 말문을 열어야 할 만큼.

"내가 이제까지 본 그 누구보다 더 사랑스러운 분 같더군요."

나는 아주 잠깐 망설이다 대답했다. 자신의 안주인에 대해 경탄한다고 해서 내게 무슨 해가 될 리 없었다.

"맞아요. 그분은 정말 사랑스러워요. 모든 사람이 다 그렇게 생각한답니다. 그리고 성격도 얼굴만큼이나 너무 다정해요."

그녀는 점점 말수가 늘어났다.

"저는 그렇게 다정하고 친절한 숙녀분을 모신 적이 없어요. 그분은 항상 부자로 사신 건 아니에요. 그리고 바로 그런 점이 다른 이에게 가혹하게 굴거나 이기적으로 대하지 않는 이유일 수도 있어요. 타인에 대해 많은 시간을 생각하는 삶을 사는 이유 말이죠. 이제 결혼하신 지 6년이 되었어요. 그동안 저는 그분과 계속 함께 지냈는데, 한 번도 그분이 안 좋은 말을 하는 걸 들어보지 못했답니다."

"알 것 같아요. 그분이 가진 모든 걸 따져보면 당연히 행복할 수밖에 없겠죠."

"그래야겠지요."

하녀의 목소리에서 힘이 빠졌다. 그러더니 들어올 때 닫았던 방문을 의심스러운 눈길로 힐끗거렸다.

"그래야 하죠. 하지만 그렇지 않아요. 전 요즘 그분처럼 불행한 사람을 본 적이 없어요. 요즘 들어 말이에요. 그러니까, 지난여름부터예요. 이런 말 하면 안 될 것 같지만······ 그래서 저는 오랫동안 혼자 속에 담아두고 있었어요. 그런데 더는 못 참을 것 같은 기분이 들어요. 저는 그분이 제 피붙이라 하더라도 지금보다 더 좋아할 수 없을 만큼 그분이 좋아요. 그런데 그분이 하루하루 고통받는 걸 지켜보면서 한마디도 못 했어요. 그분에게도요. 그분은 이런 식의 일을 터놓고 말하는 분이 아니라서······ 아!"

하녀는 감정을 주체하지 못하고 허물어졌다. 내 발아래에 무너져 두 손으로 얼굴을 가렸다. 분명 몹시 고통스러워했다. 나는 그녀의 등을 토닥였다. 그녀가 이토록 깊이 애정을 느끼고 있다니, 밴더브리지 부인이 얼마나 훌륭한 안주인인지 놀라지 않을 수 없었다.

"저는 이 집에 처음 온 데다 부인에 관해 아는 게 없다는 거 아시잖아요. 아직까지 남편분 얼굴도 못 봤고요."

나는 언제나 하인들과 터놓고 지내는 걸 피해왔기 때문에 경계하며 말했다.

"하지만 전 당신이 믿을 만한 분이라고 생각해요."

하녀 또한 안주인처럼 신경이 날카로웠다.

"그리고 그분에겐 정말 도움이 필요해요. 진정한 친구가 필요하답니다. 어떤 일이 벌어지더라도 곁을 지켜줄 수 있는 그런 사람이요."

나는 아래층에서 느꼈던 것처럼 또다시 사람들이 약이나 술에 취해 있는 곳에 온 것이 아닌가, 그게 아니라면 모두 제정신이 아닌 것 같다는 생각이 스쳤다. 우리는 가끔 그런 곳이 있다는 이야기를 듣곤 하지 않던가.

"제가 어떻게 도움이 될 수 있을까요? 그분은 저에게 속을 터놓지 않을 거예요. 만약 그런다고 하더라도 제가 뭘 해야 할까요?"

"곁에서 보살펴줄 수 있지 않을까요? 그분에게 해가 끼치지 않도록 도와주세요, 당신이 볼 수 있다면요."

그녀는 자리에서 일어서더니 붉어진 눈을 냅킨으로 눌러 닦았다.

"전 그게 뭔지 모르지만, 존재한다는 건 알아요. 볼 수 없어도 느낄 수 있어요."

그렇다, 그들은 모두 제정신이 아니었다. 달리 설명할 길이 있겠는가. 그 일 전체가 완전히 믿을 수 없는 일이었다. 그건 일어날 수 없는 일이라고 나는 스스로 되뇌었다. 심지어 책 속에서 일어난 이야기라 해도 아무도 믿지 않을 것이다.

"하지만 부인의 남편은요? 그분이야말로 부인을 보호해야 할 분이잖아요?"

그녀는 내게 절망적인 눈길을 보냈다.

"그분도 할 수 있다면 하셨겠죠. 그분 탓이 아닙니다. 그렇게 생각하시면 안 돼요. 그분은 이 세상에서 가장 훌륭한 남자입니다. 하지만 그분은 부인을 도울 수 없어요. 알지 못하기 때문에 도울 수가 없어요. 그분은 그걸 보지 못하니까요."

어딘가에서 벨이 울렸다. 그러자 하녀가 쟁반을 집어 들고는 그대로 멈춰 선 채 꽤 오랫동안 나를 바라보다가 입을 열었다.

"볼 수 있다면, 부인이 해를 입지 않도록 돌봐주세요."

그녀가 떠나고 나자 나는 문을 걸어 잠그고 방 안의 불을 모두 켰다. 정말 이 집안에 비극적 미스터리가 있는 것인가? 그게 아니면 내가 처음 상상한 대로 모두 미친 것인가? 부드러운 전깃불 빛 아래 앉자 처음 이 저택의 철문 안으로 들어설 때 느꼈던 불안과 우려의 감각이 온통 나를 감쌌다. 무언가 잘못되었다. 누군가 저 사랑스러운 여인을 불행하게 만들고 있었다. 남편이 아니라면 도대체 그자는 누구란 말인가? 하녀는 그녀의 남편을 "이 세상에서 가장 훌륭한 남자"라고 말했다. 눈물을 흘리며 말하는 목소리에 묻어나는 진정성을 의심할 수는 없었다. 아, 그 수수께끼는 내게 너무나 풀기 힘든 숙제였다. 나는 마침내 한숨을 쉬며 포기했다. 이제 아래층으로 내려가 밴더브리지 씨를 만날 시간이 다가오는 게 두려워졌다. 그때의 나는 내 몸의 모든 신경, 모든 조직에서 그 남자를 보는 순간 증오하게 될 거라고 느꼈다.

그러나 8시가 되어 내키지 않은 기분으로 아래층으로 내려갔을 때 나는 깜짝 놀라고 말았다. 나를 맞아주는 밴더브리지 씨는 친절하기 이를 데 없었다. 그의 눈을 바라보자마자 그의 성정에 그 어떤 악의도 그 어떤 폭력적 성향도 없음을 확신할 수 있었다. 실제로 보니 그는 특별전에서 보았던 초상화와 더욱 닮아 보였다. 그 피렌체 귀족보다 훨씬 더 나이 들어 보이긴 했지만, 그 생각 깊은 표정은 완전히 똑같았다. 물론 예술가는 아니지만 나는 언제나 나만의 방식으로 사람의 성격을 파악하려고 노력해왔다. 게다가 밴더브리지 씨의 얼굴에서 드러나는 성격과 지성을 간파하는 데는 특별히 예리한 관찰자의 시선이 필요치 않았다. 심지어 지금 이 순간에도 나는 그가 내가 이제까지 보았던 그 어떤 사람보다 더욱 고귀한 얼굴이라고 기억한다. 하지만 내가 적어도 일말의 통찰력을 지니지 못했다면 그 얼굴에 숨은 우울의 기미를 간파하지 못했을 것이다. 그러한 분위기는 오직 그가 깊은 생각에 빠져 있을 때만 드러났기 때문이었다. 그럴 때면 그 슬픔이 마치 그의 얼굴에 베일처럼 퍼져나가는 것 같았다. 하지만 그럴 때가 아니라면 그는 밝은 표정에 심지어 태도도 매우 쾌활한 편이었다. 선명하고 검은 눈은 억누르지 못할 유쾌함으로 이따금 초롱초롱 빛났다. 결혼 전에 그랬던 것처럼 여전히 아내를 사랑하는 눈빛이 그대로 묻어났다. 그 사실을 간파하고 나니 그들 부부를 둘러싼 미스터리가 더 커지기만 했다. 그의 잘못도 그녀의 잘못도 아니라면 도대체 이 집안을 둘러싼 검은 그림자는 누구의 잘못이란 말인가?

분명 그곳에는 그림자가 드리워져 있었다. 나는 우리가 전쟁과 봄에 찾아올지 모르는 평화의 가능성에 관한 이야기를 나누는 동안에도, 모호하고 어둡긴 했지만 그림자를 느낄 수 있었다. 흰 새틴 드레스 차림에 가슴에 진주목걸이를 한 밴더브리지 부인은 젊고 사랑스러워 보였으나, 그녀의 보랏빛 눈은 촛불 빛을 받아 거의 검은색으로 보였다. 나는 그런 검은색이 깊은 생각 때문에 생기는 것이라는 기이한 느낌을 받았다. 무언가가 그녀를 절망으로 몰아넣고 있었다. 하지만 그녀가 이러한 불안이나 걱정거리를 자신의 남편에게 한마디도 꺼내지 않았을 것이라고 확신했다. 그들은 서로 애정이 깊었지만 알 수 없는 두려움과 공포, 불안이 둘을 갈라놓고 있었다. 그것은 내가 이 집에 발을 들인 순간 느꼈던 것이자, 하녀의 눈물 젖은 목소리에 묻어났던 것이었다. 그것을 그저 공포라고 부를 수는 없었다. 그것에 그런 생생한 이름을 붙이기엔 너무 모호하고 감지하기 어려웠기 때문이었다. 그러나 이렇게 조용히 많은 세월이 지난 후에도 공포는 그 집에 만연했던 감정을 표현할 수 있는 유일한 단어다.

　나는 그토록 아름다운 정찬을 경험한 적이 없었다. 나는
다마스크 천과 유리잔과 은식기를 즐거운 기분으로 바라
보다가—내 기억으로 테이블 중앙에는 국화꽃이 담긴 은
색 바구니가 있었다— 밴더브리지 부인이 긴장한 듯 머리
를 흔들면서 방문과 그 너머 계단 쪽을 빠르게 힐긋거리는
모습을 보았다. 우리가 활기차게 이야기를 나누고 있을 때
밴더브리지 부인이 불현듯 고개를 돌렸다. 나는 막 그녀의
남편에게 질문을 던진 참이었다. 그러자 그가 순간적으로
주의력을 잃고 정신이 나가는 듯 보였고, 자신의 수프 접
시 너머 희고 노란 국화꽃을 생각에 잠긴 눈빛으로 바라보
았다. 나는 그런 그의 모습을 바라보다가 문득 그가 재정적
문제에 골몰한 게 아닌가 싶은 생각이 들었다. 나는 그에게
신중하지 못한 질문을 건넨 걸 후회했다. 그러나 그는 놀
랍게도 즉각 자연스러운 말투로 대답했고, 밴더브리지 부
인이 내게 감사와 안도의 눈길을 보내는 모습을 보았다. 아
니, 보았다고 생각했다. 나는 우리가 어떤 이야기를 나눴는
지 잘 기억하지 못한다. 그러나 저녁 식사가 반쯤 지날 때
까지 끊이지 않고 대화가 즐겁게 오갔다는 사실만은 완벽
하게 기억한다. 구운 소고기가 나오고 내가 감자를 집어 들
때, 밴더브리지 씨가 다시 백일몽에 빠지는 모습을 인지했
다. 그 순간 그는 아내가 거는 말을 거의 듣지 못하는 것 같
았다. 그리고 그가 거의 열망하는 듯한 표정으로 계속해서

똑바로 정면을 응시하고 있을 때, 나는 그의 얼굴에 슬픔이 내려앉는 모습을 지켜보았다.

나는 또한 밴더브리지 부인이 불안한 몸짓으로 다시 홀 방향을 흘긋거리는 모습을 보았다. 그녀가 그러는 동안 놀랍게도 어떤 여자가 소리 없이 방문을 넘어 페르시아 러그 위를 미끄러지듯이 지나 식당으로 들어왔다. 나는 여자가 밴더브리지 씨의 맞은편 의자에 앉아 냅킨을 펼칠 때 왜 아무도 여자에게 말을 걸지 않는지, 또 여자 역시 왜 아무에게도 말을 걸지 않는지 의아했다. 여자는 아주 젊었다. 밴더브리지 부인보다 더 젊었다. 여자는 아주 아름답지는 않았으나 매우 우아했다. 실크보다 더 부드럽게 몸에 찰싹 달라붙은 회색 모직 드레스는 독특할 정도로 몽롱한 느낌과 색조를 자아냈다. 가르마를 탄 머리는 이마 양쪽에 황혼처럼 늘어져 있었다. 여자는 내가 이전에 본 그 어떤 사람하고도 닮지 않았다. 그 누구보다 훨씬 더 연약했고, 훨씬 더 알기 힘든 분위기를 풍겼다. 마치 손길이 닿으면 사라질 듯한 분위기였다. 나는 많은 달이 지난 지금까지도 눈길을 잡아끌면서 동시에 불쾌감을 주는 그 여자의 독특한 분위기를 묘사할 재간이 없다.

처음에 나는 그 여자를 소개해주길 바라며 묻는 표정으로 밴더브리지 부인을 바라보았다. 그러나 부인은 눈썹 하나 까닥하지 않고 여자의 존재를 무시한 채 격앙되고 떨리는 목소리로 하던 말을 계속 이어갈 뿐이었다. 밴더브리지 씨 역시 여전히 초연한 태도로 조용히 앉아 있을 뿐이었다. 그러는 내내 낯선 여자의 눈—별처럼 빛나면서도 안개가 덮인 듯한 눈—은 나를 그대로 관통해 내 등 뒤에 있는 태피스트리가 장식된 벽을 응시했다. 나는 여자가 나를 보지 않는다는 사실을 느꼈다. 그리고 날 보았다 하더라도 전혀 개의치 않았을 거라고 확신했다. 우아하고 소녀 같은 인상에도 나는 그 여자가 마음에 들지 않았다. 그리고 이런 반감은 나만 품은 게 아니라는 사실을 느꼈다. 나는 왜 여자가 밴더브리지 부인을 증오한다는 인상을 받았는지 모른다. 여자는 단 한 번도 부인 쪽으로 눈길을 돌리지 않았다. 그러나 여자가 안으로 들어서는 순간부터 적의가 가득하다는 사실을 인지했다. 적의라는 말은 응석받이 아이의 질투 어린 분노처럼 성마른 앙심을 표현하기에는 너무 강한 말이긴 하다. 어쨌든 그런 적의가 여자의 눈길에서 한 번씩 빛났다. 나는 버릇 나쁜 아이가 사악하다고 할 수 없듯이 여자가 단순히 사악하다고 생각할 수 없었다. 여자는 그저 외고집이고 규율이 없을 뿐이었다. 나는 도대체 이런 생각이 든 이유를 어떻게 표현할지 모르겠으나, 그저 그 여자가 이기적이라고밖에 표현할 수 없겠다.

여자가 들어온 이후 식사는 무겁게 이어졌다.

밴더브리지 부인은 여전히 불안한 태도로 이야기를 이어갔지만 아무도 듣지 않았다. 나는 너무나 당황한 나머지 그녀의 말에 주의를 기울일 수 없었고, 밴더브리지 씨는 정신이 나간 상태에서 조금도 회복되지 않았기 때문이었다. 그는 마치 꿈속에 존재하는 사람같이 자기 앞에 벌어지는 일을 그 무엇도 알아차리지 못했다. 반면에 낯선 여자는 그 기이하게도 모호하고 비현실적인 표정으로 촛불 속에 그저 앉아 있었다. 놀랍게도 하인들마저 여자를 전혀 인지하지 못했다. 그녀가 냅킨을 펼쳤는데도 고기도 샐러드도 제공하지 않았다. 한두 번 새로운 요리가 나올 때 나는 밴더브리지 부인이 자기 실수를 만회할지 흘긋거리며 살펴보았지만, 그녀는 그저 자신의 접시에 시선을 고정할 뿐이었다. 여자는 들어온 순간부터 그 자리의 주된 인물이었음에도 마치 모두가 그 존재를 무시하기로 공모라도 한 것처럼 보였다. 여자가 없다고 가장하지만, 여자는 분명 거기에 있었다. 여자는 뻔뻔한 태도로 똑바로 앞을 바라보았다.

저녁 식사는 몇 시간이나 이어지는 것 같았다. 그러니 밴더브리지 부인이 마침내 자리에서 일어나 응접실로 향할 때 내가 얼마나 안도감을 느꼈는지 당신은 이해할 수 있을 것이다. 처음에 나는 여자가 우리를 따라오리라 생각했다. 그러나 홀에서 돌아보았을 때 그녀는 커피를 마시며 담배를 피우고 있는 밴더브리지 씨 옆에 그대로 앉아 있었다.

"보통은 남편이 나와 같이 커피를 마시는데, 오늘은 생각할 게 많은가 봐요."

밴더브리지 부인이 말했다.

"정신이 딴 데 가 계신 거 같던데요."

"아, 알아차리셨어요?"

그녀가 몸을 돌려 나를 똑바로 바라보며 말을 이었다.

"나는 항상 궁금했어요. 다른 사람들이 보면 얼마나 알아차릴지. 그이는 요즘 컨디션이 별로예요. 그래서 가끔 우울증이 도지죠. 신경이란 건 정말 무섭지 않나요?"

나는 살짝 웃으며 답했다.

"그렇다고들 하죠. 하지만 저는 제 신경에 신경 쓸 여유 없이 살았답니다."

"음, 신경에는 정말 비용이 많이 들어요, 안 그래요?"

그녀는 모든 말을 질문으로 끝맺는 재주가 있었다.

"당신 방이 마음에 들었으면 해요. 그리고 그 층에 홀로 있는 걸 무서워하지 않았으면 좋겠군요. 다행히 신경이 예민하지 않다니, 긴장하지는 않겠죠, 그렇죠?"

"네, 긴장 안 해요."

그러나 나는 대답하면서 마음속 깊은 곳에서 전율을 느꼈다. 마치 감각이 대기에 스며든 두려움에 재차 반응하는 것 같았다.

나는 되도록 빨리 내 방으로 돌아왔다. 책을 들고 앉아 있을 때 하녀—이름이 홉킨스였다—가 뭐 필요한 거 없는지 묻는다는 핑계로 방문했다. 사실 무수히 많은 하인 중 한 명이 이미 내 잠자리를 챙겨놓은 상태였다. 그래서 홉킨스가 문 앞에 나타났을 때 나는 표면적인 목적 이외에 숨은 의도가 있음을 즉시 알아차렸다.

"밴더브리지 부인이 당신을 돌보라고 시키셨어요. 그분은 당신이 이곳에 익숙해질 때까지 외로울까 봐 걱정하세요."

그녀가 말을 꺼냈다.

"아뇨, 외롭지 않아요. 외로울 시간이 없네요."

"저도 그랬어요. 하지만 이제는 시간이 무겁게 느껴져요. 그래서 뜨개질을 시작했지요."

그녀는 녹색 머플러를 내밀어 보였다.

"저는 1년 전에 수술을 했어요. 그때 밴더브리지 부인이 밤에 시중을 들고 옷을 갈아입는 걸 도와줄 또 다른 하녀를 들였어요. 프랑스 여자였죠. 부인은 저희에게 일을 과도하게 시킬까 봐 늘 조심하세요. 사실 시중들 하녀가 두 명씩이나 필요하진 않은데 말이죠. 부인은 정말 사려 깊은 분이라서 저희에게 절대 힘든 일을 시키지 않으려고 하세요."

"부자로 사는 건 정말 멋진 일 같아요."

나는 책장을 넘기면서 별 뜻 없이 말했다. 그러고 나서 내가 무슨 말을 하는지 알아차리기도 전에 이런 말을 내뱉었다.

"거기 있던 다른 여자는 그렇게 부유해 보이진 않더군요."

그렇지 않아도 핏기 없던 그녀의 얼굴이 더욱 창백해졌다. 그 순간 그녀가 기절할 것 같았다.

"다른 여자라뇨?"

"식사 자리에 늦게 온 여자요. 회색 드레스를 입고 있던. 액세서리는 걸치지 않았고, 상의가 많이 파이지 않은 드레스 차림이었죠."

"그럼 진짜 그 여자를 본 거예요?"

그녀의 얼굴에 핏기가 돌다 기이한 흥분을 드러내며 다시 사라졌다.

"식사 중에 그 여자가 들어왔어요. 혹시 이 집에 상주하는 밴더브리지 씨 비서가 있나요?"

"아뇨. 그분 비서는 사무실에만 있어요. 가끔 집에 비서가 필요하면 사무실로 전화를 해서 부르시죠."

"그 여자가 왜 그 자리에 왔는지 정말 이상해요. 식사를 전혀 안 하고 아무도 말을 걸지 않더군요. 밴더브리지 씨조차도요."

"오, 그분은 그 여자에게 절대 말을 걸지 않아요. 아! 다행히도 아직 거기까지 이르진 않았어요."

"그럼 그 여잔 도대체 왜 온 거죠? 그런 식으로 취급받는 건 정말 끔찍할 텐데. 하인들이 있는 앞에서 말이에요. 그 여자 자주 오나요?"

"몇 달씩 안 올 때도 있어요. 저는 밴더브리지 부인의 상태를 보면 알 수 있어요. 당신은 아직 잘 모르실 텐데, 그분은 힘이 넘치세요. 행복 그 자체랄까. 그러다가 어느 날 그 여자, 그러니까 그 다른 여자가 다시 나타나면…… 오늘 밤처럼요. 지난여름에도 그랬죠. 그러면 모든 게 다시 시작되어 버려요."

"그 여자를 못 오게 할 수 없나요? 왜 집 안에 들이는 거
죠?"

"밴더브리지 부인은 엄청나게 애를 썼어요. 할 수 있는
일은 뭐든지 다 했지만 소용없었어요. 오늘 밤 봤죠?"

"그럼 밴더브리지 씨는요? 그분이 어떻게 못 하실까
요?"

그녀는 불길한 눈빛으로 고개를 가로저었다.

"그분은 몰라요."

"여자가 있다는 걸 모른다고요? 그게 무슨 말이죠? 그
렇게 가까이 있었는데? 그 여자는 내 등 뒤쪽 벽을 바라볼
때 빼고는 그분한테서 한 번도 눈길을 떼지 않았어요."

"오, 그분도 그 여자가 있다는 건 알아요. 하지만 그런
식이 아니에요. 그분은 다른 사람들이 알고 있다는 걸 몰라
요."

나는 이해하는 걸 포기하고 말았다. 잠시 후 그녀가 다
시 억눌린 목소리로 입을 열었다.

"당신이 그 여자를 보았다니, 정말 이상하네요. 저는 한
번도 못 봤거든요."

"하지만 그 여자에 관해 다 알잖아요?"

"알기도 하고 모르기도 해요. 밴더브리지 부인의 컨디
션을 보면 가끔 상황이 드러나요. 그분은 여차하면 열이 오
르고 병에 걸려요. 하지만 절대 저에게 노골적으로 말은 안

하세요. 그분은 원래 그런 성격이에요."

"하인들이 그 여자에 관해 이야기 안 해요?"

그녀는 그 말에 화들짝 놀라는 것 같았다.

"오, 하인들은 아무것도 몰라요. 무언가 잘못되었다고 느끼기는 해요. 그래서 절대 한두 주를 못 넘기고 떠난답니다. 지난가을부터 집사가 여덟 명이나 바뀌었어요. 하지만 그들은 절대 보지 못해요."

그녀는 의자 아래로 굴러 떨어진 실뭉치를 집어 들려고 몸을 구부렸다.

"때가 되면 둘 사이에 나서주실 거죠?"

그녀가 물었다.

"밴더브리지 부인과 그 여자 사이를 말하는 건가요?"

그녀는 표정으로 대답했다.

"그럼, 그 여자가 부인에게 해를 끼친다고 생각하나요?"

"모르겠어요. 아무도 몰라요. 하지만 아무래도 부인을 홀리는 거 같아요."

시계가 10시를 알렸다. 나는 하품을 하며 다시 책으로 눈길을 돌렸다. 그러자 홉킨스가 뜨개질 짐을 챙기고는 내게 격식을 차려 인사하고 밖으로 나갔다. 우리의 비밀스러운 대화는 참으로 기이했다. 대화가 끝나자마자 너무나 정교하게 서로 그런 이야기가 오갔다는 사실이 없던 것처럼 행동했기 때문이었다.

"밴더브리지 부인께 당신이 매우 안락하게 머문다고 말

쓸드릴게요."

홉킨스는 그렇게 마지막 말을 남기고는 방을 나갔다. 나는 미스터리를 안고 홀로 남았다. 아무리 반복해서 생각하고 또 생각했지만 너무나도 터무니없는 일이라 믿을 수가 없었다. 그 실체가 나를 둘러싸고 압도하고 있어도 마찬가지였다. 나는 감히 마음속 생각과 직면할 수 없었고, 심지어 내 느낌을 똑바로 직시할 수조차 없었다. 나는 따뜻한 방에서 몸을 떨며 잠자리에 들었다. 그러면서 혹시라도 기회가 온다면 밴더브리지 부인을 위협하는 이 알 수 없는 불길한 존재를 막아설 것이라고 굳게 다짐했다.

다음 날 아침 밴더브리지 부인은 쇼핑을 나갔다. 나는 저녁때까지 그녀를 보지 못했다. 저녁에 돌아온 그녀는 계단에서 나를 지나치며 저녁 식사를 하고 오페라를 보러 다시 외출한다고 말했다. 푸른색 벨벳 드레스 차림에 다이아몬드 목걸이와 머리 장식을 한 그녀는 눈이 부실 정도로 아름다웠다. 나는 또다시 이렇게 사랑스러운 사람이 그토록 기묘한 고통을 겪는다는 게 의아하기만 했다.

"미스 렌, 오늘 좋은 하루였기를 바라요. 오늘은 너무 바빠서 편지 쓸 시간이 없었어요. 내일은 조금 일찍 하는 걸로 하죠."

그러더니 그녀는 무언가 생각난 듯 이렇게 덧붙였다.

"내 거실에 새 소설이 몇 권 들어왔어요. 보고 싶으면 가져다 보세요."

그녀가 나가고 난 후 나는 위층 거실로 올라가 책을 뒤적여 보았다. 그러나 밴더브리지 부인과의 만남과 그녀를 둘러싼 미스터리 때문에 도무지 책 속 로맨스에 눈이 가지 않았다. 나는 홉킨스가 말한 "그 다른 여자"가 이 집에 사는지 궁금했다. 그 생각에 몰두하고 있을 때 홉킨스가 들어와 테이블을 정리하기 시작했다.

　　"내외분이 자주 외식을 하시나요?"

　　내가 물었다.

　　"자주 그랬어요. 하지만 밴더브리지 씨가 컨디션이 안 좋아진 이후로는 부인이 남편 없이 혼자 외출하는 걸 좋아하지 않아요. 오늘은 그분이 부인께 빌다시피 해서 외출한 거예요."

　　그녀가 말을 마치자마자 문이 열리더니 밴더브리지 씨가 들어와 벽난로 앞에 있는 커다란 벨벳 의자에 주저앉았다. 그는 또다시 그 특유의 넋이 나간 상태가 되어 있던 터라 우리를 전혀 의식하지 못했다. 소리 내지 않고 조용히 빠져나가려는 순간, 나는 벽난로 앞 매트에 불빛을 받고 서 있는 그 여자를 보고 말았다. 나는 그녀가 들어오는 모습을 보지 못했다. 게다가 홉킨스는 분명 그 여자의 존재를 전혀 인식하지 못하고 있었다. 내가 지켜보고 있는 사이에 하녀가 난로에 땔감을 넣기 위해 그 여자 쪽으로 몸을 틀었다. 그 순간 나는 홉킨스가 눈이 멀었거나 술에 취했다고 생각했다. 그녀는 전혀 망설임 없이 커다란 땔감을 안고 낯선 여자 방향으로 똑바로 걸어갔다. 그때 그녀는 내가 입을 벌리기도 전에, 그녀를 막으려고 미처 손을 뻗기도 전에 그대로 나아갔는데, 회색 옷의 그 여자를 그대로 관통했다! 그러고는 조심스레 장작 받침쇠 위에 땔감을 내려놓았다.

결국 그 여자는 실재하는 존재가 아니었다. 여자는 그저 유령이었다. 나는 서둘러 그 방을 도망쳐 나와 계단으로 향했다. 여자는 유령이다. 그리고 더 이상 유령을 믿는 사람은 아무도 없다. 그녀는 이제 존재하지 않는 그 무엇이었다. 그러나 나는 존재할 수 없는 무엇인 그 여자를 두 눈으로 똑똑히 보았다고 맹세할 수 있다. 나는 신경이 너무나 곤두서서 내 방에 도착하자마자 자리에 털썩 쓰러지고 말았다. 잠시후 여분의 이불을 들고 내 방에 온 홉킨스가 쓰러진 나를 발견했다.

"아가씨 너무 정신이 나가 보였어요. 그래서 뭔가를 보았겠거니 싶었죠. 아까 그 방에 있을 때 무슨 일이 있었나요?"

"그 여자가 거기 있었어요, 내내. 당신이 난로에 장작을 넣을 때 그 여자를 똑바로 관통해 지나갔다고요! 그 여자가 안 보이는 게 가능한 일인가요?"

"저는 아무것도 못 봤어요."

그녀는 기겁한 표정으로 말했다.

"그 여자가 정확히 어디에 서 있었죠?"

"밴더브리지 씨 앞 매트 위에 서 있었어요. 당신이 난로로 가면서 그 여자를 그대로 관통했지만, 여자는 꼼짝도 하지 않았고요. 손가락 하나 까닥하지 않았어요."

"오, 그 여자는 꿈쩍하지 않는군요. 산 사람이건 죽은 사람이건 조금도 신경 쓰지 않고요."

그건 인간이 견딜 수 있는 정도를 넘어선 일이었다.

"맙소사! 도대체 그 여잔 누구죠?"

신경이 곤두선 나는 소리쳐 물었다.

"몰랐어요?"

홉킨스는 진심으로 기겁한 것 같았다.

"아, 또 다른 밴더브리지 부인이잖아요? 15년 전에 죽은. 결혼하고 나서 1년밖에 안 된 때였죠. 사람들 말로는 그 여자한테 스캔들이 있었는데 쉬쉬했다네요. 그래서 남편도 몰랐고요. 그 여자는 좋은 사람이 아니었어요. 전 그렇게 생각해요. 하지만 사람들 말로는 밴더브리지 씨가 그 여자를 숭배하다시피 했다더군요."

"그럼 그 여자가 죽은 후에도 그분을 틀어쥐고 있다는 건가요?"

"그분은 떨쳐내지 못하세요. 그분 문제가 바로 그거죠. 저렇게 계속되다가는 분명 정신병원에 들어가고 말 거예요. 보셨다시피 그 여자는 매우 젊어요. 소녀티를 채 벗지 못한 정도로요. 밴더브리지 씨는 첫째 부인이 죽은 게 자기와 결혼했기 때문이었다는 이상한 생각을 해요. 제 의견을 솔직히 밝히자면, 그건 바로 그 여자가 일부러 심어놓은 생각 같아요."

"그게 무슨……?"

나는 완전히 혼란스러워 이성적인 질문을 떠올릴 수 없었다.

"제 말은 그 여자가 그분을 미치게 만들려고 일부러 출몰한다는 거예요. 그 여자는 언제나 그런 식이었죠. 질투심 많고 까다롭고, 한번 남자를 붙잡으면 점점 조이다가 목을 조르고 마는 그런 여자였어요. 저는 추측 같은 거 잘할 머리는 없지만 이런 생각을 자주 해요. 그러니까, 사람이 죽으면 살아 있었을 때 도드라졌던 성격과 느낌 같은 걸 저승으로 그대로 가져간다고요. 그런 게 쌓이면 거기서 자유로워질 때까지 분명 어딘가에서 비어져 나오겠죠. 어쨌든 첫째 부인은 그런 식으로 이야기를 하곤 했어요. 여하튼 첫째 부인이, 아니 그 여자가 그런 생각을 몸소 보여주고 있는 거 같아요."

"그럼 막을 방법이 없나요? 밴더브리지 부인은 어떻게 했죠?"

"오, 그분은 지금 아무것도 할 수 없어요. 한계를 넘어섰거든요. 물론 그분은 이 의사 저 의사 다 찾아보았죠. 할 수 있는 건 뭐든 다 해봤어요. 하지만 소용없었죠. 게다가 그분한텐 너무나 불리한 조건이 있잖아요. 남편에게 전 부인의 유령 이야기를 할 순 없으니까요. 밴더브리지 씨는 부인이 알고 있다는 사실을 몰라요."

"그럼 부인이 남편에게 그 이야기를 안 했다고요?"

"부인은 차라리 먼저 죽을 분이에요. 그 다른 여자하고 는 완전히 반대죠. 부인은 남편을 자유롭게 놔줄지언정 절 대 움켜쥐고 목을 조를 타입이 아니에요. 그분은 그런 사람 이 절대 아니에요."

그녀는 한동안 망설이다가 어두운 얼굴로 덧붙였다.

"아가씨가 뭔가 할 수 없을까요?"

"내가 뭘 할 수 있을까요? 저는 완전히 이방인인걸요."

"바로 그래서 드리는 말씀이에요. 언젠가 그 여자를 구 석으로 몰 수 있다면 아가씨 생각을 그대로 말해주세요."

그건 너무 바보 같은 말이라 나는 신경이 곤두선 상태에 서도 웃음을 터뜨렸다.

"사람들이 절 완전히 정신 나갔다고 생각할걸요! 생각 해봐요! 딴사람은 못 보는 유령 앞에 서서 자기 생각을 늘 어놓는 꼴을요!"

"그럼 밴더브리지 부인과 얘기해보는 건 어떨까요? 아 가씨도 그 여자가 보인다는 걸 알면 분명 도움이 될 거 같 아요."

그러나 다음 날 아침 밴더브리지 부인의 방으로 내려갔 을 때 그녀는 너무 아파서 나를 만날 수 없었다. 정오에 간 호사가 저택으로 왔다. 그녀와 나는 일주일 동안 위층 거실 에서 함께 식사했다. 간호사는 꽤 유능해 보였으나, 밴더브 리지 부인이 오페라를 보러 간 날 독감에 걸렸다는 사실을 제외하고 이 집에 무언가가 잘못되었다는 사실을 감지하지는 못했다. 그 주에는 단 한 번도 다른 여자를 보지 못했지만 내 방을 나와 아래 홀을 지날 때 그 여자의 존재를 느낄 수 있었다. 나는 내내 그녀를 본 것처럼 잘 알았다. 그 여자가 거기 숨어 있다고, 그러니까……

그 주 주말에야 밴더브리지 부인이 편지를 쓰기 위해 나를 불렀다. 내가 그녀의 방으로 갔을 때 그녀는 티 테이블을 앞에 두고 소파에 앉아 있었다. 그녀는 아직도 많이 아프다며 내게 차를 타달라고 부탁했다. 붉은 얼굴을 보니 아직도 열이 오르는 것 같았다. 그리고 눈은 부자연스러울 정도로 크고 밝게 빛났다. 나는 그녀가 내게 말을 걸지 않기를 바랐다. 그런 상태에 빠진 사람은 보통 말을 너무 많이 하기 마련이고, 그런 다음 이야기를 들어주었던 사람을 탓하기 때문이었다. 그러나 내가 자리에 앉기도 전에 그녀가 쉰 목소리로 말을 꺼냈다. 아무래도 인플루엔자가 그녀의 가슴까지 침투한 것 같았다.

"미스 렌, 지난번 저녁 이후로 당신에게 묻고 싶은 게 있었어요. 혹시…… 혹시 저녁 식사 때…… 이상한 거 못 봤어요? 그날 당신 표정을 보니, 내 생각엔……"

나는 단호하게 맞받았다.

"제가 본 거 같다고요? 예, 뭔가를 봤어요."

"그 여자를 보았나요?"

"어떤 여자가 들어와 식탁에 앉는 걸 봤어요. 그리고 왜 아무도 그 여자에게 음식을 주지 않는지 의아했죠. 저는 똑똑히 그 여자를 봤습니다."

"마르고 창백하고 작은 여자, 그러니까 회색 드레스를 입은 여자인가요?"

"그 여자는 너무 어렴풋했고 또 희미했어요. 무슨 말인지 아시겠죠? 그래서 묘사하기가 쉽지 않아요. 하지만 다시 보더라도 알아볼 수 있어요. 가르마를 탔고 머리가 귀밑으로 늘어져 있었어요. 머리가 아주 검고 고왔어요. 명주실처럼 말이죠."

우리는 아주 낮은 소리로 대화했다. 나는 찻잔을 내려놓았다. 우리는 무의식적으로 점점 더 서로에게 가까이 다가가고 있었다.

그녀가 아주 진지하게 물었다.

"그럼 당신은 그 여자가 진짜 존재한다는 걸 아는 거죠? 그러니까 내가 미친 게 아니라는 사실을요? 그게 환각이 아니라는 걸요?"

"전 그 여자를 확실히 봤어요. 맹세하라면 할 수 있어요. 하지만 밴더브리지 씨도 여자를 보는 게 아닐까요?"

"우리가 보는 것처럼 보진 않아요. 그이는 여자가 자기 마음속에만 있다고 생각해요."

그러더니 그녀는 불편하게도 침묵을 지켰다. 그러다가 갑자기 불쑥 말을 꺼냈다.

"실제로 그 여자는 하나의 생각일 뿐이에요. 그 여자에 관한 그이의 생각 말이에요. 하지만 그이는 그 여자가 우리에게 보인다는 사실을 몰라요."

"그럼 그분이 그 여자를 생각함으로써 그녀를 불러온다는 건가요?"

그녀는 전율이 이는 것 같은 표정을 지었다. 그러면서 내게 더 가까이 몸을 기울였다. 뺨은 더욱 붉어져 있었다.

"그게 그 여자가 나타날 수 있는 유일한 방법이에요. 돌아올 힘을 갖는 유일한 방법이죠. 그 여자가 몇 달씩 우리를 가만 놔두는 때가 있어요. 그이가 다른 생각으로 바쁠 때죠. 하지만 요즘 그이가 아프고 나선 그 여자가 거의 항상 그이와 함께 있어요."

그녀는 두 손에 얼굴을 묻고 흐느끼기 시작했다.

"그 여자가 계속 쳐들어오려고 해요. 아주 희미하게 보이지만 그래도 알 수 있어요. 그리고 어떨 땐 형태조차 없어요. 형태가 보이는 건 그이가 살아 있을 때 모습으로 그 여자를 생각할 때에요. 그이가 여자를 어떻게 생각하는지 다 알 수 있어요. 고통스럽고 비극적이고 앙심에 찬 모습이거든요. 그이는 그 여자가 죽은 게 자기 때문이라고 자책해요. 아기가 태어나기 한 달 전에 죽었거든요."

"그럼 그분이 그 여자를 다르게 생각한다면 여자가 변할까요? 그분이 생각을 바꾸면 그 여자가 앙심을 풀 수 있을까요?"

"그걸 누가 알겠어요? 저는 어떻게 하면 그 여자가 동정심을 품을지 고민하고 또 고민해봤어요."

"그럼 부인은 그 여자가 진짜 존재한다고 느끼는 건가
요? 그러니까 그분의 마음 밖에 존재한다고?"

"내가 어떻게 알겠어요? 그 누가 죽음 이후에 관해 알
수 있을까요? 어쨌든 그 여자는 내가 당신에게 존재하듯,
당신이 나에게 존재하듯 존재해요. 모든 건 생각에서 비롯
된 게 아닐까요? 우리가 알 수 있는 건 그 정도 아닐까요?"

그건 내 생각의 범위를 뛰어넘는 심오한 의미가 담긴 말
이었다. 그러나 나는 멍청해 보이고 싶지 않아 공감한다는
듯 웅얼거렸다.

"그러면 그 여자가 나타나 그분을 불행하게 만드나요?"

"그 여자는 남편을 서서히 죽이고 있는 거예요. 나도 죽
이는 거고. 그 여자가 노리는 게 바로 그거 같아요."

"그 여자가 스스로 안 올 수 있다고 확신하세요? 그분이
그 여자 생각을 하면 그 여자가 돌아올 수밖에 없는 건 아
닐까요?"

"오, 나도 그 점에 대해 생각하고 또 생각해봤어요! 그이
가 무의식적으로 그 여자를 부르긴 하지만, 나는 그 여자가
제 의지로 온다고 믿어요. 항상 그렇게 느껴져요. 단 한 순
간도 그 느낌이 떠난 적이 없어요. 그러니까 그 여자는 자
기 뜻대로 여러 모습으로 나타날 수 있다는 거죠. 나는 그
여자를 몇 년째 조사했어요. 책을 들여다보듯 상세히 알 수
있을 정도로요. 그 여자는 그저 유령이긴 하지만 우리 부부

에게 해악을 끼치려고 해요. 그건 확실해요. 애초에 가능하다면 남편이 스스로 상황을 바꾸려고 했겠죠. 안 그래요? 그이가 할 수 있다면 그 여자가 원한을 풀고 연민을 갖게 만들었겠죠, 그렇지 않을까요?"

"그분이 의식적으로 그 여자를 정이 많고 상냥한 사람으로 떠올리면 어떨까요?"

"모르겠어요. 난 포기했어요. 하지만 이 일 때문에 난 정말로 죽을 거 같아요."

그랬다. 그녀는 죽을 지경 같았다. 시간이 지날수록 나는 그녀의 말이 진실이라는 걸 깨달았다. 나는 화사한 그녀가 천천히 시들고 사랑스러운 이목구비가 굶주린 사람처럼 야위고 홀쭉해지는 모습을 지켜보았다. 유령과 벌이는 힘겨운 싸움은 그저 질 수밖에 없었다. 그녀는 끊임없이 힘을 소진했다. 상대가 감지하기 어려우면서도 그토록 침투력이 강하다 보니 마치 유독한 악취와 싸우는 것 같았다. 상대할 대상이 없으면서도 모든 게 다 대상이 되었다. 지난한 싸움이 그녀를 쇠약하게 만들었다. 말 그대로 실제로 "그녀를 죽이고" 있었다. 그러나 그녀에게 매일 약을 처방하는 의사—이제 의사가 필요했다—는 자신이 치료하는 질병이 어떤 종류인지 전혀 감지하지 못했다.

그 끔찍한 날들이 이어지는 동안 밴더브리지 씨조차 진실에 전혀 다가가지 못했던 것 같다. 그는 항상 과도하게 과거에 매몰되어 있었다. 그렇게 과거의 기억에 사로잡혀 있었기에 그에게 현재는 그저 꿈과 별반 다를 게 없었다. 한마디로 그건 자연의 질서가 완전히 전도된 상황이었다. 다른 지각 능력보다 생각이 더욱 도드라지게 생생해졌다. 유령은 지금까지 계속 승리를 거머쥐었다. 그는 마치 마약의 영향력에 붙들린 사람 같았다. 말하자면 자기 주변에서 벌어지는 일, 둘러싼 사람들에게 그저 반만 깨어 있고 반만 살아 있는 듯했다.

오! 나는 이야기를 제대로 하지 못하고 있다. 중요한 막간을 얼버무리고 넘어갈 뻔했다! 외면의 상세한 내용에 너무 오래 얽매이다 보니 보이지 않는 것들에 대해 설명하는 걸 거의 잊고 말았다. 내게는 이 집안의 유령이 내가 먹는 빵보다, 내가 밟고 있는 바닥보다 더 현실적이었다. 하지만 나는 우리가 매일 들이마시는 공기에 관한 인상을 제대로 표현할 수가 없다. 또한 뭐라고 콕 집어 밝힐 수 없는 무언가에 관한 불안과 두려움을, 불빛 아래 그림자에 숨어 있는 음울한 공포를, 낮이고 밤이고 항상 보이지 않는 누군가가 우리를 지켜보고 있는 것 같은 느낌을 제대로 표현할 수 없다. 밴더브리지 부인이 정신을 놓지 않고 어떻게 그걸 견디는지 나는 절대 알 수 없었다. 그 모든 게 끝장나지 않았다면 그녀가 이성을 잃지 않고 끝까지 견딜 수 있었을지 알 수 없는 일이다. 의도치 않게 내가 끝장을 불러온 것이 지금껏 살아오며 가장 감사히 생각하는 일이다.

늦은 겨울 오후였다. 내가 막 점심 식사를 마치고 올라가는 길에 밴더브리지 부인이 내게 위층 어떤 방의 낡은 책상을 비워달라고 청했다.

"그 방에 있는 가구 전부 치우려고 해요. 일이 안 풀리던 때 샀던 거라서요. 그러고 나서 이탈리아에서 사 온 멋진 가구로 꾸밀 거예요. 아마 책상에 있는 건 밴더브리지 씨 어머니의 결혼 전 편지 빼고는 챙길 게 없을 거예요."

나는 그녀가 가구를 바꾸는 것처럼 실용적인 일을 생각한다는 게 기뻤다. 그래서 안도감을 느끼며 그녀를 따라 서재를 지나 다소 퀴퀴한 냄새가 나는 어둑한 방으로 들어갔다. 창은 모두 꽉 닫힌 상태였다. 예전에 들은 홉킨스의 말에 의하면, 밴더브리지 씨의 첫째 부인이 한동안 이 방을 썼다고 했다. 그리고 그녀가 죽은 이후 남편이 저녁이면 이 방에 홀로 들어와 시간을 보냈다고 했다. 나는 바로 그런 이유 때문에 지금의 부인이 가구를 모두 치우는 거라고 생각했다. 그녀는 집 안에서 과거와 관련된 모든 것을 치우기로 작정한 듯했다.

우리는 몇 분 동안 책상 서랍에 있는 편지를 분류했다. 그러다가 내 예상대로 밴더브리지 부인은 갑자기 싫증을 냈다. 그녀는 그런 식으로 신경질적인 반응을 종종 보였다. 나는 그런 돌발적인 일이 일어나더라도 익히 준비된 터였다. 그녀는 오래된 편지 하나를 훑어보다가 갑자기 벌떡 일어서더니 읽지 않은 편지를 난롯불에 휙 집어던지고는 아까 의자에 던져놓았던 잡지를 집어 들었다.

"미스 렌, 알아서 처리해주세요."

그녀는 그럴 정도로 나를 신뢰했다.

"간직할 만하다고 생각되는 건 따로 정리하세요. 나는 이것들을 전부 뒤집어 보느니 차라리 죽고 말겠어요."

대부분 사적인 편지였다. 나는 신중하게 정리하면서 사람들이 완전히 가치 없는 서류를 그토록 많이 간직한다는 게 얼마나 불합리한 일인지 생각했다. 그동안 밴더브리지 씨를 질서정연한 사람으로 생각했는데, 이 무질서한 책상을 보니 체계를 중시하는 기질을 타고난 나로서는 괴롭기 짝이 없었다. 서랍은 분류하지 않은 편지들로 가득 차 있었다. 청첩장과 편지들 틈에는 영수증 뭉치와 감사 카드들이 마구잡이로 뒤섞여 있었다. 편지들은 나이 든 숙녀의 것이었다. 이탈리아인 특유의 곱고 여성스러운 필체로 끝도 없이 장황한 이야기를 늘어놓은 편지들이었다. 밴더브리지 씨 정도의 부와 지위를 지닌 사람이 자신이 관리하는 편지에 대해 그토록 부주의하다는 점이 놀라울 따름이었다.

나는 그런 생각을 하다가 한밤중에 홉킨스와 나눈 대화 중에 그녀가 흘린 음울한 이야기가 떠올랐다. 밴더브리지 씨가 첫 번째 부인을 잃고 오랫동안 정신을 차리지 못하고 아내의 기억에 사로잡혀 이 방에 틀어박혀 지냈다는데, 그게 실제로 가능한 일일까? 마음속으로 그런 생각에 빠져 있던 순간, 나는 손에 들고 있던 봉투에 눈길이 갔다. 봉투에는 '로저 밴더브리지 부인 앞'이라고 쓰여 있었다. 이 편지는 그의 부주의함과 무질서가 어느 정도인지 말해준다! 책상은 그의 것이 아니라 그녀의 것이었다. 아내가 세상을 뜬 후 그가 그 절망적이었던 세월 동안 이 책상을 썼다는 얘기인데, 그러면서도 편지에는 손도 대지 않은 것이다. 이곳에서 홀로 앉아 있던 그 긴 밤 내내 그가 무엇을 했는지 나로서는 상상도 할 수 없었다. 그런 가슴앓이를 겪었으니 그가 마음의 균형을 잃고 정신이 혼란스러워진 것도 이상할 리가 있겠는가?

나는 중요하지 않아 보이는 것들을 골라내 파기해도 되는지 밴더브리지 부인에게 물어볼 요량으로 대략 한 시간 동안 서류를 분류하고 정리했다. 아직까지 그녀가 내게 보존하라고 지시할 만한 편지 같은 건 나오지 않았다. 그래서 막 포기하려던 찰나였다. 서랍 하나를 열려고 잡아당기다가, 얼결에 비밀서랍 칸의 문이 떨어져 나가며 열리고 말았다. 그 안에 거무스름한 물건이 보였다. 손을 대자 바스락 부서지더니 바닥으로 떨어져 내렸다. 몸을 구부려 내려다보니 꽃다발이었다. 리본으로 매듭진 보라색 장식띠가 허약한 와이어와 꽃대를 고정한 오래된 꽃다발이었다. 이 서랍에 누군가 감추어놓은 비밀스러운 보물이었다. 그 꽃다발은 내 로맨스와 모험심을 자극했다. 나는 휴지로 조심스럽게 먼지를 털어내고 나서 아래층에 있는 밴더브리지 부인에게 꽃다발을 가져다주기로 했다. 그러다가 은색 끈으로 매단 편지가 눈에 띄었다. 나는 편지를 집어 들며 그게 분명 내가 오래 찾아 헤맨 간직할 만한 편지일 거라는 느낌이 들었다. 나는 끈을 끊고 편지를 살펴보았다. 찢어진 봉투 모서리 부분을 통해 단어 한두 개가 눈에 들어왔다. 그것은 연애편지였다! 나는 대략 15년 전 밴더브리지 씨가 자신의 첫째 아내에게 보낸 편지일 거라고 추측했다.

'이걸 보면 부인 마음이 아플 거야. 그렇지만 이걸 파기할 수는 없어. 아무래도 부인에게 가져다주는 수밖에 없겠어.'

나는 편지와 부서진 꽃다발을 들고 방을 나가면서 부인이 아니라 남편에게 가져다주어야 하는 건 아닌가 싶었다. 그렇지만 곧바로 부인에게 주기로 결심—내가 결심한 이유는 유령에 대한 질투 어린 느낌 때문이었던 것 같다—했다. 나는 서둘러 계단을 내려갔다.

'편지는 다시 그 여자를 불러들일 거야. 밴더브리지 씨는 그 어느 때보다도 더 그 여자 생각을 하겠지. 그러니 그분이 이 편지들을 보면 안 돼.'

나는 또한 고결한 성격의 밴더브리지 부인이 분명 이 편지를 남편에게 돌려줄 거라는 생각이 들었다. 그녀는 질투를 넘어설 수 있는 인격의 소유자였다. 나는 그 사실을 잘 알고 있었다. 나는 일단 그러지 못하도록 그녀를 설득하기로 작심했다.

'그 여자를 영원히 불러들이는 게 있다면 그건 바로 그분이 이 옛날 연애편지를 보는 일일 거야.'

나는 아래층으로 서둘러 내려가며 되뇌었다.

밴더브리지 부인은 벽난로 앞 소파에 누워 있었다. 나는 그녀가 울고 있었다는 사실을 즉각 알아차렸다. 화사한 얼굴을 일그러뜨린 표정이 내 가슴을 후벼 팠다. 그때 나는 그녀를 위로할 수 있다면 뭐든지 할 수 있다고 생각했다. 그녀는 손에 책을 한 권 들고 있었지만 전혀 읽고 있지 않았다는 게 명백해 보였다. 옆 테이블에는 이미 전등이 켜져 있어 방 안의 나머지 공간에 음영을 드리웠다. 살을 에는 듯 눈발이 날리는 잿빛 날씨였기 때문이었다. 부드러운 빛을 받은 실내 분위기는 매우 매력적이었다. 그러나 나는 안으로 들어가자마자 심한 압박감을 느꼈다. 차라리 바람 부는 밖으로 도망치고 싶었다. 유령이 출몰하는 집—잊을 수 없는 과거가 스며든 집—에 살아본 적이 있다면 당신은 어둠이 내리기 시작한 순간 나를 덮친 우울한 감각을 이해할 수 있을 것이다. 그것은 내 속에 있는 게 아니라— 원래 난 유쾌한 기질을 타고났기 때문에 확신할 수 있다—, 우리를 둘러싼 공간과 우리가 마시는 공기 속에 존재했다.

나는 그녀에게 편지에 관해 설명하고 나서 그녀 앞에 무릎을 꿇고 앉았다. 그러고는 벽난로에 꽃다발을 집어 던졌다. 이런 마음을 고백하는 건 유쾌하진 않지만 그게 불길에 타버리는 모습을 보니 복수하는 듯한 쾌감이 들었다. 그 순간 나는 감사하는 마음으로 유령을 태울 수 있겠다는 믿음이 들었다. 그 여자를 더 자주 볼수록 나는 그 여자에 관한 홉킨스의 견해를 받아들이게 되었다. 그렇다, 살아 있을 때도 죽었어도 그 여자의 행동은 그 여자가 '착한 사람'이 아니라는 사실을 증명했다.

내가 여전히 불을 바라보고 있을 때 밴더브리지 부인이 말문—반은 한숨, 반은 흐느낌이 섞인 소리—을 열었다. 나는 재빨리 몸을 틀어 그녀를 바라보았다.

"아! 이건 그이의 필체가 아니에요."

그녀가 어리둥절한 표정으로 덧붙였다.

"연애편지도 맞고 그 여자에게 온 것도 맞아요. 하지만 그이가 보낸 게 아니에요."

그녀는 잠시 침묵을 지켰다. 손에 든 편지를 신경질적으로 휙휙 넘기는 소리가 났다.

"절대 그이가 쓴 게 아니에요."

그녀는 이내 똑같은 말을 반복했다. 왠지 목소리에 의기양양한 기운이 어렸다.

"그 여자가 결혼한 후 온 거네요. 하지만 다른 남자가 보낸 거예요."

그녀에게서 복수의 여신처럼 엄혹하고 비극적인 분위기가 풍겨났다.

"살아 있을 때 남편에게 충실하지 않았군요. 남편이 있는데도 다른 남자에게 이런 걸 받고 간직하다니, 그 여자는 남편에게 충실하지 않았어요……."

나는 자리에서 벌떡 일어나 그녀 옆에서 굽어보았다.

"그럼 부인은 남편을 구할 수 있어요. 그 여자로부터 구할 수 있어요! 다시 남편을 차지할 수 있다고요! 그저 그분께 이 편지를 보여주세요. 그럼 그분 마음이 바뀔 거예요."

"그래요. 남편에게 편지를 보여줘야겠어요."

그녀는 마치 그 여자가 벽난로의 어둑한 곳에 서 있기라도 한 것처럼 나를 넘어 그곳을 응시하며 말했다.

"그이에게 편지를 보여줘야겠지요."

나는 그녀의 말이 내게 하는 게 아니라는 사실을 깨달았다.

"그럼 그이가 믿을 거예요."

"그분을 장악하는 그 여자의 힘이 꺾일 거예요."

나는 힘주어 부인의 말을 거들었다.

"그분은 그 여자를 다르게 생각할 거예요. 오, 모르겠어요? 안 보여요? 그게 그분이 그 여자에 대한 생각을 바꾸게 만드는 유일한 방법이에요. 그 여자를 불러들이는 그분의 생각을 영원히 끊을 수 있는 유일한 길이에요."

"그래요, 맞아요. 그게 유일한 방법이죠."

그녀는 천천히 맞장구쳤다. 그녀가 말을 마치기도 전에 문이 열리면서 밴더브리지 씨가 들어왔다.

"차 한잔하러 왔소."

그는 그렇게 말하고 나서 장난기 어린 애정을 담아 덧붙였다.

"그런데 뭐가 유일한 방법이라는 거요?"

결정적인 순간이었다. 이 둘에게 운명이 걸린 순간이었다. 그가 지친 듯 의자에 털썩 주저앉자 나는 그의 아내에게, 그런 다음 그녀 앞에 널브러진 편지에 애원하듯 시선을 보냈다. 내 의지대로 할 수 있다면, 나라면 그를 향해 그가 화들짝 놀라 무기력에서 벗어날 정도로 거세게 그 편지를 집어 던졌을 것이다. 그렇다, 그에게 필요한 건 '폭력'이라고 나는 생각했다. 폭력, 격정, 눈물, 질책. 그가 아내에게 절대 받지 못하는 것들.

　부인은 잠시 편지를 앞에 두고 그대로 앉아 사려 깊고 애정 어린 시선으로 남편을 바라보았다. 나는 그토록 사랑스럽고, 그러면서도 그토록 슬픈 얼굴을 보며 그녀가 다시 보이지 않는 것을 보고 있다는 사실을 깨달았다. 즉 사랑하는 남자의 육체가 아니라 그 사람의 영혼을 들여다보고 있었다. 초연하고 영적인 모습이었다. 그녀는 또한 다른 여자도 보았다. 나 또한 흔들리는 불빛 뒤에서 유령이 서서히 나타나는 모습을 인지하고 있었다. 그 흰 얼굴, 흐릿한 머리, 앙심을 품은 그 적대적 눈빛을. 그때만큼 그 야윈 여인이 온몸으로 풍기는 악의를 그토록 깊게 확신한 적은 없었다. 마치 불길한 기운을 가득 품은 회색 연기구름을 보는 것 같았다.

　"유일한 방법이요? 사악한 존재와 공정하게 싸우는 방법이죠."

　그녀의 목소리는 마치 종소리 같았다. 그녀는 그렇게 말하며 소파에서 일어섰다. 그렇게 그 자리에 서서 눈부실 정도로 아름다운 자태로 창백한 과거의 유령과 맞섰다. 그녀에게서 이 세상의 것 같지 않은 빛이 났다. 승리의 빛이었다. 그 광휘에 나는 순간 눈이 멀었다. 마치 모든 사악한 공기를 태우는 불꽃 같았다. 유해하고 치명적인 모든 것을 불살라버리는 불꽃. 그녀는 유령을 똑바로 응시했다. 그녀의 목소리에 증오는 없었다. 그저 아주 큰 연민, 큰 슬픔과 친절만이 묻어났다.

"난 그런 식으로 공정하게 당신과 싸울 수 없어요."

그녀가 말했다. 나는 그녀가 처음으로 핑계나 회피를 집어치우고 자기 앞에 있는 존재에게 똑바로 말을 건다는 사실을 느낄 수 있었다.

"결국 당신은 죽었고, 나는 살아 있어요. 그래서 나는 공정하게 당신과 싸울 수 없어요. 내가 모든 걸 포기하겠습니다. 그이를 당신에게 돌려줄게요. 내가 싸워 승리를 따낼 수 없는데, 그래서 지킬 수 없는데, 그 무엇이 내 것이 되겠어요? 당신에게 속한 거니, 내 것이 될 수 없어요."

그때 밴더브리지 씨가 자리에서 일어났다. 그러더니 두려움에 떨며 그녀에게 다가갔다. 그러자 그녀는 재빨리 몸을 숙이더니 편지를 주워 불 속으로 집어 던졌다. 그가 타다 만 종이를 주우려 몸을 숙이는 순간, 그녀의 사랑스럽고 유연한 몸이 그의 손길을 막아섰다. 그녀는 그토록 투명하고 그토록 찬란한 천상의 존재 같았다. 나는 불빛이 그녀를 관통해 빛나는 모습을 보았다. 아니, 보았다고 생각했다.

"유일한 방법은, 여보, 올바른 방법이에요."

그녀가 나직하게 말했다.

다음 순간―나는 지금까지도 그게 어떻게, 언제 시작되었는지 모른다― 나는 유령이 더 가까이 다가왔다고 인지했다. 그러나 그 여자는 더 이상 두려움의 대상, 공포와 사악한 의도를 품은 존재가 아니었다. 나는 그 순간 그 여자를 똑똑히 보았다. 그 이전에 한 번도 보지 못한 모습이었다. 그 여자는 젊고 점잖았다. 그렇다, 이게 딱 맞는 단어일 것이다, '사랑스럽다'는 말. 그것은 마치 저주가 축복으로 바뀐 것 같은 모습이었다. 그 여자가 거기 서 있을 때 나는 기이한 감각을 느꼈다. 일종의 영적인 빛과 위안이 나를 감싸는 느낌이었다. 아, 그 느낌을 묘사하는 데 말 따위는 아무런 소용이 없다. 왜냐하면 그건 내가 살면서 알게 된 그 어느 것과도 같지 않았기 때문이다. 그것은 열기 없는 빛이었고, 빛 없는 불꽃이었다. 그러면서도 전혀 그런 게 아니었다. 최대한 가깝게 묘사하자면 일종의 축복을 받은 느낌이라고 할 수 있다. 한때 증오했던 모든 것과 화해하게 만드는 신의 축복.

나중에야 나는 그게 악에 대한 선의 승리였다는 사실을 깨달았다. 나중에서야 밴더브리지 부인이 그녀가 승리할 수 있는 유일한 방식으로 과거와의 싸움에서 승리했다는 사실을 깨달았다. 그녀는 저항해서 이긴 게 아니라, 받아들임으로써 승리했다. 폭력에 의해서가 아니라 애정을 통해 이겼다. 움켜쥠으로써가 아니라 포기함으로써 이긴 것이다. 오, 아주아주 오랜 세월이 지나서야 나는 그녀가 유령에게서 증오를 빼앗음으로써 유령의 힘을 빼앗았다는 사실을 깨달았다. 그녀는 과거의 생각을 바꾸었다. 그 속에 그녀의 빛나는 승리가 존재했다.

당시 나는 이런 것을 이해하지 못했다. 심지어 불빛 속에서 유령을 다시 확인한 후, 그다음 그게 사라지는 모습을 목격했을 때도 그걸 이해하지 못했다. 그곳에는 아무것도 없었다. 그저 기분 좋게 흔들리는 불빛과 오래된 페르시아 러그에 드리운 그림자만이 있을 뿐이었다.

# 직감: '언캐니'의 발현과 두려움의 근원

공포소설은 일반적으로 초자연적 현상이나 마법 등 현실을 벗어나는 장치를 이용해 두려움을 자아낸다. 하지만 때로 현실을 뛰어넘는 장치의 도움 없이 두렵고 놀라운 사건을 헤쳐나가는 인물의 묘사로 공포를 자아내기도 한다. 세밀한 심리 묘사를 통해 인물이 느끼는 긴장감과 전율, 서스펜스를 독자에게 전달하는 것이다. 그리고 플롯 전개에 있어 비현실적인 장치의 존재 여부와 관계없이 사건이 벌어지기 전 인물에게 전조가 찾아온다. 전조는 복선으로 작용하여 공포소설의 이정표 같은 역할을 하며 사건이 어디로 향할지, 어떤 색조를 띠며 어떤 여파를 불러올지 예측하게 만든다. 즉 전조는 독자를 이야기에 몰입할 수 있게 만드는 결정적 요소다. 특히 공포소설의 효시라 할 수 있는 고딕소설에서는 익숙한 것이 어느 순간 비밀을 내포한 낯선 것으로 느껴지면서 공포의 감정을 일으키는 '언캐니(Uncanny)' 모티프를 이용해 분위기를 고조시킨다. 즉 인물이 가족 등 주변 인물이나 일상적 환경 속에서 전조를 느끼는 것이다. 그리고 전조는 두려운 사건이나 현상이 벌어지기 전에 보통 인물의 직감을 통해 모습을 드러낸다. 직감은 이성으로 설명하기 어려운 감각 능력이지만 의사결정에 중요한 역할을 한다.

심리학자 대니얼 카너먼은 인간의 사고 작용이 "직감"과 "의식적 정신"이라는 이원 작용으로 이루어진다고 본다. 의식적 정신은 감각을 통해 뇌로 들어오는 정보를 이성으로 분석해서 처리하는 방식이다. 그리고 직감은 외부에서 들어오는 자극을 이성을 통하지 않고 즉각적으로 처리하는 방식이다. 그에 따르면 직감은 "빠르고 자동적이며 노력이 들지 않고 연상 작용에 의거하며 암시적이고 종종 감정적으로 고조"된다. 카너먼과 다른 학자들의 연구를 통해 데이빗 G. 마이어스는 직감을 형성하는 두 가지 요소를 설명한다. 첫째는 인류가 대대로 신화를 통해 만들어낸 "휴리스틱(Heuristic)"이라는 일종의 "정신적 지름길"이다. 이것은 인류 대대로 쌓여온 것으로, 지각 작용에 있어서 효율적이고 즉각적인 판단을 가능케 하는 메커니즘이다. 두 번째 요소는 "학습된 연상 작용"이다. 즉 축적된 삶의 경험을 통하여 "자동으로 떠올라 우리의 판단을 이끌어주는 느낌"인 연상을 말한다. 마이어스는 그 일례로 "오래전 우리에게 해를 끼쳤거나 위협을 가했던 인물과 닮은 사람을 만나면 즉각적으로 경계하는" 경우를 든다.*

직감은 우리의 마음 작용에 영향을 끼치면서 즉각적인 정보의 처리를 맡는다. 새로운 사람을 만날 때 받는 인상을 예로 들자면, 우리는 이성으로 그 대상을 분석하기 이전 몇 초 걸리지 않는 아주 짧은 시간 안에 직감으로 그 사람을 파악한다. 비단 낯선 사람뿐만 아니라 낯선 환경을 접할 때도 직감을 통한 즉각적인 반응이 이성적 분석보다 앞서 작용한다. 물론 이런 직감이 모두 합리적으로 올바른 판단을 보장하지는 않는다. 때로는 사람들 각각이 가진 편견에 좌우되기도 한다. 때로는 아주 짧은 시간 안에 올바른 판단을 하여 내게 해로운 사람이나 상황을 피하도록 만들어서 피해를 줄이는 역할을 하기도 하지만, 또 때로는 그릇된 판단으로 이어져 우리의 삶에 부정적 영향을 끼치기도 한다.

이 작품집에 실린 이야기들은 모두 두려운 사건, 또는 비극적 사건이 벌어지기 전 인물이 느끼는 직감과 이어지는 두려운 감정을 이용해 공포를 자아내는 단편들이다. 등장인물들은 직감적으로 상대 인물이나 낯선 환경에 부정적 인상을 받아 두려움을 품는다. 그러면서도 자신의 느낌을 이성적으로 설명할 수 없어 괴로워한다. 공포는 자고로 '알 수 없는 것'이 선사하는 느낌이다. 인물은 의식의 수면 아

*

Myers, David G. "The Powers and Perils of Intuition: Understanding the nature of our gut instincts." (June 1, 2007)
https://www.scientificamerican.com/

래서 직감을 느끼지만 그게 과연 어떤 종류의 감정인지 이성적으로 파악할 수 없다. 대개 주인공의 시점으로 그려지는 주관적 감정은 독자에게 고스란히 그대로 전달된다.


### 1. 마지막 꽃다발

마조리 보웬의 「마지막 꽃다발」은 어릴 적 헤어진 후 오랜 세월이 지나 다시 만난 쌍둥이 자매 이야기다. 미스 케지아 폰스는 가문의 영지를 지키며 자신에게 주어진 의무를 다하기 위해 희생하는 삶을 산다. 그러면서 그녀는 어린 시절 집을 나가 홀로 독립적 삶을 사는 쌍둥이 자매를 궁금해하는데, 궁금증은 도를 넘어 괴로운 집착이 된다. 미스 케지아 폰스가 쌍둥이 자매에게 끊임없이 집착하는 이유는 무엇인가?

케지아 폰스는 화려한 삶을 사는 성공한 배우인 자매 마사(마담 리사지)를 경멸하면서도 한편으로 시기한다. 케지아는 지금의 만남이 있기 전에 마사를 10대 시절 남자와 눈이 맞아 집을 나간 여자로 기억한다. 그녀 입장에서는 생각할 수도 없는 '타락한 짓'을 저지른 여자가 아닐 수 없다. 그러면서 자신은 여성의 명예, 가문을 책임질 후손으로 지켜야 할 의무를 다한다. 그런 그녀가 마사를 경멸하는 것에 그치지 않고 질투하고 시기한다는 점은 의미심장하다.

케지아는 "나도 하고 싶었던 일들이 수없이 많았지만,

그런 것들은 생각조차 하지 않으려 했어"라고 말한다. 넓은 세상으로 나아가 자신만의 삶을 찾고 모험을 하고 싶은 욕망이 있었지만, "생각조차 하지 않으려" 했다는 것은 자신의 욕망을 불순한 것으로 치부해 꾹꾹 억눌렀다는 것을 의미한다. 그런 케지아의 말을 비웃으며 마사는 "그건 용기가 없는 것이고, 자신의 삶을 능동적으로 살아갈 힘이 없었던 것"이라고 비난한다. 마사의 해석에 따르자면 케지아는 겁을 먹고 두려워한 것이다.

그런 케지아가 마흔다섯의 중년이 된 지금 사그라지는 젊음, 놓쳐버린 꿈을 좇듯 쌍둥이 자매를 찾아와 그녀에게서 자신의 결핍을 확인한다. 그런데 그것은 마사도 마찬가지다. 네 생각이 끊임없이 떠올라 괴롭다는 케지아에게 마사는 자신은 그렇지 않다고 부정하지만 케지아의 계속되는 추궁에 자신도 케지아 때문에 신경이 거슬린다고 고백한다. 표현은 다르지만 마사 또한 전혀 다른 삶을 살아온 자매에게서 자신의 결핍, 자신이 놓친 삶을 아쉬워한다. 마사는 화려한 전성기가 끝나가는 시점에 자기 삶의 방식의 허망함, 부질없음을 개탄하는지도 모른다. 마사의 자의식은 케지아가 자신의 공연에 관한 이야기를 꺼내자 "네가 보고 있다고 생각하면 괜히 긴장할 거 같다"고 말하는 장면에서 드러난다. 즉 마사는 케지아를 당시 사회의 규범, 시대가 여성에게 부여한 틀, 자신이 박차고 나온 인습의 삶, 고리타분하고 깨져야 할 올가미를 대변하는 가부장제를 상징한다고 믿는다. 그러면서도 자신이 거부한 인습적 여성의 삶의 화신이 자신을 판단하고 비판을 가하는 게 두렵다는 표현은 자신의 믿음에 확신을 갖지 못하는 태도를 은연중에 드러내는 것이다.

마사는 격렬한 싸움을 벌인 뒤 헤어지는 시점에 케지아에게 자신의 마지막 꽃다발을 보내겠다는 기묘한 말을 건넨다. "꽃다발"로 상징되는 둘의 운명에 대한 마사의 직감이 발동되어 미스터리한 분위기를 한껏 불러일으키는 장면이 아닐 수 없다. 마지막 꽃다발이 상징하는 것은 무엇인가? 꽃다발은 케지아가 주변 사람들에게 기부하는 자선의 상징이자 마사에게는 배우로서 항상 남자들에게서 받은 애정의 징표다. 케지아는 멋진 남자들에게서 꽃을 받는 마사를 동경하고, 마사는 정원 가득 정성 들여 꽃을 가꾼 후 주변 사람들에게 선물하는 안정되고 충만한 삶을 동경하는지도 모른다. 둘의 삶을 축약적으로 상징하는 꽃다발은 쌍둥이 자매를 이어주는 끈이다. 케지아가 마사를 자신의 '제2의 자아'로 부르듯 둘은 서로 다른 기질을 나눠 가진 채 마치 거울 속에서 서로의 결핍을 확인하는, 분열된 자아의 언캐니한 모습을 보인다. 서로 부정하지만 분열된 자아는 합일을 꿈꾸고 언젠가 만나야 하는 운명을 내포하는지도 모른다. 꽃다발을 상대에게 보낸다는 것은 둘로 나뉘었던 하나의 삶, 즉 두 가지 상반되는 가치관을 나눠 가지고 나머지 하나를 억눌렀던 삶이 합쳐지는 것을 상징하는 건 아닐까. 여기서 삶이 합쳐진다는 것은 그것이 '죽음'이 될 수밖에 없다는 역설을 보여준다. 죽음으로 하나 되는 삶, 이질적 삶의 궤적을 하나로 합치는 죽음.


## 2. 얼굴

E. F. 벤슨의 「얼굴」은 헤스터 워드의 꿈을 그린다. 헤스터는 건전하고 건장한 남편, 사랑하는 어린 두 아이와 함께 유복하고 행복한 삶을 사는 여성이다. 꿈을 꾸고 불안에 빠진 그녀는 꿈 때문에 불안한 것이 아니라며 자신의 삶을 돌아보며 성찰한다. 하지만 자기 삶에는 아무런 결핍이 없다. 따라서 그녀는 스스로 불안을 자아내는 원인이 오로지 불길한 꿈임을 인정한다. 그런데 불길한 꿈에 좌우된다는 것은 어떤 의미인가? 스스로 생각하듯 완벽하게 행복하고 아무런 결핍이 없는 삶을 사는 사람이 불길한 꿈 하나에 그토록 평정심을 잃는 것에는 어떤 의미가 있는가?

이 작품에서 직감은 헤스터의 꿈이 현실로 드러날 것이라는 두려움을 불러일으킨다. 한쪽은 아름답고 다른 쪽은 육욕과 냉소를 머금은 남자의 일그러진 얼굴이 헤스터를 찾아온다는 두려움이다. 어린 시절 내내 찾아오다가 멈췄던 꿈이 10여 년 만에 다시 찾아온 것이다. 악몽에 시달렸다는 점으로 미루어 보아 헤스터의 어린 시절은 현재 삶처럼 평화롭지 못했을 수도 있다. 꿈을 꾸지 않았던 10여 년은 아마도 헤스터가 성장해 사랑하는 딕을 만나 가정을 꾸리고 아이를 낳고 행복하게 살았던 시간이었을 것이다. 그런데 이 시점에서 악몽이 다시 찾아온 이유는 무엇일까? 무엇이 헤스터로 하여금 잠재의식 속에 숨어 있던 무서운 얼굴을 다시 불러들인 걸까?

그 이유는 악몽에서 찾아오는 얼굴이 양면이 서로 다르다는 점에서 단서를 찾을 수 있다. 양면성은 화자의 입을 통해 말하지 않은 것들, 즉 완벽해 보이지만 어딘가 빈틈이 있을 수 있는 헤스터의 삶을 대변하는지도 모른다. 헤스터 본인이 따져보듯 어린 시절 자신이 로저 와이번의 그림을 보고 깊은 인상을 받았는데, 자신의 욕망과 뒤섞인 그 감정은 다른 기억들로 덮였지만 잠재의식 속에 살아남은 것일지도 모른다. '불순한' 욕망이기에 아름다우면서도 동시에 공포스럽게 일그러진 모양을 이룬다. 즉 채우지 못한 욕망은 기형적이고 무서운 형태일 수밖에 없다. 잠재의식의 막을 뚫고 표면으로 올라온 억눌렀던 욕망은 익숙하면서도 기이하고 낯선 언캐니의 발현인 것이다.

헤스터는 꿈 때문에 불안에 빠진 후 반복적으로 남편의 "일상적 강건함", "비범할 정도의 건전함"을 강조한다. 그러면서 자신의 불안을 남편에 기대어 치유하려는 모습을 보인다. 역설적으로 그러한 태도가 그녀의 결핍을 반증하는 건 아닐까. 즉 행복한 가정을 이룬 건강한 남편, 방을 따로 쓰는 남편, 아내가 망설이다가 마침내 꿈 이야기를 꺼내자 그저 "터무니없는 일"로 치부하며 의사 진단을 권하는 겁을 먹은 '건전한' 남편 딕은 헤스터의 숨은 욕망을 전혀 이해할 수 없는지도 모른다. 달리 말해 그는 의사 진단에 앞서 악몽에 시달리는 아내의 속마음을 차분하게 헤아려볼 생각은 전혀 하지 않는 모습을 보인다. 「인형」에서처럼 여성의 '몸'을 규정하는 남성적 시각 아래에서 여자는 자신의 욕망을 드러낼 수 없다. 헤스터의 불안은 그런 남편에게 의지하는 일 이외에 다른 선택의 여지가 없다는 사실에 기인한다. 그렇게 헤스터에게 내재된 삶의 빈틈은 언캐니가 자리한 공간이자 유령을 불러들이는 공포의 근원이 된다. 그곳에서 악몽이 싹을 트고 무르익다가 결국 헤스터는 유령의 포로가 되어 사라진다.

### 3. 미스 슬럼버블 그리고 폐소공포증

엘저넌 블랙우드의 「미스 슬럼버블 그리고 폐소공포증」은 매년 봄 스위스 발레 알프스에서 휴가를 보내기 위해 궁상맞은 삶을 감내하는 노처녀 미스 슬럼버블의 여행 이야기다. 슬럼버블이 보이는 직감은 배를 타기 위해 포크스턴으로 떠나는 기차의 객실에서 드러난다. 그녀는 기차가 한창 달리는 와중에 객실 사이에 통로가 없는 독립된 객실에 혼자 있다는 사실과 객실 문과 창이 열리지 않는다는 사실을 깨닫고 공황에 빠진다. 그러면서 사방이 탁 트인 밖으로 나가야 숨을 제대로 쉴 수 있을 것 같은 느낌과 함께 뛰쳐나가고 싶은 충동을 느낀다. 그녀는 자신의 짐 꾸러미, 표등 소지품과 자신의 삶 전반을 되돌아보며 갑자기 찾아온 공포의 원인을 찾지만 계속 허둥대기만 한다. 그러다가 결국 아버지가 앓았다는 폐소공포증이 자신에게도 찾아왔음을 깨닫는다. 폐소공포증은 불안장애의 하나로 창이 없는 방이나 지하실, 자동차 등 사방이 막힌 공간에서 느끼는 비이성적인 두려움이다. 의학적으로 폐소공포증은 편도체 이상이나, 과거 경험으로 인한 조건 반응으로 발병한다고 알려져 있다.

그렇다면 슬럼버블에게 갑자기 폐소공포증으로 인한 공황 발작이 일어난 이유는 무엇일까? 과거의 어떤 경험이 그녀가 그토록 즐거이 맞이하는 여행길에 불안이 엄습하게 만든 것인가? 슬럼버블은 화자의 입을 통해 밝히듯 화재, 철도, 택시 사고 등 각종 사고가 일어날까 봐 늘 불안하고 초조해한다. 반복적으로 기차표와 짐을 확인하고 여정에 문제가 생길까 봐 이유 없이 불안해하는 등 불안장애와 강박장애 증상을 보인다. 또한 슬럼버블은 남자에게 지나친 자의식을 품고 있다. 남자에 대한 두려움은 젊은 시절 스스로 '배신'이라고 생각하는 경험에서 그 성격이 잘 드러난다. 파티에서 종종 보던 남자는 분명 사랑은커녕 특별한 교류도 없는 사람일 뿐이다. "그가 자신을 바라보는 눈길, 실내를 돌아다니는 모습, 자신을 피하는 태도 등 실로 그가 했던 모든 일과 하지 않고 놔두었던 그 모든 일"이 자신을 사랑하는 증거라는 그녀의 말은 거의 희극적이기까지 하다. 망상장애가 근거 없는 배신감을 안기고 그 결과 남자에 대한 두려움으로 이어진 것이다. 망상, 불안, 강박장애를 보이는 슬럼버블은 급기야 그것만으로는 부족하다는 듯 기대해 마지않던 여행길에 폐소공포증까지 경험한다.

망상으로 남자와 관계를 맺고 푼돈을 아끼기 위해 세탁부와 언쟁을 일삼는다는 이야기로 충분히 유추할 수 있듯이 그녀의 삶을 축약할 수 있는 핵심은 '사회적 고립'이다. 사회적 고립과 결핍으로 점철된 삶이 제 삶의 유일한 탈출구인 여행에서 폐소공포증이라는 극단적인 공황 발작을 일으켰다고 볼 수 있다. 즉 그녀가 품고 있는 불안과 공포는 스스로 유일한 행복이라고 여기는 여행이 무탈하게 이루어질 거라는 바람을 잠재의식에서 극렬하게 거부하도록 만든 것이다. 그런 극단적인 불안한 자의식이 어쩌면 비극적인 사건이 발생한 공간을 감지하는 초감각을 발동시킨 것인지도 모른다. 빙크만이라는 독일 여성이 공황 발작 때문에 문을 열고 뛰어내려 선로에 시신으로 발견된 사건이 벌어진 곳, 객실 번호를 바꾼 이후에도 계속해서 똑같은 공황 발작 사건이 발생하는 곳. 「과거」의 화자인 미스 렌이 자신을 둘러싼 공간과 공기 속에서 묻어나는 슬픔과 심상치 않은 공포를 감지하듯 슬럼버블 또한 결핍과 고립이 만들어낸 육감으로 공포를 감지한 것은 아닐까.

## 4. 글렌위드 그레인지의 숙녀

윌키 콜린스의 「글렌위드 그레인지의 숙녀」는 어머니의 죽음으로 갓난아기 동생의 양육을 맡게 된 언니 아이다와 동생 로자몬드 자매에 관한 이야기다. 아이다는 몽상가적 기질을 타고나 어머니와 함께 독서와 음악 등을 즐기지만 그 외에 교류하는 사람이 거의 없는 비사교적 성격을 지닌 인물이다. 그러면서도 친절하고 신의 있는 성정으로 동생을 사랑으로 키워달라는 어머니의 유언을 충실하게 따른다. 그녀는 어린 동생 로자몬드를 사랑으로 키우며 모든 변덕을 다 받아주면서도 언니의 사랑을 당연시하는 동생에게 조금도 서운한 마음을 품지 않는다. 그런데 자기 인생의 의미 전부라고 할 수 있는 동생이 성년이 되어 사교계에서 사랑하는 사람을 만났을 때 아이다의 직감이 발동한다. 그녀는 프랑스 사교계에서 칭송받는 프랑발 남작에게 호감을 느끼지 못하고 오히려 그를 경계하고 싫어하는 마음을 품는다. 그러면서도 자신의 직감을 합리적인 말로 설명할 수 없어 괴로워한다.

직감으로 느끼는 혐오감을 합리적으로 설명할 이유를 찾지 못해서건, 동생의 마음에 상처를 주고 싶지 않아서건 침묵을 지키는 아이다의 선택에는 의문점이 드는 면이 있다. 아이다의 직감은 분명 프랑발 남작의 정체에 관련된 것임이 틀림없다. 독립적 기백이 강하고 가문의 명예를 드높이고 가족의 행복을 위해 애쓴다며 모두가 칭송해 마지않는 남자가 께름칙하게 느껴졌다는 것은 그에게 숨겨진 면모가 있다는 점을 직감적으로 간파했기 때문일 것이다. 그렇기에 한 번쯤 자신의 속마음을 동생에게 솔직하게 터놓지 않은 점이 아쉬움으로 남는다. 어쩌면 아이다를 비롯한 웰린 집안사람 모두 '직감이 좋지 않다'는 점이 결혼과 같은 큰일을 결정할 때 판단의 근거가 될 수 없다고 여기는지도 모른다. '합리성'을 중시하는 계몽주의에 영향받은 사회에서는 더욱 그러할 것이다.

아이다는 동생의 결혼 상대에 대해 느끼는 감정을 "비밀스러운 슬픔, 뭐라고 규정할 수 없는 비이성적인 불안"이라고 이야기한다. 자신이 느끼는 직감적 불안은 그저 '비이성적'이라고 치부하기에 동생을 말릴 수 없고, 그러니 그저 슬픔을 비밀스럽게 혼자 떠안을 수밖에 없다. 몽상가적 기질을 타고난 아이다는 자신의 직감을 믿지 못하기에 오히려 경솔하고 신중하지 못한 아버지 웰린 씨의 기질을 물려받은 로자몬드에게 휘둘릴 수밖에 없다. 웰린 씨와 로자몬드는 생각이 깊지 못하기에 겉으로 드러나 눈으로 확인할 수 있는 것만 믿는다. 즉 그들은 그저 세상의 평판을 비판 없이 수용하며 가짜 남작의 풍모와 호감을 사는 태도 너머 이면을 볼 수 없는 한계를 뚜렷이 드러낸다. 따라서 성찰과 관조로 깊어진 아이다의 마음이 감지한 직감적 판단은 그들에게는 분명 뜬구름 잡는 이야기로 치부되었을 것이다.

'이성'이라는 허울 아래 편견으로 얼룩진 얄팍한 세속적 판단을 내리는 아버지 웰린 씨는 가부장제에서 힘의 중심인 상류층 남성이다. 따라서 타인의 감정을 세밀하게 따져볼 필요가 없는 무감한 남성성을 상징한다. 무비판적으로 아버지의 견해를 수용하는 로자몬드는 가부장제에서 '보호의 대상', 19세기 '가정의 천사'이자 '수동적이고 나약한' 이미지로 구축된 왜곡된 여성성을 상징한다. 가짜 프랑발 남작은 웰린 씨와 로자몬드의 그런 허점, 그들의 근시안을 파고들어 사기를 벌인 것이다. 불행히도 사기의 피해를 직접적으로 보는 이는 가짜와 결혼한 로자몬드와 아낌없이 로자몬드를 사랑한 아이다이다. 왜곡된 사회는 로자몬드에게 '수동적이고 나약한' 여성의 역할을 부여하고는 바로 그 역할 때문에 벌을 내리는 역설을 보여준다. 또한 관찰자이자 보호자 역할을 맡은 아이다는 내면의 눈, 즉 직감으로 예견하고도 비극이 일어나는 걸 무력하게 바라볼 수밖에 없는 여성의 한계를 보여준다.


## 5. 가든룸의 유령

엘리자베스 개스켈의 「가든룸의 유령」은 네이선 헌트로이드와 헤스터 부부, 아들 벤저민, 조카 베시 로즈 가족의 이야기다. 헌트로이드 부부는 평범한 농부로 뒤늦게 결혼해 낳은 아들 벤저민이 귀족의 자제 못지않은 풍모를 가지고 있다는 사실에 큰 자긍심을 품는다. 부부는 또한 헤스터의 친정에서 데려와 같이 사는 착하고 영리한 베시도 못지않게 사랑하며 진즉부터 아들의 짝으로 점찍는다. 아무 문제 없이 평탄하게 살아갈 것 같은 이들 가정은 허영심으로 타락한 아들 때문에 파국을 맞는다. 「리지 리」, 「구부러진 가지」, 「크라울리 성」 등의 작품에서 '탕아'를 주제로 다룬 개스켈은 이 작품에서 돌아오지 않는 탕아, 즉 타락의 길을 걷다 결국 무시무시한 범죄를 저지르고 마는 아들 이야기를 비극으로 그린다.

학교를 마치고 변호사가 되겠다며 런던으로 떠난 벤저민은 떠나기 전부터, 잠깐 돌아온 이후에도 아버지에게 계속 큰돈을 요구한다. 네이선은 아들이 타락한 이유를 아들을 신사로 키우려 했던 자신의 자만심 탓으로 돌린다. 베시는 열네 살 어린 나이에도 사촌이자 사랑하는 벤저민이 자신의 아버지같이 "시골뜨기"로 살지 않겠다며 보이는 허세와 오만한 태도에 본능적으로 무언가 잘못되었다고 느낀다. 그렇지만 베시 역시 고모 부부처럼 신사 같은 풍모를 보이는 벤저민을 그저 숭배할 정도로 애정을 키운다. 베시는 "그렇게 부드럽게 말하고 그렇게 잘생기고 그렇게 친절한 사촌 벤저민이 무언가 잘못되어 간다고 생각하고 싶지" 않다며 부정적 직감을 거부한다. 부부와 베시 모두 성장할수록 탕아의 길을 걷는 벤저민에게 불안한 직감을 품지만, 그런 식으로 드는 거부감, 불안을 애써 감추기에 급급하다.

그들이 직감을 애써 외면하는 이유는 아들이 집안에

서 절대적 힘을 갖는 가부장제 때문인지도 모른다. 영리하고 성실한 베시는 그저 가족을 돌보고 벤저민을 기다리는 일이 그녀에게 주어진 유일한 역할이며, 부부 또한 아들의 '출세'에 삶의 모든 희망을 걸 수밖에 없는 노동자층의 한계를 보여준다. 공포에 '생각'이라는 자양분을 주면 그 공포가 현실이 될 거라는 「얼굴」의 헤스터 워드와 마찬가지로, 그들은 벤저민에 대한 '생각'을 애써 외면한다. 그러나 그들의 불안한 직감은 결국 현실이 되고 만다.

19세기 노동자층과 여성의 곤궁한 삶에 천착해 많은 작품을 쓴 개스켈은 이 작품에서 타락한 아들 때문에 잔인하게 무너지는 선량한 가족을 그린다. 그럼으로써 힘의 균형이 기울어진 가부장제 및 가족, 시야가 좁을 수밖에 없는 노동자 계층 및 여성의 한계 등 당시의 다양한 사회적 문제들을 복합적으로 다루고 있다.

## 6. 인형

버넌 리의 「인형」은 골동품 수집이 취미인 귀부인 화자가 이탈리아 움브리아 주 폴리뇨에 있는 한 백작의 저택에서 기이한 인형을 만난 이야기다. 주인공은 오레스테스라는 골동품상을 통해 도자기 세트를 구매하려 백작의 궁궐에 들렀다가 1820년대 의상을 차려입은 한 여인을 보게 된다. 그녀는 현 백작의 조모인 과거 백작 부인을 그대로 본 뜬 인형이다. 백작은 결혼 후 2년 만에 사랑하는 아내가 죽자 생존 모습을 그대로 본떠 인형을 만들었다. 그는 박제하듯 인형에 실제 아내가 입던 옷을 입히고 아내의 머리로 만든 가발을 씌운 후 생전 그녀의 방에 두고 하루에 몇 시간씩 그곳에서 시간을 보냈다. 화자는 즉각 이 인형에 매료된다. 그녀는 죽은 백작 부인과의 초자연적 교감을 통해 부인의 생전 및 사후의 사연을 모두 인지한다. 오레스테스의 설명이 그저 자기가 알게 된 것을 확인시켜 줄 뿐이라는 설명에서 유추할 수 있다. 마치 죽어서도 죽지 못한 인형이 주술적 힘을 발휘하고 화자는 여성의 마술적 직감으로 영혼과의 교감을 이룬 듯한 인상을 풍긴다. 인형은 사후에도 남편의 한결같은 숭배를 받는 그야말로 우상(偶像)이 되었을 뿐만 아니라 남편의 페티시로 남아 영혼이 갇힌 인형으로 존재하는 것이다. 고딕소설의 주요 모티프인 죽어서도 죽지 못하는 '언데드(undead)'의 면모를 보여준다.

인형이 된 백작 부인은 사실 생전에도 인형과 별반 다르지 않았다. 수녀원을 나오자마자 남편을 만나 결혼한 그녀는 남편의 미친 사랑 때문에 수녀원 생활과 마찬가지로 세상과 격리된 삶을 계속한다. 남편은 미친 듯이 사랑하고 폭풍 같은 애정을 쏟으면서도 그녀의 생각, 그녀의 감정에는 아무런 관심이 없다. 그저 자신의 감정에 몰두할 뿐이다. 자신을 우상 또는 페티시즘의 대상으로 여기는 남편의 시선에 갇힌 백작 부인은 스스로 '인형'과 다르지 않음을 시인한다. 아내에게 "마음이 있는지, 저 자신만의 인격이 있는지" 아무런 관심이 없다는 남편의 언어가 그녀의 인격, 그녀의 자아를 지우는 힘을 발휘한 것이다. 실제로 그녀는 화자와의 초자연적 교감에서 자신에게는 제 마음을 표현할 "말"도 "말을 할 수 있는 힘"도 없다며 자신을 탓한다. 그런 그녀가 말을 되찾은 것이 '죽음'의 순간이라는 사실은 역설적이다. 남성의 시선에 갇혀 옴짝달싹 못 하는 '대상화된 타자'인 그녀가 자아를 찾을 수 있는 건 오직 죽음을 통해서다. 그러나 사후에도 남편은 아내를 옭아맨 남성적 시선을 풀어주지 않았다. 죽은 부인에게 영원히 인형으로 존재해야 하는 벌을 내린 셈이다.

그런 그녀가 죽은 후 100년이 넘어 여성 화자를 '시선'으로 사로잡는다. 그리고 인형을 해방시키는 것은 바로 그 화자다. 사라 존스는 「인형」에서 백작 부인 인형의 흐트러진 모발(가발)과 변색되고 오염된 의복에 주목해 흥미로운 해석을 제시한다. 존스는 인형의 몸을 덮고 있는 "드레스와 벙어리장갑, 스타킹"이 가부장제 사회 상류층 여성의 관습적 복장임을 강조한다. 그런데 현재 머리가 난발이 되고 의복이 원래의 흰색에서 더럽게 변색한 모습을 여성상의 "와해"로 해석하며, 그러한 와해가 "공적 영역에서는 감추어져 있어야만 하는 '대상으로서의 여성의 몸'이라는 관행을 위협한다"고 말한다. 또한 백작으로 대변되는 남성에 의해 "통제된 여성의 몸"을 해방시키는 것은 여성인 화자라고 주장한다. 화자는 "인형에게 목소리를 주"고 "백작 부인에게 말할 기회를 주며 이전까지 들려지지 않고 말해지지 않은 그녀의 이야기를 할 기회를 준다." "백작처럼 자신만의 감정에 몰입하는 대신 인형과 전복적인 방식의 의사소통을 함으로써" "그녀를 일방적인 페티시의 대상에서 해방시킨다."* 「과거」의 밴더브리지 부인이 비서인 여성 화자와의 공감을 통해 남성의 언어에 갇힌 자신과 유령의 반목을 공감으로 풀어내듯 여성 화자는 새로운 여성의 언어를 통해 언데드의 운명에서 백작 부인을 구한다.


## 7. 과거

엘런 글래스고의 「과거」 또한 「인형」의 백작처럼 죽은 아내의 방에 틀어박혀 시간을 보내곤 했던 남편이 등장한다. 그러나 남편 밴더브리지 씨는 「인형」의 백작과는 달리 아이를 낳다 죽은 아내가 자신 때문에 죽었다는 죄책감에 시달린다. 둘 다 '과거'에 사로잡혀 현재를 희생시키는 인물이지만 백작은 과거를 박제해 가두어놓고, 밴더브리지 씨는 과거에 사로잡혀 현재를 꿈으로 치환시킨다. 화자인 미

*

Jones, Sarah. "Appearance and Alterity: the Coding of Homoeroticism in Vernon Lee's 'The Doll'." Borders: Undergraduate Arts Journal Vol. 6 No. 2 (2014).

스 렌의 표현대로 "자연의 질서가 완전히 전도된 상황"으로 이끈 것이다. 꿈과 현실이 뒤바뀐 것처럼 과거의 유령이 현실을 교란시키는 상황이다. 따라서 현재의 밴더브리지 부인은 남편이 불러들인 과거의 유령에 시달릴 수밖에 없다. 그런 상황을 직감적으로 파악한 사람은 이방인인 비서 미스 렌이다. 즉 그녀는 뛰어난 직감을 가진 인물이기에 현실을 뒤집은 고딕적 언캐니한 가정의 이야기를 독자에게 전달할 수 있는 자격을 가진다.

이야기는 고딕소설에서 흔한 방식처럼 외부인이 고딕적 세계로 들어가는 상황으로 시작된다. 외부인이 저택에 방문해 초자연적으로 가문이 몰락하는 이야기를 전하는 에드거 앨런 포의 「어셔가의 몰락」처럼 믿기 힘든 일이 벌어지는 고딕 공포의 세계에 '온전한 정신'의 소유자이자 이야기의 전달자가 들어가는 것이다. 화자는 화려한 저택에 들어서는 순간 직감적으로 이 집이 무언가 잘못되었다는 사실을 깨닫는다. 그녀는 들이마시는 공기와 자신을 둘러싼 공간에서 직감적으로 불안과 공포를 느낀다.

밴더브리지 부인은 「인형」의 죽은 백작 부인처럼 자신의 욕망이나 자기 생각을 표현하지 못하는 수동적 여성이다. 하녀 홉킨스의 말에 의하면 그녀는 욕망이 강하고 남자를 옭아매는 첫째 부인과는 전혀 다르게 남편의 과거 때문에 고통을 당하면서도 남편에게 고통을 주면 안 된다는 생각으로 그에게 한마디도 못 하며 자기희생을 미덕으로 삼는다. 첫째 부인이 유령이 될 수밖에 없었던 이유는 당시의 여성으로서는 사악할 정도로 자기 욕망에 충실하고, 또 홉킨스의 표현대로 자신의 욕망을 위해서 남자를 옭아매는, 현실에서는 '있을 수 없는' 여성이기 때문이다. 그렇다고 유령이 되어 현재의 부부에게 앙심을 품은 과거의 부인을 '악'으로, 자기희생을 실천하는 현재의 부인을 '선'으로 간단하게 등가시킬 수는 없다. 그 이유는 자신의 욕망을 앞세우는 과거의 부인과 자신의 욕망을 억누르고 남자의 이익을 중시하는 현재의 부인은 분열된 여성의 의식을 상징하는 '더블'의 면모를 보이기 때문이다. 그 둘은 하나를 억누르고 다른 하나를 권장해야 하는 여성 의식의 두 층위가 아니라 접점을 찾아 하나로 융화해야 할 본성적 요소로 볼 수 있다.

엠마 도밍게스-루에는 이 작품에서 여성 인물들의 '더블링'을 분석하면서 밴더브리지 부인과 미스 렌, 그리고 밴더브리지 부인과 첫째 부인의 더블링에 주목한다. 그러면서 가부장적 억압의 틀로 보면, 달리 말해 "여성의 자아에 관한 남성의 정의"를 받아들이면 여성 간의 관계가 파괴적이 될 수 있음을 작가가 인지하고 있다고 지적한다. 즉 밴더브리지 부인이 첫째 부인의 유령을 변화시킬 수 있었던 것은 "남성적 언어"에서 벗어나 "전통적인 여성의 특성"에 새로운 의미를 부여했기 때문으로 본다. "경쟁과 질투, 남성과의 관계로만 가능한 존재"로 여성을 규정하는 남성의 언어에서 벗어나 밴더브리지 부인이 밝히듯 첫째 부인을 공격하지 않고, "저항해서"가 아니라 "받아들임으로써", "폭력에 의해서가 아니라 애정을 통해, 움켜쥠으로써가 아니라 포기함"으로써 여성들 간의 화해와 이해를 이루어냈다는 것이다.* 밴더브리지 부인은 싸워 이길 수 없으니 "내 것"이 될 수 없다며 남편을 돌려주겠다고 말한다. 어쩌면 결혼마저 '소유'의 측면으로 여기는 남성의 언어를 거부하고 새로운 시각으로 관계를 바라보는 행위 자체가 유령의 변화를 불러온 것인지도 모른다.


## 8. 직감과 두려움

직감이 모두 부정적인 앞일만을 내다보는 것은 아닐 것이다. 그러나 이 작품집에 속한 이야기들은 모두 공포소설이니 이야기 속 인물들은 사건이 벌어지기 전 불현듯 불길한 감정에 사로잡힌다. 불길한 느낌은 꿈을 통해 받기도 하고, 예사롭지 못한 사물이나 낯선 환경을 접함으로써, 타인과의 만남이나 대화 중에서도 발생한다. 이러한 감각은 동물적 본능과 연관될 수도 있고 축적된 개인의 경험에 의해서도 가능할 것이다. 때로는 이성적 설명을 완전히 무시하

*

Domínguez-Rué, Emma. Ellen Through the Looking-Glass: Female Invalidism as Metaphor in the Fiction of Ellen Glasgow. Universitat de Lleida. 2005.

고 그저 '초자연적'이라고 밖에 달리 표현할 수 없는 직감이 있을 수도 있다. 어느 경우이건 공포소설에 딱 들어맞는 소재가 아닐 수 없다. 특별한 사건, 두려운 현상 또는 비극으로 이어지는 직감은 각 작품마다 그 진폭이 다르기에 더욱 흥미롭다.

「글렌위드 그레인지의 숙녀」와 「가든룸의 유령」은 범죄를 통한 충격적인 비극으로 이어져 자연주의 소설 속 비극과 가깝게 느껴진다. 「마지막 꽃다발」은 '꽃다발'이라는 매개를 통해 두 자매가 느낀 직감의 정체를 둘 다 죽음에 이르기까지 파악하지 못한 것으로 보인다. 따라서 독자 관점에서 보면 더욱 신선한 이야기로 느껴진다. 「얼굴」의 경우 헤스터가 꿈을 통해 느끼는 불길한 전조가 그대로 현실에서 벌어지기 때문에 특별한 반전은 없지만 깔끔한 플롯과 섬세한 심리 묘사로 독자를 몰입시키기에 충분하다. 「미스 슬럼버블 그리고 폐소공포증」은 망상장애, 불안장애, 강박장애 등 현대인이 흔하게 지닌 정신적 문제들을 유머러스하게 표현해 공포소설이면서도 읽는 재미를 주는 작품이다. 「인형」과 「과거」는 화자가 각각 접한 사물, 처음 가보는 저택에서 예사롭지 못한 직감을 느끼고, 외부인이 내부인의 문제를 풀어가는 방식으로 이야기가 전개된다. 그리고 공통적으로 여성 화자가 여성적 교감을 통하여 문제를 풀어나가 비극을 막는 탐정 역할을 함으로써 색다른 재미를 준다.

각기 다른 방식이지만 일곱 작품 모두 여성 등장인물이나 여성 화자를 통해 직감과 뒤이은 사건을 여성적 시각에서 묘사하며 이야기를 전개한다. 19세기, 또는 20세기 초반 각 사회의 문제들을 사회적 약자가 느끼는 공포라는 관점에서 풀어나간 방식이 독자의 몰입을 보장한다. 그러면서도 각 작품들은 폐쇄적 사회에 대한 비판적 견지를 유지하는 힘을 잃지 않고 있다.

옮긴이 장용준

한국외국어대학교, 성균관대학교, 동국대학교 등에서 주로 '문학
번역', '영상 번역' 등을 강의했다. 현재 고딕, 공포, 판타지, 스릴러,
추리 등 장르 소설 위주로 번역과 출판 일을 하고 있다. 옮긴
책으로는『신들의 전쟁』(상),『신들의 전쟁』(하),『비트 더 리퍼』,
『리포맨』,『숲속의 로맨스』『공포, 집, 여성: 여성 고딕 작가 작품선』,
『이동과 자유』,『엉클 사일러스』,『나의 더블: 도플갱어 작품선』,
『기후 리바이어던』 등이 있다.


# 직감과 두려움

초판1쇄 발행 2023년 12월 22일

지은이 마조리 보웬, E. F. 벤슨, 앨저넌 블랙우드, 윌키 콜린스,
        엘리자베스 개스켈, 버넌 리, 엘런 글래스고
옮긴이 장용준
펴낸이 장용준
편집 허승
디자인 박연미

펴낸곳 고딕서가
출판등록 2020년 5월 14일 제2020-000054호
주소 서울시 종로구 새문안로 42 피어선빌딩 본관 210호
이메일 27rui05@hanmail.net
팩스 0504-202-9263

값 18,500원
ISBN 979-11-976141-5-6 03840